ALINE SANT' ANA

VIAJANDO COM ROCKSTARS – 2.5

UMA NOITE
sem

CB006332

Editora
Charme

Copyright© 2017 Aline Sant'Ana
Copyright© 2018 Editora Charme

Todos os direitos reservados. Nenhuma parte deste livro pode ser utilizada ou reproduzida sob qualquer meio existente sem autorização por escrito dos editores.

Esta é uma obra de ficção. Nomes, personagens, lugares e acontecimentos descritos são produtos de imaginação do autor. Qualquer semelhança com nomes, datas e acontecimentos reais é mera coincidência.

1ª Impressão 2018

Produção Editorial: Editora Charme
Capa e Produção Gráfica: Verônica Góes
Revisão: Ingrid Lopes
Fotógrafa: Ara Gonzalez
Modelo masculino: Enrico Ravenna
Modelo feminina: Amalia Botero
Fotos: Depositphotos

Este livro segue as regras da Nova Ortografia da Língua Portuguesa.

CIP-BRASIL, CATALOGAÇÃO NA PUBLICAÇÃO
SINDICATO NACIONAL DE EDITORES DE LIVROS, RJ

Sant'Ana, Aline
Uma noite sem você / Aline Sant'Ana
Editora Charme, 2018

ISBN: 978-85-68056-50-9
1. Romance Brasileiro - 2. Ficção brasileira

CDD B869.35
CDU 869.8(81)-30

---

www.editoracharme.com.br

ALINE SANT' ANA

VIAJANDO COM ROCKSTARS – 2.5

UMA NOITE
sem você

Editora
Charme

*"Quando você ama alguém e esse amor é correspondido,
mesmo que tudo esteja dando errado,
parece que tudo se encaixa."*

— NORA ROBERTS

Este livro é para você que acredita em todas as formas de amor.
Amor amigo, amor romântico, amor fraternal...
Ame de todas as formas e não tenha medo de ser feliz.

Uma noite sem você

PRÓLOGO

Cause we're hot like hell
Does it burn when I'm not there?
When you're by yourself
Am I the answer to your prayers
I'm giving you that pleasure heaven
And I'll give it to you

— Dua Lipa, "Hotter Than Hell".

Dois dias depois do pedido de casamento

Kizzie

Miska, com seu rabo pomposo, pulou sobre mim. Dei um beijo em sua cabeça e voltei a digitar, com a gatinha no colo, sabendo que ela estava com saudade. Eu tinha que recuperar o tempo que estive ausente de Miami, porque ser empresária desses meninos não era uma tarefa fácil.

Eu ainda não tinha feito uma pesquisa de mídia para saber como a situação de Yan estava aos olhos do público — assim como a minha com Zane —, mas, mesmo assim, sabia que havia muito trabalho a fazer. A caixa de e-mails estava lotada com convites para eles posarem em revistas, mais entrevistas na televisão, convites até para reality shows; era engraçado imaginar qualquer um desses roqueiros aos olhos do público. Uma das coisas que mais atraiu a minha atenção foi um e-mail de um diretor de Hollywood convidando a The M's para compor uma música exclusiva para um filme. A proposta era para dali um bom tempo e eu teria que ler sobre isso mais tarde, porque era tentador demais para não mostrar a eles.

— Você vai trabalhar até que horas, amor? — O sotaque de Zane, dançando na palavra amor, me tirou o foco.

Senti sua presença atrás de mim e, por fim, suas mãos úmidas e quentes massageando minha nuca e ombros.

Minhas pálpebras foram caindo lentamente até se fecharem.

— Preciso terminar algumas coisas. — Escutei a voz sair da minha boca de forma afetada.

Zane continuou massageando, desceu seu rosto para a área sensível entre o pescoço e o ombro e inspirou fundo. Acabei percebendo que ele também cheirava a algo maravilhoso, aquele perfume que enfraquecia os sentidos. A mistura picante e almiscarada preencheu meus pulmões. Acabei digitando ahsdwdqokws no teclado e joguei a cabeça para trás.

Senti sua risada rouca contra a minha pele, e Zane mordeu o lugar delicado, dando beijos a suaves prestações. Seu cabelo estava molhado, e pequenas gotas caíram em minha blusa e pele.

— Você precisa fazer o que mesmo?

— Trabalhar — respondi, sussurrando.

— Não. Repete comigo: eu preciso foder gostoso — murmurou, as palavras pausadas e muito britânicas.

Meu estômago revirou e ondas de calor subiram para meu rosto, porque ele tinha um vocabulário bem peculiar.

Sorri quando Zane tirou a mão da minha nuca e a desceu em direção ao meu decote. Miska se assustou com o movimento e saiu do meu colo. Com a deixa, ele apalpou um seio sem sutiã e começou a brincar com o bico, que se tornava rígido a cada segundo de contato, beliscando, experimentando sua textura. As ondas de calor se tornaram mais fortes, descendo pelo meu corpo, em lugares que não deveria sentir. Minha calcinha se tornou incômoda e, em uma reação natural, as coxas foram se espaçando uma da outra, meu corpo pedindo seu toque.

Mordi o lábio inferior, já vencida, mas querendo continuar a brincadeira.

— Preciso mesmo trabalhar.

— Sexo gostoso e suado — ele rebateu — e em cada cômodo dessa cozinha.

— Mais de mil e-mails para olhar e...

— Meu pau dentro de você — interrompeu, o som se tornando mais sexy à medida que ele sentia tesão com as reações que me causava. — Minha boca aqui — Zane apertou o mamilo e me fez ver estrelas atrás das pálpebras —, meu corpo ondulando no seu, seu clitóris bem inchado para eu depois passar a língua...

— Zane!

— Sua boceta está pronta mim agora, eu sei.

Soltei o ar devagar.

— Estou certo, né? — continuou. — E não ouse mentir para mim, Keziah Hastings.

Não consegui responder, então, gemi. Zane abaixou a mão, indo fundo e alcançando minha barriga. A costura da blusa ficou mais larga por causa do seu

Uma noite sem você

braço forte e tatuado, que seguiu rumo ao sul. Respirei fundo e ouvi um rasgo na costura, sabendo que tinha perdido a peça por alargá-la. Seus dedos chegaram na borda do short e vasculharam embaixo do tecido quente de algodão, abrindo o nó com facilidade e encontrando a calcinha. Ele sondou a peça íntima, e senti seu sorriso se abrir na minha orelha, quando percebeu que eu estava mesmo como ele queria.

— Até o seu corpo sabe que você é minha.

Zane girou a cadeira de repente, colocando-me de frente para ele. Seus olhos estavam semicerrados, a boca, entreaberta para respirar. Seu peito estava nu, com os piercings ali, e apenas uma toalha de banho preta em torno de seus quadris. Os cabelos soltos e selvagens estavam úmidos do banho, assim como toda a sua pele bronzeada.

Agarrou os braços da cadeira, me mantendo presa. Seu rosto marcado com a barba por fazer escura desceu em direção ao meu. Senti sua respiração quente bater contra a minha boca e, no momento em que fui segurar sua nuca para trazê-lo para mais perto, o novo anel de noivado, que substituiu o elástico um dia depois, acabou enroscando nos seus fios.

Ri contra a boca de Zane e ele sorriu na minha.

— Isso é um sinal do destino que devemos parar e eu devo voltar para o trabalho — sussurrei.

Seus olhos chamejantes me admiraram.

— Não, isso é um sinal do destino mostrando por que devemos fazer isso, já que você é a minha noiva.

— Zane!

— O quê? — Ele tirou o meu dedo do emaranhado e me ajudou a desfazer o nó. Zane deu um beijo na pedra de rubi em formato coração, exageradamente cara, repleta de diamantes em volta do aro de ouro branco, e voltou a me olhar. — Não me diga que o termo noiva te incomoda.

— Não incomoda. — Sorri docemente.

— Então?

— Ainda é estranho imaginar que nós vamos fazer isso. Carter e Erin estão há tanto tempo juntos e nem pensam em se casar. Ao menos, não agora.

Zane riu diabolicamente.

— Carter McDevitt não tem as bolas que eu tenho. Além do mais, você sabe que é muito mais difícil fazer um cafajeste como eu se dobrar em um joelho do

Aline Sant'Ana

que um príncipe encantado, não é? Deveria sentir que é especial.

Franzi os olhos.

— Não fala assim dele.

— Tudo bem. — Riu, indicando que estava brincando, e voltou a me beijar, novamente amolecendo meu corpo. — Não achei que você tivesse tanto medo assim de compromisso.

— Não tenho medo de compromisso. Eu disse sim, não disse? E não poderia dizer a qualquer outra pessoa senão você.

— Mas? — Continuou me beijando, sua voz mais séria e inquisitiva, ainda que passasse a língua na linha do meu maxilar, impossibilitando-me de pensar com clareza.

As coisas que Zane D'Auvray podia fazer com aquela boca e as mordidas leves que ele dava na minha pele...

— Diga, Keziah. — Ele terminou de afrouxar o decote da minha blusa, e ouvi outro rasgo. Ele puxou-a do meu ombro, beijou ali, e os dedos vasculharam a etiqueta. Senti sua respiração me aquecer quando parou de beijar. — Hering. Não se preocupe, vou comprar trinta dessas para você.

— Eu não sei o que eu estava dizendo — confessei.

Zane grunhiu e puxou a camiseta do meu corpo. Nem se preocupando em encarar meus seios, me tirou da cadeira, pondo-me em pé, inclinou meu corpo para trás, deixando a coluna curvada como se estivesse fazendo um momento de dança, e guiou seu rosto para lá. Começou a girar a língua molhada no bico direito, enquanto sua outra mão estava ocupada em sustentar a base das minhas costas. Ele desceu um pouco o contato, apertando minha bunda com força. Seus cabelos molhados tocaram a pele quente e eu tive quase certeza de que vibrei.

Já estava tão pronta que a calcinha não conseguiu conter a umidade.

— Você estava falando sobre seu medo de compromissos — murmurou, puxando o mamilo com um raspar de dentes, para depois beijá-lo como se estivesse com a língua dentro da minha boca.

— Eu não tenho medo de compromissos — respondi, entre uma respiração e outra —, só tenho medo de você um dia se arrepender.

Zane parou, apoiou o queixo no meu seio e os cabelos molhados emolduraram seu rosto.

— Porra, tá falando sério?

Ergui a sobrancelha.

— Qualquer mulher na minha posição consideraria isso.

Zane deu um meio-sorriso.

— Não se pode dizer que eu fui um santo.

— É, então...

— Mas me tornei um cara sério quando te conheci. Eu só quis você, Keziah. De todas as mulheres que passaram pela minha vida, você foi a única que me deu vontade de ter alguma coisa.

— Eu sei — respondi, sentindo o coração aliviado.

Ele sorriu junto comigo.

Me deixei levar de vez quando Zane me pegou no colo e me levou para a cozinha, me colocando sobre a bancada fria. Ele tirou o resto das minhas roupas, soltou a toalha que prendia sua cintura, e peguei-me pensando por quantas vezes iria admirá-lo nu desse jeito, tão chocada, porque era beleza demais para olhar.

Suspirei, hipnotizada. A voz de Zane estava ainda mais rouca quando chamou meu nome, o sotaque em evidência. Tão excitada da maneira que estava, gemi duro e abri mais as pernas. Ele soltou uma risada crua e guiou os dedos para lá. Depois de brincar bastante com os lábios e o clitóris, deixando-me louca, afundou os dedos ásperos e grossos na minha intimidade molhada.

Choraminguei de tesão, agarrei as beiradas da bancada e olhei para baixo. Assisti Zane ir e vir com os dedos, penetrando-me com carinho, tremendo a mão quando chegava ao fundo, para atiçar ainda mais o meu prazer. Joguei a cabeça para trás e deitei-me na superfície fria. Soltei uma mão da bancada e levei-a a um dos seios, estimulando-o com a ponta dos dedos. Zane observou cada ação minha com os lábios abertos, como se me ver assim o deixasse com água na boca.

Ele me penetrou mais duramente e rápido. Olhei para o seu sexo rígido, todo pronto, mas pacientemente me esperando. Achei que morreria de tanto tesão quando Zane tirou os dedos de dentro de mim e os levou à boca.

Ele chupou e fechou os olhos.

— Teu sabor...

Pausei, meu corpo inteiro estremecendo pelo dele.

— Zane... — Respirei fundo e ele voltou a colocar os dedos dentro de mim, estocando-me com mais rapidez agora.

— Pede, amor.

— O quê?

Aline Sant'Ana

— Pede o que você quer que eu faça agora.

— Faz amor comigo? — questionei, baixinho.

— Não. Não é isso que eu quero ouvir.

Fechei os olhos.

— Transa comigo.

De repente, tirou os dedos de dentro de mim e eu abri os olhos em choque.

— Pede aquilo que você quer de verdade. — Me encarou, e eu podia jurar que ele estava pegando fogo. — Transar ou fazer amor não faz parte do plano de te comer nessa bancada.

Umedeci a boca seca, disposta a dar o que ele queria.

— Me fode.

— De que jeito?

— Me fode bem gostoso.

Zane abriu um sorriso completo.

Ele segurou seu sexo e colocou a cabeça do membro na minha abertura. Passou-o de cima a baixo, pegando minha própria umidade para ele. Vi-o, totalmente extasiada com a cena, pensando que aquele corpo com piercing nos mamilos, o cabelo maluco, sua boca linda e os olhos quentes... eram a combinação mais linda criada por Deus. Zane colocou-o devagar dentro de mim e soltou uma série de palavrões quando pulsei em torno dele. Foi mais fundo, até chegar à metade e nossos corpos quase se colarem.

— Você é tão quente, tão molhada — elogiou, mas sua voz saiu como um lamento. Ele ficou perto o bastante para morder o lóbulo da minha orelha. Sem se afastar, apenas puxou seu quadril para trás, entrou de novo e repetiu o gesto, indo cada vez mais fundo. — Quero te foder tão bem que você não vai conseguir levantar daqui essa noite. Vai ter que ir para a cama em meus braços.

Agarrei seus cabelos e busquei sua boca.

— Faça o que você quiser comigo.

Ele começou a estocar duro e forte, rápido e incansável. Meu corpo foi coberto por uma camada de suor, e o de Zane se misturou com a água do chuveiro; meus gritos cobriram seus urros de prazer e vice-versa. Minhas unhas agarraram seus ombros e meus pés bateram em sua bunda, quicando sonoramente. O prazer foi tão duro e cru que acabei gozando poucos minutos depois e estava tão sensível que poderia gozar logo em seguida.

Uma noite sem você

O que foi, de fato, o que aconteceu.

Perdi a noção de quantas vezes aquele formigamento saiu do clitóris e abraçou cada parte da minha barriga, pernas e seios. Perdi completamente o senso enquanto Zane lambeu cada centímetro de pele, para depois procurar minha boca. Ele me virou de costas na bancada e me fodeu de novo. Depois, me virou de lado e estocou profundamente. Por último, transamos em pé, contra a geladeira, que balançou pela força dos movimentos.

Eu podia jurar que uma vida inteira havia se passado com ele dentro de mim.

Ofegante depois de quase uma hora, Zane acelerou uma última vez e gozou longamente. Eu trouxe sua boca para a minha, porque queria senti-lo gozando enquanto me beijava. Sua resposta foi uma movimentação infernal de línguas, faminta e quente, o que me deixou ainda mais satisfeita.

Sua testa, por fim, se colou na minha, e aquele brilho safado dos olhos não sumiu nem depois de ter gozado por infinitos segundos.

— Você consegue andar? — perguntou ele, ainda contra a geladeira. Minhas pernas estavam em torno do seu quadril, os braços, em seus ombros, e nossos olhares, apaixonados.

— Não. — Fui honesta.

Zane riu.

— Banheiro e depois cama?

Assenti.

Ele cumpriu sua promessa, me levou para o banheiro e depois para a cama e me enrolou nos lençóis, em meio aos seus braços fortes. Zane me passou toda a segurança que ele podia, dizendo que estava ali e, no final, antes que dormisse, sussurrou que eu era a sua garota.

Aline Sant'Ana

Uma noite sem você

CAPÍTULO 1

I knew I loved you then
But you'd never know
Cause I played it cool when I
Was scared of letting go
I knew I needed you
But I never showed
But I wanna stay with you
Until we're grey and old

— James Arthur, "Say You Won't Let Go".

Quinze dias depois do pedido de casamento
Kizzie

Lyon trouxe um chá morno logo que cheguei das curtas férias, mas isso não seria o suficiente.

Eu sabia que a bomba ia explodir assim que chegássemos em Miami.

A televisão, os sites de fofoca e todos os meios de comunicação possíveis estavam relacionando a atitude de Yan ao possível beijo de Lua no funcionário de seu pai, um rapaz chamado Andrew. Também levantaram especulações de que o relacionamento dos dois já não estava mais como era no começo. Não obstante, o outro lado da história era ainda mais cruel: algumas fãs de Yan — boa parte delas — estavam fortemente revoltadas com ele, porque tinham se apaixonado pela ideia dos dois juntos e alegaram que nunca mais iriam a um show da The M's enquanto vivessem. Outras alegavam que odiavam a Lua e que ela era uma vaca sem coração.

A internet estava dividida entre a facilidade de culpar alguém — Yan, Lua ou os dois — e de que aceitassem como adultos e seguissem em frente, já que ninguém tinha nada a ver com isso. Como as pessoas preferem apontar o dedo para figuras públicas e gritar para o mundo inteiro o que acham, a primeira opção, infelizmente, prevalecia.

Fechei os olhos, cansada às nove da manhã.

Eu me preocupava com a banda, com o meu casamento futuro, com o noivado presente e as relações de amizade entre Zane, Carter, Yan e Shane, esperando que eu estivesse certa sobre esse garoto entrar na banda. Ainda tinha Erin, que se

Aline Sant'Ana

16

tornara uma amiga, e estava sofrendo, assim como Yan, pelo sumiço de Lua.

— Kizzie, desculpe interrompê-la, mas eu devo responder a TVM sobre você e Zane? — questionou Lyon, me pedindo perdão com seu olhar preocupado.

Ah, sim! Não vamos esquecer do escândalo de número dois, que estou torcendo para que suma de vez da cabeça da TVM, canal televisivo que não sabe fazer nada além de fuçar a vida dos famosos e querer destruir as pessoas.

— Eles ainda estão me chamando de oportunista?

Dedutível. Eu não era ninguém ontem e hoje sou a namorada do Zane e empresária da maior banda de rock da atualidade. Tenho um emprego que paga quase cinco vezes mais do que recebia com Archie e, não contente, ainda posso dormir com o guitarrista que tem milhões de dólares na conta. Óbvio que isso não era amor, a TVM acusava. Estava visível que se tratava de oportunismo.

Lyon pareceu inquieto.

— Sim.

— E eles ainda não sabem que estou noiva de Zane. — Suspirei, ainda mais cansada. — Assim que um paparazzo pegar o ângulo certo e esse anel de rubi aparecer em alguma foto, minha carreira estará acabada.

— Até eles perceberem que estão errados sobre você.

Ri, ácida.

— Pela sua experiência, Lyon, você sabe muito bem que a mídia dificilmente reconhece seus erros.

— É, mas antes de vocês viajarem, estavam falando que Zane estava noivo de outra pessoa. Eles falam qualquer coisa, Keziah. Você não pode pensar que isso vai te afetar.

— Mas vai.

Lyon respirou, também abatido, e entendeu que não era para falar nada com a imprensa ainda.

— Preciso de mais um favor.

— Sim? — indagou.

— Peça para sua equipe, que tem acesso ao computador do Zane como administradores, ocultar todo e qualquer campo de pesquisa que possa aparecer sobre mim e essa fofoca. Eu não quero Zane metido nisso. Estamos combinados?

— Mas...

— Lyon, ele não pode saber agora. Por favor?

Uma noite sem você

Ele assentiu e saiu, deixando-me sozinha. Acessei o computador e naveguei no YouTube, onde com certeza encontraria um vídeo em que a TVM me acusava.

Mais de um milhão de visualizações.

Ótimo!

Respirei fundo antes de clicar.

Uma mulher bem vestida surgiu na pequena tela. Ela estreitou os olhos escuros para a câmera quando se deu conta de que estava sendo gravada e sorriu, especuladora.

"Afinal, quem é essa mulher que decidiu se envolver com o solteiro mais cobiçado do mundo da música?
Quem, pelo amor de Deus, é Keziah Hastings?"

Uma foto minha apareceu ao lado do meu pai, quando criança. Depois, fotos aleatórias da minha adolescência e, por fim, de tailleur, como empresária.

"Sim, sabemos que ela é empresária da banda e que as fãs da The M's ficaram animadas com isso, mas vamos lá: Zane a carregou no colo por todo o aeroporto, a salvou de flashes e mais flashes em um pub em Londres..."

Fotos jorraram na tela, disputando espaço uma com a outra. Um acúmulo de fatos, como se amar fosse um crime. Ele me carregando no colo enquanto eu dormia, no aeroporto. O pub onde Zane me tirou de uma explosão de luzes brancas. A foto do show, em que Zane desceu para dizer que me amava pela primeira vez para que só eu pudesse ouvir.

"O homem se declarou para a moça em um show lotado em Roma!"

As fotos foram se dissipando e a câmera enquadrou o rosto da jornalista.

"O que queremos dizer é que isso tudo é muito súbito para ser amor de verdade. Zane teve seus momentos vergonhosos no ano passado e no começo desse ano. O que nos leva ao fato de que esse namoro parecer mais obra do oportunismo do que outra coisa."

Aline Sant'Ana

Surgiu uma imagem minha sozinha; uma selfie que eu tinha feito meses atrás. Meus olhos estavam brilhantes e eu parecia feliz.

"Será Keziah a nova golpista da The M's? Será que Zane D'Auvray vai cair no mesmo canto da sereia que Carter McDevitt caiu no passado?"

Carter, ao lado de uma mulher linda e muito apresentável, apareceu. Era um vídeo do seu casamento com Maisel, a ex-esposa que levou boa parte dos seus bens embora. Tinha visto sobre isso na internet, mas não imaginava que havia um vídeo do momento em que ele a beijou depois do sim, um pouco frio e calculista demais para ser o homem que eu via explodir de paixão cada vez que colocava os olhos em sua namorada.

"Ou vocês já se esqueceram que o vocalista da The M's se envolveu com uma caça-tesouros?"

A jornalista sorriu e a imagem ficou escura.

O vídeo tinha terminado.

Tateei o lado do computador até encontrar uns analgésicos. Tomei com o chá e esperei que fizesse efeito.

Bem, eu sabia que me envolver com Zane poderia ter repercussões. Quando estava na Europa, as reportagens eram amigáveis, mas, quando retornei e perceberam que ainda estávamos juntos, a maldade foi mais forte. Longe de casa, imaginei que fossem cavar o meu passado para encontrar furos, mas nunca sonhei que pudessem distorcer de forma tão maquiavélica o presente.

Zane

Deixei que ela fosse trabalhar pela primeira vez depois que colocou os pés em Miami, porque eu sabia que era pelo bem da banda, e a pequena lua de mel antecipada que fizemos não poderia durar para sempre. Kizzie tinha algumas merdas para resolver e eu precisava estar com a cabeça na The M's. Ainda que, porra, fosse difícil demais pensar em qualquer coisa senão o corpo de Kizzie.

Aquele corpo, pensei, antes de tragar o cigarro mentolado.

Uma noite sem você

Depois de saber que ela era minha, que eu tinha acesso ao seu prazer, fiquei ainda mais atento a sexo. Além do amor, companheirismo, amizade e etc., agora compreendi a coisa boa de se relacionar com alguém. *Ah, sim.* Sexo pra caralho.

Só de pensar na Kizzie nua eu já ficava de pau duro como um adolescente na puberdade.

Meu celular apitou. Era uma série de mensagens do Mark, nosso segurança, com algo que eu estava esperando pacientemente há dias.

"Christopher não vai mais incomodar a srta. Hastings. Acabei de saber que ele se mudou para Paris, junto com a esposa e a criança. Ou seja, mais uma mentira que ele contou para sua noiva. Ainda estava casado."

"Depois de segui-lo, esperei alguns dias para vê-lo em um ambiente público. Escolhi o aeroporto e o puxei para um bate-papo quando sua família estava ausente tomando um café."

"O homem está com medo da sua influência e do que você pode fazer com a carreira dele se espalhar para a mídia que ele tinha duas amantes."

"Conversei pessoalmente com Christopher e, quando anunciei do que se tratava, ele até me ofereceu dinheiro para deixá-lo em paz."

"Como o senhor pediu, ele assinou o acordo que estava em minha posse, de que se manteria distante da senhorita Hastings, e prometeu que nunca mais vai colocar os pés nos Estados Unidos, porque conseguiu uma transferência de emprego para a França."

"Acho que aqueles socos do senhor Sanders realmente colocaram medo no homem."

"Estou à disposição, senhor D'Auvray."

— Você prestou atenção em alguma coisa que eu disse?

— Não — respondi, sorrindo com a notícia.

— Porra, Zane!

Não aguentei e soltei uma risada de alívio junto com a fumaça do cigarro, apagando o que restara no cinzeiro. Carter cruzou os braços na altura do peito e deixou a cabeça pender no encosto do sofá.

Aline Sant'Ana

Eu compreendia, estava insuportável, porque não queria trabalhar, só queria colocar a minha noiva na cama e percorrer cada parte do seu corpo com a língua. Agora, recebi a notícia de que o passado de Kizzie estava oficialmente encerrado, então, *boom*, que bônus!

— A situação do Yan tá perdendo o controle — falou, puxando a conversa que vinha tentando ter há semanas, ainda sem olhar para mim. — Você já conversou com ele?

— Carter...

— É sério, Zane.

— Que situação?

— Com a Lua. — Levantou a cabeça e mirou os olhos em mim, estreitando as pálpebras, visualmente impaciente. — Ele não consegue contatá-la, está meio paranoico. Não sai do apartamento e acho que isso, em parte, é também pela discussão que vocês tiveram por telefone sobre o beijo em Kizzie. Tem muita coisa na cabeça dele agora, você poderia passar lá e conversar, pelo menos para essa situação tensa entre vocês se acertar.

Me levantei do sofá, já irritado, e comecei a caminhar de um lado para o outro. Quando fechava os olhos e voltava a esse assunto, a imagem perfeita de Yan colocando seus lábios sobre Keziah preenchia a minha mente. Por mais que eu não tivesse visto, a imaginação era uma filha da puta e eu não queria ter que lidar com Yan agora. Reconheço que prometi para Kizzie que conversaria com ele, mas eu ainda tinha tempo até poder colocar a cabeça no lugar e parar de querer socar sua cara como se fosse um saco de areia.

— É cedo demais.

Carter se levantou e veio em minha direção. Estava disposto a não deixar que eu me safasse. Já tínhamos adiado essa conversa o máximo que conseguimos e Carter não era o tipo de cara paciente no que diz respeito ao bem-estar daqueles que gosta.

Porra.

Mesmo assim...

— Eu sei que sua mente está a milhão agora, pensando em Kizzie, no seu casamento com ela que deve acontecer em um ano ou dois. E, cara, eu acho isso ótimo. Estou feliz por vocês. Mas nós somos uma família, nós somos uma banda. Se um cai, todos caem, e Yan, nesse momento, precisa da nossa ajuda. Ninguém, além de você e Lua, pode trazer o cara de volta. Eu não estou pedindo que o perdoe agora, só estou pedindo para que converse com ele e tente entender que,

Uma noite sem você

21

por um segundo, Yan perdeu a cabeça e fez merda. Todos nós já fizemos merda um com o outro, isso não é novidade.

— Ele beijou a única mulher que eu amei nessa porra de vida, Carter! — gritei. *Sim, eu ainda não estava pronto para lidar com essa merda.* — Não estou preparado para fingir que nada aconteceu. Talvez amanhã eu seja menos egoísta e possa ir falar com ele. Mas, neste momento, eu não consigo. Tenta respeitar isso e para de me pressionar, caralho!

— Temos coisas da banda para resolver. — Carter abrandou o tom da voz e colocou a mão no meu ombro. Eu rolei os olhos. — Nós não podemos fazer nada sem Yan estar presente e não podemos tomar nenhuma decisão sem que ele esteja aqui, de corpo e pensamento. Tá entendendo, Zane? Sem ele, não tem a The M's.

— E o que você espera que eu faça, porra? — Continuei a manter o tom de voz alto e afastei a mão de Carter. Fuzilei os olhos verdes no cara, na esperança de que ele entendesse meu lado. — Quer que eu apareça no apartamento, tire-o do buraco que ele mesmo se enfiou e tente resgatá-lo? Você quer que eu diga que está tudo bem sobre o beijo, depois de duas míseras semanas, nas quais nem tive tempo de pensar a respeito? Ele não traiu o que eu sentia pela Kizzie, porque estamos bem. Ele traiu a merda da minha confiança. E, adivinha, cacete? Não fiz nada além de apoiá-lo durante suas loucuras na turnê da Europa. Até me meti no meio antes de ele beijar aquela menina e foder o relacionamento que tinha com Lua. Eu fiz a minha parte como amigo do Yan. Eu fiz a *minha* parte! Ele não foi capaz de fazer a dele.

— Yan está quebrado.

— Meu irmão está quebrado também e você me vê conseguindo consertar essa droga?

Carter suspirou.

— É diferente, porra. Você sabe disso.

— O que é diferente, hã? Me fala onde tem diferença. Isso é alguma indireta para dizer que Shane não tem salvação e Yan tem? Vai tomar no cu, Carter.

Ele deu um passo à frente e empurrou meu peito, de modo que dei um passo para trás. Ficou furioso, embora eu quisesse mesmo que ele ficasse. Imagens de Yan beijando Kizzie eram demais. Eu queria que alguém sentisse a fúria que corria nas minhas veias.

— Não coloque palavras na minha boca. Eu nunca disse que o Shane não tem salvação e que o Yan tem. Os dois estão quebrados, eu sei disso, mas são situações diferentes. Shane vai levar tempo, mas o Yan só precisa do amigo dele ao lado

Aline Sant'Ana

enquanto o mundo está desabando. Pare de pensar nessa porra de beijo, que não significou nada para nenhum dos dois, e comece a pensar no cara que é seu amigo desde quando você nem sabia o que era sexo.

— Foda-se.

— Você vai cair em si, porque não é esse filho da puta egoísta que está tentando demonstrar agora. Você é mais do que isso, Zane. Kizzie trouxe à tona o seu melhor lado. Espero que leve em consideração tudo o que sua noiva fez por você.

Ele saiu do meu apartamento com o violão nas costas. Íamos começar a elaborar algumas coisas em acústico e ver o que funcionava, mas parece que o assunto desandou em algum momento.

Carter estava determinado a consertar a The M's, assim como eu sabia que minha noiva estava engajada em fazer tudo dar certo. Merda, eu era orgulhoso pra caralho, confesso que tinha a personalidade difícil. Yan fodeu nossa amizade, assim como fodeu seu relacionamento com Lua. Mas eu ainda amava aquele filho da mãe, claro que amava, portanto, ainda doía pensar que ele, justo ele, que sempre torceu pela minha felicidade, ficou cinco segundos contra ela.

Passei a mão nos cabelos longos, me sentindo frustrado, pensando na única coisa que poderia me acalmar nesse momento: Keziah Hastings. Eu só precisava tomar um banho antes e ouvir umas cinco músicas de rock pesado para me acalmar.

Kizzie

Assim que terminei de assistir ao vídeo, decidi ligar para o meu pai. Ele era o único que eu confiava e que tinha mais experiência em assuntos desse porte, já que escândalos não poderiam ser tratados sem o acompanhamento de um advogado, e ele teria, com certeza, um para me indicar. Questionei Lyon sobre o profissional que controlava a parte legal da The M's e ele me disse que não confiava tanto assim no cara, que era muito ligado ao antigo empresário.

— Minha pequena Kiz — disse na linha, como se eu não beirasse os trinta.

— Oi, pai.

— Como você está?

Apesar de já imaginar que ele sabia de certas coisas, principalmente o fato de eu estar sendo assediada pela mídia, optei por fazer um breve resumo de tudo,

Uma noite sem você

para aprofundar e chegar onde queria. Ele questionou se Zane estava bem, se tínhamos nos resolvido, e expliquei — adiando e sem coragem de dizer a verdade — que tudo estava legal. Depois, com mais calma, contaria a ele como eu me apaixonei e... bem, sobre o noivado.

— Você quer uma opinião profissional a respeito? — questionou.

— Por favor.

— Sobre as fotos do baterista da banda... Yan é o nome dele, certo?

— Sim. Eu queria que a foto parasse de circular. Já consegui tirar algumas que continham nudez do Zane no começo da carreira, e foi fácil. Mas do Yan, como não há nada além de um beijo, não sei como posso fazer isso sumir.

— Eu vou conversar com o Dr. Marston. Na verdade, vou te apresentar a ele.

— Ele é advogado?

— Sim, o melhor.

— E nós podemos tratar também a respeito do que estão falando de mim?

Meu pai deixou um suspiro preencher o ar.

— Eu criei você praticamente sozinho. Conheço o seu caráter, a sua determinação, o quão duro trabalhou para chegar até aqui e, em nenhum momento, precisou usar escada alguma para ser quem você é.

— Pai...

— Me mata o que estão falando de você, filha. Eu queria jogar sujo, pegar as merdas que sei a respeito desses jornalistas e derrubar todo mundo. Mas vamos fazer do jeito certo. Eu não quero te prejudicar.

— Acha que isso pode ser muito negativo para a minha carreira?

Ele ficou em silêncio por um momento.

— Você se vê saindo da The M's? — respondeu suavemente com outra pergunta.

Olhei para o anel de rubi no meu anelar, brilhando em vermelho, o coração cintilando.

— Não.

— Vamos trabalhar para isso dar certo. Independente se você ficará ou não administrando a banda no futuro.

— Precisamos conversar com calma.

— Sim, filha. Vamos fazer do seu jeito. Vou pegar um voo para Miami.

Aline Sant'Ana

Precisamos muito nos ver. Estou te devendo alguns abraços. — Pelo seu tom de voz, eu soube que ele estava sorrindo.

— Você está devendo sim.

Falamos sobre trivialidades antes de encerrarmos a conversa. Assim que desliguei o celular, o nome de Zane preencheu a tela. Meu coração acelerou e doeu.

Eu ainda não podia contar o que estavam falando sobre mim, porque Zane é impulsivo e provavelmente tomaria uma atitude desse tipo. Esperava que o filtro usado pela equipe do Lyon fosse eficiente.

— Oi, Marrentinha. — Escutei sua voz dançando na linha.

Se possível, meu coração acelerou um pouco mais.

— Oi.

— Como você está?

— Bem... e você?

— Um pouco puto. — Riu suavemente. — Na verdade, bem puto. Eu só precisava ouvir sua voz para me acalmar.

Empertiguei-me na cadeira.

— Aconteceu alguma coisa?

Zane me contou sobre a discussão com Carter e sua relutância em conversar com Yan. Meu Deus, ele não conseguiria deixar isso de lado, não é? Tentei explicar que ele deveria esfriar a cabeça e depois pensar a respeito da sua amizade com Yan. Mas, uma série de palavrões depois, Zane deixou claro que não estava pronto para pensar sobre isso naquele momento.

— Eu só não posso, porra. Ainda não — resmungou, encerrando o assunto. — Quando você volta pra casa?

— Só às seis, Zane. — Sorri, achando divertido o fato de ele não estar acostumado com horários normais de qualquer emprego. — Tenho que cumprir minha função e cuidar da banda de vocês.

— Eu sou seu chefe. Você pode voltar às quatro — provocou, com a voz mais densa.

— Não, não posso.

— Desobedecendo uma ordem direta?

— Você vai sobreviver, Zane.

— Não sei se vou. — Riu, rouco. — Você vai para a sua casa ou para o meu apartamento quando chegar?

Uma noite sem você

— Vou pra casa primeiro. Preciso cuidar da Miska, tomar banho...

— Te busco às sete?

— É, parece perfeito.

Não estava acostumada com ligações de Zane assim. Era a primeira vez que estávamos nos relacionando dessa forma, dentro da realidade, longe da magia europeia que nos envolveu durante as onze noites mais intensas de nossas vidas. Eu sentia que, não importava se havia um anel enorme no meu dedo, ainda estávamos em fase de teste. Zane precisava amadurecer o seu conceito de relacionamento. Apesar de ser um homem de quase trinta anos, nunca tinha namorado, então, fazia uma ideia de como para ele isso era ainda mais chocante do que era para mim.

Para minha surpresa, Carter bateu na porta. Ele colocou a cabeça para dentro da sala e sorriu.

— Está na hora do almoço — avisou.

Isso era meio inusitado.

— Você quer almoçar comigo? — questionei, sem esconder o choque.

Carter entrou com duas sacolas pardas e algo que cheirava maravilhosamente bem. Vestia uma calça jeans azul desbotada e uma camiseta preta básica de gola V, que ficaria normal em qualquer ser humano, mas tudo que esses meninos da The M's usavam parecia ser fabricado para rockstars.

— Quero e, sim, trouxe a comida até você — sua voz grave afirmou, um pouco risonha.

— O que é?

— Um sanduíche muito calórico que provavelmente não deveríamos comer.

Acabei rindo.

— Parece bom.

Ele se sentou em frente à minha mesa e eu abri espaço para colocar a comida. Era um lanche gorduroso com bacon, ovos, hambúrguer e maior do que a minha mão, mas estava tão cheiroso que não me importei e muito menos me fiz de boa moça quando o abocanhei com prazer. Meus olhos fecharam e meu estômago roncou antes que eu pudesse engolir. Carter, como um completo cavalheiro, não mencionou o ocorrido, mas me estendeu a latinha de Coca-Cola, para acompanhar a bagunça calórica.

Tirou seu lanche do saco e, em uma mordida, a metade sumiu.

Abri os lábios em choque.

Aline Sant'Ana

26

— Eu tenho uma boca grande — admitiu, assim que terminou de mastigar. Seu rosto ficou sereno, quase infantil, como se tivesse sido pego fazendo uma arte.

— Bom, isso explica muita coisa.

Ele riu e bebeu a sua Coca-Cola. Depois, o semblante de Carter mudou. Ele parecia preocupado e isso fez meu sangue correr mais rápido.

— Além do prazer da sua companhia, essa visita tem um motivo — falou, antes de dar a segunda mordida e, para minha surpresa, terminar o maldito lanche.

Santo Cristo, pelo menos livrou o meu nervosismo.

— É? — Mordi mais um pedaço, percebendo que não tinha chegado a um quarto do sanduíche.

— Eu acesso bastante as redes sociais e assisti ontem a um vídeo falando sobre você. — Os olhos verdes de Carter se estreitaram. Pude ver uma fúria neles e, por mais que ele fosse um homem doce, sabia que poderia causar medo em qualquer um que atravessasse seu caminho. — O vídeo era maldoso, muito preocupante, e a reação das fãs do Zane, das fãs da The M's, ainda mais. Presumo que você já o tenha assistido, Kizzie.

De repente, perdi o apetite. Carter me olhou com culpa e suspirou fundo.

— Por favor, não pare de comer. Só eu vou falar, tudo bem?

Concordei mexendo a cabeça e, dessa vez, mordi devagar o lanche.

— Eu quero que saiba que nenhum de nós, incluindo Yan, eu e a Fada... Erin, bem, pensamos aquilo que foi dito de você. Não foi só o Zane que se apaixonou por você durante aquelas onze noites, todos nós o fizemos. Sentimos e vimos como vocês se envolveram e torcemos muito, na real, para que desse certo, porque parecia a coisa mais correta que já aconteceu, era para ser e sei que você sente isso também.

Deixei o lanche de lado, não conseguindo mais mastigar, e meus olhos ficaram marejados com a sinceridade de Carter. Ele tinha apoiado os cotovelos sobre a mesa e seu olhar era do afeto mais puro que pode existir.

— Sinto muito por você estar sendo acusada injustamente por uma mentira criada por especulação. Todo o apoio que você precisar, pode ter certeza que vai ter. Você não está sozinha, Kizzie.

— Ah, Carter...

Ele suspirou fundo e passou as mãos nos cabelos.

— Acabei de sair de perto do Zane e percebi que ele ainda não sabe sobre o

Uma noite sem você

que está acontecendo. Sei que conselho é algo que, se fosse bom, seria vendido, mas posso te pedir só um favor?

— Qualquer um.

— Quando se sentir preparada, abra o jogo com ele.

— Já estou vendo advogados para tratar disso, Carter. Eu quero que acabe antes de ele saber.

A testa do vocalista se franziu, o cabelo saiu do penteado e caiu uma mecha sobre os olhos.

— E você acha que vai dar tempo?

— Espero que sim — afirmei, porque precisava disso.

Zane não lidaria bem e poderia, sem querer, em sua inocência, estragar os planos.

— Eu também.

Carter deixou um de seus sorrisos encantadores escapar. Ele levantou, se afastou da minha mesa e, no meio da sala, abriu os braços. Seus dedos indicadores fizeram o movimento universal de que a minha aproximação era necessária.

Me afastei da cadeira giratória, caminhei até ele e passei os braços por sua cintura. Minha cabeça alcançou seu tórax e suas mãos foram para as minhas costas, acariciando lentamente como se tivessem a capacidade de aliviá-las do peso. Carter ainda baixou seu rosto, me abraçou mais forte e eu senti que, mais do que eu, quem precisava daquele aperto era ele.

Então, o abracei com toda a força que tinha, por minutos, escutando sua respiração cadenciada, sabendo que ele estava sofrendo por ver todos que amava com uma pendência e, talvez, se culpando profundamente, por ser o único ali feliz.

Zane

Peguei a Fender e coloquei sobre a coxa. Já tinha ligado no amplificador, e só precisava ouvir as cordas fazendo música. Inspirei o ar do início da tarde, olhei para a vista de Miami e me concentrei na canção que se formava na minha cabeça. Carter deixara sobre a mesa letras de música que tinha composto e eu precisava distrair a mente. Caralho, queria parar de pensar em problemas, mas isso era como uma praga que se alastra. Uma vez que consumiu, não vai embora até que seja resolvido.

Aline Sant'Ana

28

Yan e Lua.

Shane e suas merdas.

Em que porra essas pessoas foram se enfiar?

Eu costumava ser o escroto que causava dores de cabeça. *Desde quando me tornei um homem responsável?* Tudo bem, eu ainda não era muito certo, só estava noivo e apaixonado.

— Transforme — li o nome da canção que Carter havia composto, a que estava sobre todas as outras. Falava sobre o poder da mudança, o reconhecimento dos nossos limites. Poderia ter uma batida interessante se eu dedilhasse um pouco mais na *intro*.

A porta do elevador se abriu e não me preocupei em virar para saber quem era. Eu a reconhecia só pelo som que fazia ao caminhar. Ela se jogou ao meu lado no sofá, e tive um vislumbre pela visão periférica dos seus cabelos ruivos, os saltos altos e as pernas muito brancas.

— Você conseguiu tirar Carter do sério? — perguntou, sem me dar um "boa tarde", "olá" ou quem sabe um: "como você está, Zane?".

Continuei dedilhando a Fender e virei meus olhos em sua direção.

— Eu não sei. Consegui?

— Zane...

— Tá, eu consegui.

Erin se acomodou melhor. Os olhos azuis foram para o movimento que eu fazia nas cordas, sem a palheta.

— O que está acontecendo? É por causa do Yan?

— É, ruivinha, mas não quero te colocar nessa merda. Você já está preocupada o bastante com a Lua.

A filha do político Anderson sumiu da porra do mapa. Não tinha como contatá-la, encontrá-la, ligar para ela nem fazer sinal de fumaça. Seus pais não sabiam onde ela estava — ou era o que diziam para Erin — e a ruiva estava ficando maluca atrás da amiga. Na verdade, era de saudade, porque parecia que ela sabia que Lua estava bem.

Ainda assim, era foda, principalmente depois que percebi o quanto Lua estava acabada.

— Me preocupo com a Lua e com o Yan na mesma proporção.

— Eu ainda não o perdoei pelo beijo que deu na Keziah. — Parei de tocar a Fender e encarei Erin. Minha expressão se fechou.

Uma noite sem você

— Não conversou com ele pessoalmente?

Neguei com a cabeça.

— Ah, Zane...

— Carter quer que eu opere um milagre. Não sou Jesus, apesar de o cabelo ser grande. — Sorri para ela, a fim de aliviar a tensão.

Ela sorriu de volta.

— Eu tenho certeza de que vocês vão se acertar. Yan realmente perdeu a cabeça, mas você precisa dar um crédito para ele. Olha quanta coisa aconteceu! Já parou para pensar que, se fosse com você, talvez tivesse feito algo maluco assim?

— Te beijar, por exemplo? — Bufei, irritado. — Beijar a Lua? Não sou filho da puta a esse ponto.

— Foi um lapso — Erin explicou, adotando quase uma postura maternal. Sua mão pousou sobre o meu joelho e ela deixou um sorriso bondoso cobrir seus lábios. — Yan errou. Você também já errou bastante, não?

— Pra caralho.

— A hora certa vai chegar e você vai poder ajudar o seu amigo.

Ficamos em silêncio por alguns segundos. Erin tirou a mão do meu joelho e continuou me encarando.

— Eu fui visitá-lo, sabe?

— Yan? — perguntei o óbvio.

Ela assentiu.

— Ele está barbudo. Jamais pensei que pudesse ficar com aquela aparência. Ele só tem mexido no computador sem parar. Vi que sua casa estava quase sem comida e fui ao supermercado fazer uma compra suficiente para o mês inteiro. Abasteci a geladeira e os armários com alimentos saudáveis, porque sei que ele é preocupado com o corpo. Bom, nós trocamos poucas palavras. Eu soube que contratou um detetive para encontrar Lua e, pelo menos está tomando banho, se alimentando, mas parece frio, Zane. Yan, que já era fechado, se transformou em uma muralha intransponível.

— Ele contratou um detetive?

— Sim.

— Yan perdeu a cabeça — pensei alto.

— Ele está desesperado para se redimir. Lua não deve estar pensando com o cérebro também, se abandonou todo mundo sem dar grandes explicações. É

Aline Sant'Ana

30

difícil para Yan, Zane. Ele sempre foi metódico, você o conhece há mais tempo que eu. Imagina um cara como ele perder o chão? Perder a mulher que ama pela atitude de ambos?

Me coloquei no lugar de Yan por um segundo, pensando que isso era uma tremenda porcaria. O que aconteceu com ele poderia ter acontecido comigo e com Kizzie. Carter e Erin. Poderia ter acontecido com qualquer um. Mas, caralho, a vida do homem virou do avesso. Ele amava Lua com todo o coração, apesar dos problemas que enfrentaram ao longo do ano.

— Eu... — Não soube o que dizer.

— Pensa com carinho na amizade de vocês, tudo bem?

Olhei para Erin depois de quase um minuto inteiro passar. Ela esperou que eu dissesse alguma coisa, mas, ao invés disso, coloquei a Fender de lado.

— O que está fazendo?

Não respondi à pergunta da Erin, minha mente em um turbilhão estranho, processando aquelas palavras que serviram como um soco no estômago. No automático, me acomodei no sofá mais confortavelmente e puxei Erin pelo ombro, para que ela se recostasse em mim. Sem relutância, a namorada do Carter o fez. Minha melhor amiga me observou pegar o controle da televisão, com sua cabeça apoiada em meu ombro, uma de nossas mãos entrelaçadas.

— A vida é uma tremenda filha da puta às vezes.

Erin assentiu.

— Você pode ficar aqui, vendo um filme comigo?

— Qualquer um que você queira assistir.

Encontramos um longa qualquer de suspense. Erin me abraçou com mais carinho e ficou atenta à cena que rolava na tela, assim como eu, ambos perdidos em pensamentos, mas fazendo companhia um ao outro.

Me senti bem e em paz.

Ainda que não soubesse como consertar as pessoas que eu amava.

CAPÍTULO 2

There's a life inside of me that I can feel again
It's the only thing that takes me where I've never been
I don't care if I lost everything that I have known
It don't matter where I lay my head tonight
Your arms feel like home... feel like home

— 3 Doors Down, "Your Arms Feel Like Home".

ZANE

Kizzie ficou a semana inteira trabalhando como louca. Além disso, tinha algum caralho de problema que ela não estava me contando. Assim que voltou depois do primeiro dia, percebi que havia algo errado. Kizzie falou que era sobre Yan e Lua, mas consegui ver por trás da omissão. Um problema tinha acontecido, ela não estava me contando, mas já aprendi a lição: não ia me meter até que estivesse pronta para falar.

— Não vamos cozinhar. Podemos pedir qualquer coisa pronta — sugeriu, com um sorriso.

Íamos passar o final de semana no meu apartamento, diferente do que fizemos desde que voltamos a Miami. Ela trouxe Miska e todos os acessórios que precisava para ter a gata entretida, além de algumas peças de roupa para se trocar. Isso era pouco, mas significava muito. Íamos nos casar dentro de algum tempo e seria interessante Kizzie se acostumar com nossas roupas se misturando.

— Sim, podemos pensar em comida. Mas, primeiro, tenho que guardar suas coisas no meu closet.

Kizzie mordeu o lábio inferior.

— Eu trouxe umas peças a mais, para não ter que ficar trazendo sempre.

— Sei que isso aqui é um pouco intimidante, porque tem todas essas guitarras na sala e é tudo muito frio e com couro, mas, caralho, quero que se sinta à vontade aqui, Marrentinha. Se quiser colocar flor, se quiser pintar a parede de rosa, tô pouco me lixando, na boa. Só quero que você sinta que aqui também pode ser sua casa até a gente decidir onde vai morar.

— Depois que nos casarmos? — ela inquiriu, a ansiedade aparecendo em seus olhos.

Aline Sant'Ana

32

— Sim. — Sorri.

Ela se aproximou e deixou a pequena mala no chão. Miska estava no sofá, analisando o couro, enquanto sua dona passava as mãos pela minha cintura, segurando nos passadores de trás do jeans. Sem os saltos que Kizzie estava acostumada a usar, ela ficava tão pequena.

— Então me mostra o seu closet.

Segurei seu queixo, trazendo-o para cima. Formigas estúpidas começaram a correr na minha barriga no segundo em que me inclinava para dar um beijo breve em sua boca. Os lábios de Kizzie cheiravam a morango, provavelmente por causa do gloss que ela passara. Senti o sabor na ponta da língua quando me afastei.

— Vem comigo.

Peguei sua mala e deixamos Miska entretida com todas as coisas do apartamento. Fui até o meu quarto, abri as portas e caminhei com Kizzie em direção ao closet. Havia um pequeno painel de senhas que já veio com o apartamento. Era um closet tão discreto, que nem eu sabia que aquela porra existia quando compramos. Digitei a senha de quatro dígitos, já passando os números para Kizzie, quando as portas se abriram.

— Caramba! — Kizzie ficou surpresa.

— É, eu tenho roupas.

Ela riu.

— Pensei que ficar sem camisa por aí era falta de roupas. Não fazia ideia de que você tinha um guarda-roupas tão completo.

— Agradeça ao pessoal que você contratou. Compraram tantas roupas para mim que ainda nem sei que porra tem aqui.

Kizzie entrou, um pouco relutante, passou as mãos pelas jaquetas de couro, as camisas sociais de diversas cores, as blusas quadriculadas de flanela que eu curtia usar sobre camisetas básicas. Seus olhos varreram tudo e ela virou para mim.

— É lindo esse closet. E tão a sua cara.

— Porque as paredes têm vários tons de vermelho e espelhos para todos os lados? Sim, é um pouco diferente dos closets femininos com saltos cor-de-rosa. — Ri.

— É, mas tem a sua alma e o seu perfume. Eu gosto daqui.

— Provavelmente suas roupas vão ficar cheirando a Zane. — Puxei-a pela

Uma noite sem você

mão, colando nossos corpos. Os olhos de Kizzie se tornaram lânguidos. — Se importa?

— Na verdade, seu perfume já está em mim. Mesmo quando durmo longe de você, consigo te sentir na minha pele, nas roupas...

Nunca tinha experimentado a sensação de ser territorial com qualquer coisa que não fosse a Fender. Caralho, eu nunca quis deixar a minha marca em mulher alguma, porque jamais senti a necessidade de fazê-la minha.

Mas ela...

— É mesmo, Keziah? — sibilei seu nome lentamente ao pé do seu ouvido. — Eu fico em você?

— Fica.

A atração sexual entre nós era insana e ela me provocava pra caralho, me deixando completamente louco. Inspirei fundo, puxei seu lóbulo sensível entre os dentes, e a senti vibrar pelo contato.

— Vamos arrumar as suas roupas aqui e almoçar. Cacete, não posso transar contigo agora, você vai passar mal.

Ela riu, percorrendo a ponta dos dedos pelo meu tórax, descendo para a barriga. Encarei aquele decote que estava bem no meu campo de visão, a marca do biquíni, os seios fartos mal contidos pela blusa justa que Kizzie vestia. Meu pau começou a pulsar na calça. Eu queria pegar seus seios e chupá-los até que ficassem vermelhinhos e sensíveis.

— Realmente precisamos arrumar algumas coisas. — A voz de Kizzie ficou rouca, e eu estremeci. — Mas a gente pode atrasar quinze minutos, não pode?

— Não — resmunguei, pensando que uma rapidinha não estava nos planos. Queria muito, mas ela precisava se alimentar; não tinha tomado café da manhã. — Depois.

— Monossilábico, hein?

— Uhum — gemi quando Kizzie ficou na ponta dos pés e beijou meus lábios. Sua língua vasculhou minha boca e eu deixei que entrasse. Segurei sua cintura, aprofundando um contato molhado e quente. Senti seu sabor de morango com mais força quando o gloss ficou todo na minha boca. — Merda, Kizzie — sussurrei, quando se afastou de mim.

— Tudo bem.

— Sério? — Não pude acreditar que ela ia me dar paz. Eu queria fazer as

Aline Sant'Ana

coisas certas, mas por ela, que não tinha se alimentado. Nunca era suave quando fazíamos sexo.

— Uhum. Você está se esforçando para não acontecer nada e eu estou aqui, te tentando. Vamos arrumar as roupas e almoçar. Depois...

Fiz questão de puxá-la pela blusa e trazê-la da volta para mim. Toquei os lábios no ponto quente do seu pescoço e dei um beijo molhado, com a língua.

— Depois você não escapa — prometi.

Kizzie

Meu pai estava retornando para Miami nesse domingo, para conversarmos a respeito do advogado que ele ia me apresentar. Além disso, eu precisava contar a ele que estava noiva. O Sr. Hastings não fazia ideia, já que a mídia não tinha divulgado esse detalhe. Eu não queria que meu pai ficasse sabendo das coisas pela televisão. Ele precisava ouvir da minha boca.

Consegui me distrair com Zane enquanto arrumávamos as roupas em um espaço do seu closet. Não havia muito; eu não queria que ele pensasse que ia ficar mais aqui do que na minha própria casa. Tínhamos mesmo que ver onde moraríamos depois de casados, porque não queria abrir mão do meu espaço. Também reconhecia que a área onde eu morava era muito residencial e simples, e não poderia levar Zane para lá. Imagina o tumulto! De qualquer maneira, ajeitamos as roupas, colocamos tudo de forma organizada do lado esquerdo e, depois, conseguimos pedir o almoço. Optamos por algo prático — comida chinesa —, que chegou em quarenta minutos, quando eu já estava nos braços de Zane assistindo a um filme qualquer na Netflix.

As horas passaram devagar, principalmente depois que o filme acabou e Zane cumpriu a sua promessa: fez amor comigo de todas as formas e posições, deixando claro que não ficava saciado com pouca coisa. É claro. Um homem como Zane D'Auvray nunca conseguia fazer pouco caso de sexo. Para ele, era um ritual delicioso e, francamente, eu amava. Zane era empenhado, sempre se preocupava com o meu prazer antes do dele. Eu adorava a forma que me tratava, sexo nunca tinha sido assim, tão intenso e de fazer os músculos doerem.

— Quero dar um passeio mais tarde — Zane murmurou baixinho, cansado pós-sexo, enquanto estávamos no sofá. Meu corpo estava sobre o dele e eu podia sentir cada saliência muscular embaixo de mim.

Quente... muito quente.

— Sair?

— Sim.

— Para onde? — Fiquei imediatamente preocupada com a possibilidade de algum paparazzo nos seguir. Eu tinha uma aliança no dedo e Zane não sabia da repercussão sobre o nosso relacionamento.

— Podemos dar uma volta na praia. Chamamos o Mark e ele fica fazendo a segurança. Sei lá, eu amo ficar perto de você, pra caralho mesmo, mas sinto falta do ar livre.

Sorri.

— Quer ir na praia de noite?

— Sim, por que não? Tem restaurantes e uma porrada de coisas que podemos fazer.

— Podemos ir a uma festa, se você quiser — sugeri, colocando uma mecha do seu cabelo espesso atrás da orelha, encarando seus olhos castanhos.

Eu sabia que Zane sentia falta de ir para festas e beber. A vida de solteiro era agitada e eu queria deixar claro que ele poderia ter essas coisas comigo. Eu não era boêmia nem notívaga, mas, por Zane, quem não seria? E ele era o tipo de homem que fazia a festa por si só.

— Uma festa, hein? Está falando como empresária da The M's ou como minha noiva?

Foi impossível resistir e acabei sorrindo.

— Nesse momento, sua noiva.

— É porque, se me lembro bem, minha empresária disse que não seria interessante eu ficar saindo por aí, nu, mostrando a bunda para as pessoas — zombou, arqueando a sobrancelha.

Zane era uma pintura.

— Eu disse mesmo. Depois de ver suas fotos pelado na lagoa... já não esperava menos de você, Zane.

— Cara, eu sempre fui muito louco. Ainda sou esse cara, Kizzie. Espero que saiba. Você não está a salvo.

— Sim, acho que vou me casar com uma Kardashian.

Ele elevou os lábios num sorriso, depois começou a gargalhar. A risada dele

Aline Sant'Ana

era tão gostosa que me fez rir junto.

— Então é isso que você pensa de mim?

— Sim, você só se envolve em escândalos.

— Só me *envolvia*. Agora tenho você pra ficar me salvando dessas porras.

— Ah, sim. Até porque você parou de beijar todo mundo...

Um semblante perigoso surgiu em seu rosto.

— Eu sou comportado.

Senti a ereção dele entre nós, que já estava começando a reviver o que passamos.

— Comportado?

Zane abriu um sorriso malicioso.

— Não posso mentir pra você se o meu corpo me entrega.

— Realmente.

— E então? — Seus lábios passaram pelos meus. — Podemos sair à noite?

— Para a festa? — Minha mente ficou nublada porque seu nariz começou a traçar a minha pele, até alcançar o maxilar.

— Para onde você quiser.

— Vou ter que ligar para o Mark...

— Uhum.

— Zane... — sussurrei quando seu corpo passou a responder com mais vontade.

— Você está dolorida, né? — questionou, com rouquidão.

— Um pouco. — Fui sincera.

— Então vamos tomar um banho e depois você liga pra ele.

Entramos no banho e Zane acabou me dando uma pequena folga sexual. Nos divertimos embaixo d'água; era gostosa a companhia do homem que eu amava. Ele me tratava tão bem que fiquei pensando como, em tantos anos, o guitarrista não havia deixado o amor entrar. Que sorte a minha ter conquistado seu coração e que sorte a dele por ter tido a chance de consertar o meu.

Uma noite sem você

Zane

Todas as casas noturnas que eu conhecia, se eram de famosos e mais limitadas ao acesso do público, tinham orgias e essas coisas que a deixariam muito incomodada. Então, porra, optei mesmo pelo básico. Uma volta na praia à noite, poderíamos jantar em algum restaurante...

— Vou só me trocar, então. — Ela beijou meus lábios.

Vesti uma calça jeans escura com rasgos em todos os lugares, além de uma camiseta básica com listras finas na horizontal azul-escuras e brancas, e coloquei uma jaqueta de couro marrom. Prendi o cabelo em um coque, ao invés de deixá-lo solto, e era isso, não tinha muito o que inventar.

Mas Kizzie, caralho, essa mulher sabia tirar o chão que eu pisava.

Colocou um vestido branco e justo em cada parte do seu corpo, exceto nas coxas, que abria para deixá-la angelical. Nos pés, uma sandália baixa, porque ela pensou na caminhada que faríamos na praia, mas seus cabelos escuros estavam caindo em cascata pelas costas, um pouco mais ondulados que o normal. Não passou maquiagem alguma, Kizzie não precisava, só aqueles olhos cor de mel já eram capazes de tirar a porra do meu fôlego.

Como essa mulher era tão linda?

Como eu nunca tive a chance de tocá-la antes?

Por que ela levou tantos anos para aparecer?

Cacete!

Ela me deu um golpe no coração, se instalou ali e, meu Deus, ficar apaixonado era uma tremenda porcaria. As pessoas gostavam de se sentir assim? Como se pudessem morrer a todo segundo e mesmo assim continuar vivendo?

— Zane? — Kizzie sondou minha expressão, passando a mão nas pregas do vestido. — Acha que exagerei?

— Não, porra. Não mesmo.

Sorriu.

— Por que está com essa cara?

— Eu odeio te amar — confessei. — É bizarro o que você faz dentro de mim, do meu corpo.

Ela arqueou a sobrancelha.

— Você *odeia* me amar?

Aline Sant'Ana

— Odeio amar, de modo geral. Mas você... você *acaba* comigo.

Um sorriso perverso cobriu seus lábios. O que eu disse poderia ofender qualquer mulher que não soubesse interpretar a intenção do que foi dito, mas não Kizzie. Ela me entendia, me estudava, parecia saber coisas sobre mim que nem eu sabia. Aquela empresária tinha um manual de instruções e eu nunca conheci alguém assim em toda a merda da minha vida.

— Acho que você me elogiou.

— Era pra ter sido um elogio.

Kizzie deu alguns passos e tocou meu rosto. Fiz a barba, para que pudesse beijá-la sem arranhar sua pele. Ela sorriu.

— Eu também odeio te amar, mas não é como se tivéssemos escolha.

— Não — concordei, inspirando seu perfume pós-banho. Ela cheirava ao meu sabonete.

— É pular de um ponto alto e dar um salto de fé. Sem garantias. Sem proteção. Sem nada além da coragem.

Segurei sua cintura com delicadeza, trazendo-a para junto de mim.

— Eu sempre fui corajoso.

— Eu sei. Você pulou por mim.

— E pularia de novo.

— Mesmo odiando me amar? — Riu suavemente.

— É bizarro pra caralho o que eu sinto dentro de mim. Não estou acostumado. Achei que era imune, pensei que não pudesse, zombei Carter e Yan até a morte, mas eu sinto e não mudaria nada.

— Sabe, eu também pulei por você. E você é um ponto bem mais alto, com chance de queda iminente e sem paraquedas.

— É. — Sorri. — Sou fodido.

— Você é difícil, Zane.

— Tô sabendo.

— Mas eu também saltaria sem pestanejar.

Fiquei pensando que era um sortudo de ter conhecido alguém para amar quem eu era. Eu tinha uma personalidade difícil, era briguento, mal-humorado, não aceitava as coisas que não fossem do meu jeito e, em parte, a única mulher capaz de domar essa personalidade zoada era a Kizzie. Ela me completava e,

Uma noite sem você

merda, Kizzie tinha que ser minha, ela não poderia pertencer a nenhum outro alguém.

Beijei sua boca sem aviso prévio. Contornei seus lábios, costurei seu sabor no meu, deixei que os arrepios me levassem. Apesar de odiar como o amor causava reações contraditórias, eu amava a parte boa, e esse componente valia a pena cada vez que nossos corpos se juntavam, fosse para um beijo, um abraço ou uma noite incansável de sexo.

Enlacei nossas mãos e levei Kizzie para longe dali.

Kizzie

Miami estava agitada. Era sábado, as pessoas estavam de folga do trabalho e queriam festa. Zane disse que não me levaria para a balada e me prometeu um passeio em Hollywood Beach, além de um jantar em um dos restaurantes próximos. Eu não estava muito preocupada com a praia, porque, quando decidimos ir para lá, eu sabia que mais famosos poderiam estar nas redondezas, o que me tranquilizava.

Havia algumas pessoas na região, mas nada alarmante. A maioria fazia caminhada e ninguém parecia interessado em colocar os pés na areia, como Zane e eu. Ele deu a mão para mim, e Mark saiu do carro com sua dupla de companheiros, mas não nos seguiu. Zane pediu que ficassem distantes o bastante para ninguém saber que estavam nos escoltando e, ao mesmo tempo, não muito longe para que, se acontecesse alguma coisa, eles estivessem perto.

Quando descemos rumo à areia, tendo as ondas escuras em meio às espumas brancas de cenário, percebi que o mar estava revolto. O som calmante das ondas me deu energia, e Zane passou os braços em torno dos meus ombros.

— Está com frio? — perguntou.

— Não. O clima está ótimo.

O céu parecia surpreendentemente estrelado, apesar de estarmos em uma cidade grande. A lua pintava a escuridão, iluminando onde a eletricidade não conseguia alcançar. Zane me apertou mais forte, colocando-me colada em seu corpo. Andamos lado a lado.

— Sabe, eu preciso que você esteja livre no próximo final de semana.

Guiei meu rosto para cima e meu nariz esbarrou no queixo anguloso de Zane. Ele baixou os olhos e sorriu.

Aline Sant'Ana

40

— O que vamos fazer?

— Quero que conheça meus pais e Shane.

Traguei o ar devagar.

— Sério?

— Sim. — Ele riu baixo e balançou a cabeça em negativa, como se pensasse em alguma coisa. — Cara, você vai ser a primeira mulher que vou apresentar a eles.

— Ah, Zane...

— Vai ser divertido ver a reação de ambos, embora imagine que estão felizes por mim.

— E Shane?

— Shane vai te comer com os olhos. — Ele me apertou, um pouco mais possessivo do que o normal. — Caralho, vou ter que dar uns chutes na bunda daquele pivete.

— Você fala como se ele fosse uma criança ainda.

Zane me encarou.

— Para mim, ele sempre vai ser.

Ah, que doce!

— Vou ficar muito feliz por conhecê-los pessoalmente, Zane. À propósito, meu pai está vindo nesse domingo para Miami. Ainda não conversei com ele a respeito, mas, se você quiser vê-lo, quer dizer... ele estará por aqui.

— Nunca precisei de aprovação de nenhum pai, acho que vou ficar nervoso pra cacete.

— Não vai. — Ri. — Meu pai é supertranquilo. Ele já sabe dos meus sentimentos por você.

— Sabe que está noiva?

Semicerrei as pálpebras, me sentindo culpada por não ter dito ainda.

— Não, mas pretendo contar amanhã.

— Podemos contar juntos.

— Acha que aguenta a barra?

Ele deu uma risada melodiosa.

— Não, Marrentinha. Por isso você vai estar comigo.

Uma noite sem você

Zane me levou de uma ponta da praia à outra. Conversamos como se não fizéssemos isso há anos, o que me deixou extremamente confortável. Meu noivo era uma ótima companhia e o meu coração derretia a cada gesto e demonstração de carinho. Ele não era o homem mais romântico do universo, claro que não, tinha uma aura sexual antes de eu poder traçar um toque mais suave de sua personalidade, mas eu amava a maneira que Zane cuidava de mim.

Do seu jeito, porém perfeito o bastante para nós dois.

Voltamos para o calçadão quando a lua já tinha mudado de posição. A noite estava caindo e o clima ficou um pouco mais frio do que quando saímos. Zane sequer perguntou novamente se eu estava com frio, apenas tirou a jaqueta de couro marrom e a vestiu sobre meus ombros.

Eu sorri em agradecimento.

Assim que estávamos perto do carro e dos seguranças, ele perguntou o que eu estava com vontade de comer e onde poderíamos jantar. Mark, profissional como sempre, nem nos olhou diretamente enquanto conversávamos e trocávamos beijos. No entanto, antes de entrarmos no carro, eu vi um sorriso discreto em seu rosto, denunciando que estava feliz por nós dois.

Zane

Kizzie optou por comida mexicana, o que era ótimo, já que eu conhecia um restaurante que Shane adorava levar a melhor amiga e era discreto o suficiente. Kizzie não percebeu e eu fiquei feliz por isso, mas estávamos sendo seguidos, provavelmente por fotógrafos intrometidos, querendo saber sobre a vida nova que eu levava.

Tentei despistar o máximo possível e enviei uma mensagem discretamente para o celular do Mark, sem que Kizzie visse, alertando-o. Essa porra de paparazzo foi insistente, seguindo a gente por ruas que eram difíceis de manter o carro atrás, mas estava tão maluco por uma imagem que não deixou a traseira da minha Mercedes em paz.

Quando Mark, percebendo que estavam na minha cola, me deu a frente e ficou na traseira, eu soube que ele encontraria uma forma de tirar o cara de foco. O problema era que eu e Kizzie não teríamos seguranças no restaurante, mas, bem, de qualquer forma, era um lugar tranquilo e eu conhecia o dono há mais de cinco anos.

Aline Sant'Ana

42

— Você está dando tantas voltas... se perdeu do caminho? E por que Mark foi para trás? — Kizzie indagou, um pouco desconfiada.

— Enviei uma mensagem para o Mark. Ele foi buscar umas coisas para mim. Me perdi sem ele, porque tô sem o GPS na Mercedes.

Kizzie sorriu, aliviada.

— Ah, tudo bem.

Cara, eu estava mentindo, mas era por uma boa causa.

Chegamos na frente do restaurante e ele parecia vazio para um sábado. Eu sabia que era devido ao preço exorbitante que cobravam, mas fiquei aliviado. Sem muitas pessoas e sem tumulto eu poderia entrar com Kizzie discretamente.

Peguei o boné que estava no banco de trás do carro, propositalmente para essas situações. Com o cabelo preso e um boné de aba reta, ninguém me reconheceria. Quer dizer, não sou o tipo de cara que usa boné, porra.

Kizzie me lançou um olhar quando desliguei o carro. Ela abriu um sorriso e tocou meu rosto sem barba com a ponta dos dedos macios.

— Você parece dez anos mais novo.

Abri um sorriso zombeteiro.

— Tá dizendo que eu pareço ter dezenove?

— É, parece tão novo com o boné e essa barba feita.

— Ainda vai casar comigo? — questionei, erguendo a sobrancelha.

Kizzie riu.

— Claro que eu vou.

— Papa-anjo — acusei.

— Cala a boca, Zane.

Beijei seus lábios rapidamente antes de abrir a porta.

— Só assim pra me calar.

O restaurante era temático e, ao fundo, uma música latina tocava a todo vapor. Kizzie ficou um pouco surpresa, porque pensou que era um local tranquilo, exceto que... não.

Até parece que Shane se envolvia com o sinônimo de pacífico.

As pessoas mais dançavam no meio do lugar do que jantavam, virando uns aos outros em uma verdadeira performance de salsa. Caralho, eu nunca ia saber

Uma noite sem você

dançar isso na vida. Kizzie sorriu quando viu um casal muito animado, dançando como se estivesse em um daqueles programas de televisão, tipo Dançando com Famosos, alguma porra assim.

— Meu Deus. — Ela piscou, surpresa. — Eu gosto de dançar, mas nunca imaginei...

— É, aqui o pessoal não brinca em serviço.

— O que desejam? — Um rapaz se aproximou, vestido com o uniforme elegante do restaurante.

— Uma mesa — respondi. — Pode ser um pouco afastada?

— Com certeza. Me acompanhem.

A vista da mesa era a praia de Hollywood Beach, em uma área à meia-luz do restaurante. A música tocava mais baixo onde estávamos e tínhamos mais privacidade. Kizzie colocou o cardápio sobre o rosto, decidindo o que ia pedir. Meu celular vibrou no bolso da calça com uma mensagem de Mark.

"Despistei ele. Tudo ok. Estou na frente do restaurante."

Suspirei aliviado e respondi rapidamente.

"Beleza. Valeu, M."

— O que você acha de burritos? — Kizzie questionou, fazendo meus olhos subirem.

— Qual recheio você vai pedir?

— Carne e queijo — respondeu, sorrindo.

— Para mim está ótimo.

— Quantos você quer?

Cara, eu tinha fome pra caralho. Seria muito feio pedir dez só pra mim?

— Hum...

Kizzie abaixou o cardápio lentamente. Seus olhos estavam mais escuros pela iluminação, os lábios, muito beijáveis e aquele rosto de boneca... Porra, era pra acabar com meu psicológico.

Aline Sant'Ana

44

De repente, tive fome de outra coisa.

— Vou pedir treze, tudo bem?

Ela lia meus pensamentos. Essa mulher, uma deusa, conseguia me ler além do que eu poderia mensurar.

Surpreso, ainda que excitado ao encarar aquela boca, abri os lábios.

— Ah, eu sei. Você está com fome e com vergonha de comer na minha frente. Zane, pelo amor de Deus, nós vamos passar o resto da vida juntos!

— Eu...

Keziah Hastings era a única pessoa capaz de me deixar sem palavras.

— Você come dez e eu, três, ok?

— Como você sabia?

Um sorriso, que ia além da compreensão masculina, despontou em sua boca.

— Eu apenas sei, Zane.

— É como se você me conhecesse a porra da vida toda.

— E não é? Por que teria aceitado casar com um homem depois de um caso que durou somente onze noites?

Sim, fazia todo sentido. Não sei que onda nos envolveu, qual a razão de ter sido tão súbito, mas não foi como se pudéssemos evitar. Depois de tudo o que passamos, eu poderia ter pisado no freio, ter garantido para Kizzie que ficaríamos bem sendo namorados, só que não pareceu suficiente. Eu queria que ela tivesse uma garantia, ainda mais por eu ser um promíscuo no passado. Da mesma forma que eu precisava de uma certeza, com medo que Kizzie pudesse pensar no que ficou para trás e encerrar as coisas antes da época.

Tive mais medo por mim, após ter tido a experiência do que é ter um coração quebrado, do que por Kizzie.

Eu sabia que não seria capaz de traí-la nem de desejar outra mulher.

Mas não tinha certeza se ela seria capaz de nos levar adiante.

Então, o pedido de casamento.

Vi Kizzie levantar a mão para que uma pessoa se aproximasse. Me perdi nos pensamentos enquanto uma moça de cabelos claros e olhos bondosos anotava tudo que Keziah pedia. Absorto, não consegui prestar atenção na conversa das duas. No entanto, senti que o ambiente mudara, pela forma como a garota me encarou com os olhos chocados e os lábios bem abertos.

Uma noite sem você

— Meu D-Deus — gaguejou. O tablet que ela segurava para anotar os pedidos tremulou em suas mãos incertas. — Ah... meu... Deus... — sussurrou.

A menina começou a lacrimejar.

Keziah percebeu que era uma fã no mesmo segundo que eu. Lágrimas despontaram dos seus olhos muito azuis, o rosto branco imediatamente ficando vermelho. A menina varria os olhos por meu rosto, quase como se quisesse ter certeza de que não estava imaginando e que eu não era fruto de um sonho.

— Oi. — Abri um sincero sorriso de lado.

— Ah... — Ela suspirou, chorando com mais intensidade. — O sota-aque. Você-ê tem o sota-aque...

— Qual é o seu nome?

— Bella.

— Quer sentar um pouco?

— Eu não... não posso. Perderia o emprego. Ninguém pode saber que você é você.

— Sim, ninguém pode saber.

Bella suspirou fundo, como se estivesse decidida e mais calma para falar o que desejava.

— Ai, meu Deus, Zane! Você não faz ideia do quanto eu amo você. Comprei o *Meet & Greet* aqui em Miami, mas não consegui ir. Na última hora, houve um acidente com a minha moto, o pneu furou e eu perdi a entrada do show e o *after*. Eu chorei muito, porque amo vocês desde quando começaram. Eu tenho o primeiro CD. Ia nos shows *indies* que vocês faziam, quando ainda não eram tão famosos. Eu me lembro quando vocês sequer tinham essas tatuagens todas. Meu Deus, eu te juro, não fazia ideia que te veria pessoalmente um dia. Você é o meu favorito e... — Ela começou a chorar novamente, perdendo a força para dizer em voz alta.

Lancei um olhar para Kizzie e, como se novamente lesse meus pensamentos, assentiu, como se soubesse exatamente o que eu ia fazer. Me levantei e puxei a garota para um abraço, mas acho que foi uma péssima ideia, porque Bella iniciou uma série de soluços intermináveis.

Não deveria passar dos vinte e quatro, vinte e cinco anos, mas, perto de mim, parecia uma adolescente.

Tirei o chapéu que ela usava e o avental. Bella se afastou de mim, sem compreender o que estava prestes a fazer. Puxei a cadeira de outra mesa, pedi

Aline Sant'Ana

46

que ela sentasse e a garota, relutante, olhando entre mim e Kizzie, sentou-se.

— Eu... eu não quero atrapalhar o jantar de vocês... e posso ser demitida, de verdade.

— Ninguém vai saber que você está aqui. Já fez o pedido online, não fez?

Bella assentiu.

— Mas eu tenho que buscar as coisas. Peguei a mesa de vocês.

— Então só por uns instantes, tudo bem? Só até se acalmar e poder falar comigo.

— Eu não acredito que isso está acontecendo.

Sorri.

Porra, eu e os caras sempre fomos gentis com as fãs. Eu, claro, costumava levá-las para a cama, mas nunca deixei de ser legal. Artistas que ficam com o nariz em pé são ridículos pra caralho. Eu nunca deixaria uma fã desamparada. Sabia como era ser fã de uma pessoa. Cacete, o James Hetfield já apareceu na minha frente e elogiou o meu trabalho. Não sei como não desmaiei naquele dia maluco.

— Vamos, me conta tudo e não esconda nada.

Bella disse que sabia que o meu irmão frequentava o restaurante. Disse que já teve a audácia de pedir para ele um autógrafo e uma foto, mas, como Shane não era da banda, não ficava muito ligado em possíveis fãs que poderia arranjar sendo meu irmão mais novo. Bella contou toda a trajetória que acompanhou da banda, que está feliz que estamos com uma empresária nova e sorriu para Kizzie. Minha noiva parecia muito acostumada com tudo, o que já era de se esperar, pois ela vivia nesse meio. Não ficou com ciúmes pela paixão clara de Bella por mim e até interagiu com ela. Ficamos cerca de meia hora conversando e, quando percebi que Bella tinha se acalmado, perguntei se ela queria uma foto.

Ela tirou várias no seu celular. Eu fiz questão de tirar o boné por uns segundos para sair apresentável e Kizzie também foi solicitada. Bella conseguiu respirar tranquila perto de nós, sem chorar ou surtar. Cara, fiquei feliz que consegui acalmá-la.

— No próximo show que a The M's for fazer em Miami, ligue para este número. — Kizzie pegou de dentro da bolsa um cartão de visitas e o entregou para Bella. — Vamos solicitar alguns dados seus e conseguiremos te colocar no camarim, para que conheça Carter e Yan também.

A boca de Bella se abriu.

— Está falando sério?

Uma noite sem você

— Sim. Te consigo quantos ingressos quiser. Chame suas amigas. Vai ser legal. — Kizzie deu uma piscadela.

De repente, Kizzie foi abraçada tão duramente que perdeu o ar. Eu sorri de lado, sabendo que agora Kizzie teria que lidar com as minhas fãs também se apaixonando por ela, o que era inevitável.

Quem não se apaixona por Keziah Hastings, porra?

— Sabe, Keziah, não ligue para o que as pessoas dizem — Bella falou e, embora estivesse conversando com a minha noiva, aquilo me chamou a atenção, por ser inesperado. *O que as pessoas dizem?* — Você parece ser tão linda por dentro como é por fora. Zane é o meu favorito e não consigo imaginá-lo com qualquer outra pessoa. Não depois de te conhecer pessoalmente e te ver de verdade.

Kizzie não desviou o olhar de Bella para mim. Seus olhos ficaram marejados quase imediatamente. Percebi que ela tentou se controlar e abriu mais um de seus sorrisos irresistíveis.

— Não se preocupa, vai dar tudo certo. Te esperamos no próximo show.

A menina concordou.

— Acho que vou buscar o jantar de vocês. Me avisaram que estava pronto há quinze minutos e eu me atrasei... bem... por conta de tudo... — Riu, angustiada.

Bella virou seus olhos para mim.

— Posso te dar mais um abraço?

Me levantei e abri os braços.

Bella se aconchegou em um daqueles apertos que a gente sabe que significa muita coisa. Ela queria se despedir de uma maneira muito especial. Que porra! Eu ficava comovido com o amor das fãs. Era algo que sempre mexia não só comigo, mas também com os caras. Sempre tivemos esse elo com elas.

— Obrigada, Zane. — Ela se afastou, limpando o resto das lágrimas.

Me sentei na cadeira, encarando Kizzie, que tinha um brilho nos olhos.

— Você foi tão fofo, Zane.

— Ah, cara...

— Não vou contar pra ninguém o seu lapso de fofura.

Ri.

— Você também foi.

— Eu não conto se você não contar.

Aline Sant'Ana

48

— Combinado.

Admirei-a e, antes que pudesse me conter, as palavras saíram da minha boca.

— Por que a Bella disse aquilo?

— Aquilo o quê?

— Para não ligar para o que as pessoas dizem.

Vi-a suspirar fundo e baixar a cabeça.

— Podemos conversar sobre isso depois do jantar? Não quero estragar nada.

— Keziah... — Meu tom alerta, quase uma advertência, vibrou na voz.

— Por favor? — pediu.

Com o coração angustiado e a impulsividade — esse maldito traço da minha personalidade — coçando na garganta, foi difícil eu dar uma resposta a ela. Lembrei de todos os conselhos do Carter e, por mais que eu quisesse muito forçá-la a me contar, consegui dar o que Kizzie precisava.

— Tudo bem.

O clima foi se amenizando e jantamos ao som de Shakira, o que poderia ter sido esquisito pra caralho se Kizzie não curtisse. Ela ficava cantando, arranhando o espanhol; era sexy pra cacete. Eu queria ter o dom de Shane, que sabia dançar essas coisas como um maldito amante latino.

No entanto, poderia compensar a minha falta de gingado de outra forma... Ah, com certeza poderia.

Deixei que Kizzie curtisse o ambiente. Era gostoso assisti-la animada com qualquer coisa. Ficamos batendo papo, falando sobre meus pais e o seu, nos preparando para o depois, quando ficaria sério pra valer. Confesso que estava ansioso para conhecer seu pai, o homem que trouxe minha mulher ao mundo.

— Acha que podemos ir? — Kizzie indagou, reprimindo um bocejo.

Levei o resto do vinho à boca, sentindo o calor da bebida aquecer meu sangue.

— Sim, podemos.

Enlacei nossas mãos, coloquei o boné mais enterrado no rosto e chequei o celular para ver se havia qualquer aviso do Mark.

Caralho.

Puta que pariu!

Congelei quando percebi que não vi a série de avisos que ele me enviou.

Uma noite sem você

Parei no meio do restaurante com Kizzie, que não entendeu o motivo de eu estar parado com as pessoas dançando em torno de nós.

— Zane?

"Chamaram mais pessoas. O cara que estava nos seguindo deve ter alertado seus amigos."

"Tenta sair pelos fundos."

"Zane, chamei mais seguranças."

"Não é seguro vir pela frente. REPITO: NÃO VENHA PELA FRENTE."

"Me liga quando for sair."

— Espera um segundo, linda — avisei Kizzie, engolindo em seco.

— O que aconteceu?

— Só espera aqui um segundo.

Deixei-a no meio da pista e voltei para a área mais afastada. Liguei para Mark e, assim que ele atendeu, percebi a bagunça que estava lá fora.

— Vocês avisaram alguém que iam sair? — questionou.

— Não — respondi, ouvindo algumas perguntas do lado de fora. Vozes sobre vozes, tentando silenciar Mark. — Eu devo ter postado alguma coisa no Twitter antes, mas não avisei o lugar.

— Estou indo para onde combinamos. A equipe vai ficar aqui e eu vou protegê-los — falou, sussurrando a parte final.

— Ok. — Suspirei e tentei passar as mãos pelo cabelo, até lembrar que havia um boné no caminho. — Estou saindo agora.

— Beleza.

Voltei para a pista de dança e tirei o boné. Coloquei uma mecha do cabelo de Kizzie atrás da sua orelha e posicionei o boné para que a protegesse dos flashes. Kizzie arregalou os olhos, como se agora entendesse o que tinha acontecido.

— Vamos pelos fundos — avisei.

— Zane...

— Eu sei, eu sei — resmunguei, odiando essa parte de ser famoso.

Aline Sant'Ana

50

Fui na frente, puto pra caralho, dando passos longos, trazendo a minha mulher comigo. Kizzie me acompanhou e, quando cheguei perto de Bella, ela se sobressaltou. Pela minha expressão, pareceu compreender que tinha alguma coisa errada.

— Preciso sair pelos fundos. Me ajuda?

Ela piscou várias vezes antes de assentir, determinada.

Caminhamos por uma porção de mesas, até chegarmos a uma porta de madeira aparentemente inofensiva. Soltei os cabelos, para que ficassem na frente do rosto. Os flashes machucavam meus olhos e deixavam a visão zoada, como se estivéssemos acendendo uma luz e a apagando sem parar. Lancei um olhar para Kizzie e, por algum motivo, ela estava mais apreensiva do que tudo na vida. Seus olhos estavam marejados e eu me preocupei. Bella já ia abrir a porta quando a impedi.

— O que foi, Kizzie? — questionei suavemente.

— Eles vão... fazer perguntas... só não responda. Apenas vá.

— Sim, eles sempre fazem isso.

Ela suspirou, aparentando que precisava tomar coragem para enfrentar uma batalha.

— Sobre aquilo que não te contei no jantar.

Naquele segundo, eu não liguei para isso. Precisava ser forte por ela.

— Vamos nessa.

Bella abriu a porta e Mark se posicionou à nossa frente no segundo em que milhões de luzes intermitentes cobriram nossa visão. Coloquei o braço na frente dos olhos. Caralho, era muita gente! O que houve de tão grave para aparecerem assim? Como se quisessem, além das fotos, um pedaço de nós dois.

— Quando vocês assumiram o compromisso?

— O que acham do escândalo de Lua e Yan?

Infinitas fotos.

— Zane, você tem comentários a respeito do que estão falando sobre Keziah Hastings?

Kizzie trombou em minhas costas quando parei. A Mercedes estava a pouco menos de meio metro de mim, mas não consegui seguir em frente. Olhei para trás, a fim de ver Kizzie. Ela estava com a cabeça baixa, os olhos cobertos pelo boné.

— Falando o quê? — Virei-me para o desgraçado. O cara tinha dois metros de altura, mais músculos do que o meu irmão, mas eu estava pouco me fodendo. Me aproximei, ficando quase nariz com nariz com ele. — Falando o quê? — gritei dessa vez.

Flashes dispararam fortemente. Mark tirou Kizzie das minhas mãos e a enfiou no carro. Ele tentou me puxar, mas me desvencilhei do seu aperto.

Sangue correu veloz pelas minhas veias.

E não foi culpa do vinho.

— Sobre ela ser oportunista. Todos estão chamando-a de nova Maisel, ex-esposa do Carter, e até agora você não se posicionou para defendê-la. O que há de errado com você? — o cara questionou, me peitando.

O que aconteceu em seguida foi puro reflexo. Meu punho se encaixou perfeitamente no rosto do filho da puta. Ele cambaleou para trás, mesmo tendo tudo aquilo de músculos. Eu sabia que seria processado, mas que se foda! Como ele tinha coragem de dizer que eu não estava defendendo a minha mulher? E esse caralho sobre ela ser oportunista?

— O que foi que você disse? — urrei, segurando-o pelo colarinho da camiseta engomada.

Nesse momento, Mark me puxou, e não foi com delicadeza. Ele literalmente tirou meus pés do chão, como se eu não pesasse mais do que sessenta quilos, quando beirava os noventa. Me enfiou com força dentro do carro e bateu a porta. Bati o cotovelo na lateral, o que doeu como o inferno, e, por instinto, abri o vidro, louco da vida com Mark, querendo quebrar aquela careca em trinta pedaços.

— Sou pago para isso — avisou. — Agora liga esse caralho e dirige.

Foi a primeira vez que o ouvi falar um palavrão.

— Eu vou te matar! — ameacei, rangendo os dentes.

Mark sorriu.

— Depois.

Os pneus cantaram sobre o asfalto quando dei ré. A fumaça subiu e olhei pelo retrovisor toda aquela merda indo embora. Puxei os cabelos, porque precisava de qualquer coisa que me mantivesse são. Caralho, eu queria fumar um maço inteiro do fodido cigarro de menta.

Olhei para Kizzie, meu coração caindo nos pedais do carro.

Lágrimas de raiva manchando seu rosto bonito me deixaram sem palavras.

Engoli em seco, tentando acalmar minha respiração. Fiz com que ela me

Aline Sant'Ana

olhasse, puxando seu queixo para mim. Havia arrependimento e ódio em seu semblante.

— Agora está na hora de você me contar, Kizzie — afirmei, baixo e direto.

Uma noite sem você

CAPÍTULO 3

**Hold, hold on, hold on to me
'Cause I'm a little unsteady
A little unsteady
Hold, hold on, hold on to me
'Cause I'm a little unsteady
A little unsteady**

— X Ambassadors, "Unsteady".

Kizzie

Encarei os olhos de Zane e inspirei fundo antes de contar a respeito da mídia. Zane desligou o rádio para me ouvir e não disse absolutamente nada enquanto eu narrava com detalhes sobre como a imprensa alterou o que estavam falando a respeito de mim quando estávamos na Europa para o que foi dito nesses últimos tempos. Passaram a ver o nosso romance como uma chance para eu crescer na carreira, e tudo começou com a TVM, acusando-me de oportunismo. O amor súbito; as atitudes de Zane, que demonstravam o quanto estava enfeitiçado por mim; o presente sendo pintado erroneamente, sem que tivéssemos chance de retaliação.

Zane escutou durante todo o caminho e depois dele também. Me escutou no elevador e, quando chegamos ao seu apartamento, ouviu o que eu achava a respeito. A única pergunta que saiu dos seus lábios foi: "O advogado vai tomar alguma medida?". Mas ele não parecia confiar muito em um homem que nunca conheceu na vida e muito menos eu. Deixei claro que essa era a razão principal de o meu pai retornar para Miami no meio de tantos compromissos.

Zane se jogou no sofá, acendeu um cigarro e me admirou com os olhos escuros em uma expressão sombria. Ele puxou do lado do sofá a pequena mesa de bebidas de rodinhas e se serviu de uísque.

Puro.

Sem gelo.

Eu podia ver sob a camisa a tensão dos seus músculos. Ele estava muito irritado e os nós dos seus dedos estavam vermelhos pelo soco que deu na mandíbula do cara. Não ofereci gelo, porque sabia que ele recusaria.

Aline Sant'Ana

— Eles estão falando de você durante todo esse tempo e você não me disse nada?

— Para te ver assim? — apontei, semicerrando os olhos. — Eu não queria te causar dor de cabeça.

— Acontece que estamos *juntos*, Kizzie — falou, mas sem acusação na voz, era mais como se estivesse magoado por eu tê-lo deixado de fora. — Você não precisa carregar o mundo inteiro sozinha. Pode dividir comigo.

— O que está dizendo?

— Porra, estou dizendo que você tem se preocupado com as merdas do Yan e com esse caralho sobre você. Eu estou aqui, de braços cruzados, sem ter ideia do que está sendo dito. Não posso deixar isso passar. Eu não vou, na verdade.

Me empertiguei no sofá e Zane bebeu mais um gole do uísque.

— Mas eu também não vou deixar. Vou conversar com um advogado e...

— Isso já foi longe demais. — Moveu o maxilar para frente e para trás, mordendo o lábio inferior em seguida. — Caralho, eu vou encontrar uma forma mais direta de responder a esses insultos.

— Zane... o que você fez hoje já foi o suficiente. Bateu no rapaz, o que vai levar a um processo, ele provavelmente vai fazer um boletim de ocorrência.

— Não me importo comigo. — Terminou a bebida e serviu-se de mais. Fiquei pensando que, com mais alguns goles, ele estaria alterado. Já tínhamos bebido vinho no jantar e, meu Deus, eu não queria que Zane ficasse tão irritado. Eu não queria que isso o afetasse tanto. — Você chorou no meu carro depois do que escutou. Você quebrou um pouco ali. Prometi a mim mesmo que não deixaria ninguém mais te ferrar como o Christopher fez. Você já enfrentou o bastante por duas vidas, Kizzie.

— Mas...

— Não tem "mas". Você está comigo, é minha noiva. Desde o instante em que te propus montarmos uma família, me comprometi a proteger você. Não haja como se eu estivesse de fora. — Seus olhos se tornaram duas brasas. — Eu *não* estou.

— Eu sei disso. Só quero deixar claro que vou chamar um advogado para resolver.

Ele assentiu, mas eu pude ver que, além da sua concordância, existia outra coisa. Zane poderia estar planejando um milhão de atitudes diferentes, eu jamais ia saber. Ele não ia me dizer, porque queria resolver por si mesmo. Bom, de qualquer maneira, eu chamaria o advogado e encontraria todas as formas possíveis de a bagunça geral ser resolvida.

Essa era o plano.

E eu o seguiria à risca.

Zane

Domingo: dia de ficar em paz e esperar a segunda-feira. Só que eu não era um cara comum, era? Claro que não. Eu não ia ficar de braços cruzados assistindo a minha noiva sendo desmoralizada aos olhos do público. Então, acordei mais cedo do que ela e o meu sangue já estava fervendo de irritação.

Caralho, no passado, eu fiz muita merda. Sabia que esse era o principal motivo para não acreditarem no meu sentimento por Keziah. Ainda que tivesse conseguido aniquilar metade da polêmica, ainda havia muita merda jogada embaixo do tapete. Eu estava nas redes sociais de gente famosa e de fãs: fotos minhas beijando mulheres e agarrado a elas pela cintura.

Cacete, pensei, enquanto jogava o cabelo para trás do rosto e o prendia em um coque, que a mídia tinha zero motivos para confiar que o que tínhamos era real.

E não era só isso, claro.

Logado no computador de Kizzie, tive acesso a revistas e sites que estavam falando sobre o nosso envolvimento como um oportunismo da parte dela. Engraçado, isso não aparecia no meu. Talvez Lyon tivesse bloqueado ou colocado um filtro, com medo de me ver estourar.

Segui lendo.

Até me irritar o suficiente e fechar o notebook, puto demais. Peguei o cigarro em cima da mesa, pensando em como poderia resolver essa droga de problema.

Depois de alguns minutos, a ideia veio.

Traguei o cigarro recém-aceso e abri o Facebook. Eu não tinha obrigação nenhuma de expor a minha vida e, bem, foda-se. Eu só precisava publicar uma coisa que fizesse as pessoas verem que eu estava nisso de corpo inteiro.

Procurei no celular alguma foto ao lado da minha noiva. Nós fizemos uma maratona de filmes na Netflix depois que chegamos de viagem. Eu tinha uma imagem em que Keziah estava deitada no meu peito, com um balde de pipoca em seu colo. Eu tinha esticado o braço para conseguir pegar nós dois. Havia outra foto também, dela mordendo a minha bochecha enquanto fazia panquecas no café da manhã. Eu estava sorrindo e descabelado pra cacete. Outra foto: nós dois na beira da piscina, não mostrando nossos rostos. Havia uma salada de frutas no chão e as costas de Kizzie mostrando que estava de biquíni. Meu braço estava esticado, com um garfo brincando de espetar sua bunda, como se ela fosse o que eu queria dentre todas as opções do cardápio. Ousada, mas a minha cara. Outras mais: nós deitados na cama, Kizzie trabalhando e eu tirando foto dela com a Miska, sem que soubesse. E, enfim, as que eu realmente queria: nossas fotos perto da Torre Eiffel, quando descobri tudo o que aquela mulher significava para mim. Olhares, mais fotos de beijos, todas as que eu tinha acesso no drive que compartilhava com Kizzie.

Passei todas as fotos para o computador e, já na rede social, abri a parte das publicações, deixei-a em modo público, e fui selecionando foto por foto, todas as imagens que tiramos ao longo do tempo, legendando-as. Mais de cinquenta fotografias foram carregando, enquanto eu pensava no que escrever no texto principal.

Eu não era um cara particularmente romântico, então, não ia florear ou maquiar o que não era.

Estalei os dedos, joguei o cigarro fora e respirei fundo.

Keziah Hastings é a empresária da The M's.

Chefe de uma equipe gigante.

É também a minha noiva.

Assim como é filha de um pai profissional que a ama.

Da mesma forma que é amiga de todas as pessoas que cruzaram seu caminho.

Carter, Yan e Erin são provas vivas do que eu tô digitando aqui.

Porra, ela é uma pessoa, assim como você que está lendo isso aqui. Tem sentimentos. Ela é carinhosa, apaixonada, na mesma proporção em que é mandona pra caralho.

Linda, muito gostosa, dedicada e tem defeitos como qualquer um.

Mas, cara, quer saber?

Eu sou cego para qualquer falha que exista nessa mulher.

Uma noite sem você

Na minha cabeça, Keziah é uma super-heroína que luta todos os dias uma batalha nova. Keziah se divide em mil pessoas para ser quem a banda precisa que ela seja, mas, na verdade, Keziah só precisa ser uma quando está em meus braços.

Ela tenta ignorar todas as coisas fodidas que as pessoas têm postado sobre ela nas redes sociais, porque é boa demais para isso, mas ela se importa, sim.

E adivinha?

Eu também me importo pra caralho, porque é da pessoa que eu amo que vocês estão falando.

Não é da ficada da vez.

Não é da menina que beijei na balada.

Não é de uma famosa que vocês inventaram que eu tô namorando.

É da mulher que escolhi para passar o resto da vida.

Então, tô expondo aqui todos os momentos que nós passamos desde a Europa até os dias atuais. Essas fotos são a prova de que estamos muito bem, obrigado. De que Keziah é apaixonada por mim e não uma oportunista que quer crescer na carreira. Ela atura todas as minhas merdas, me ama mesmo eu sendo um erro, e eu não vou deixar isso ir embora.

Tá lendo isso, Keziah? Não vou te deixar ir.

Aceitem minha felicidade ou a ignorem.

Mas não falem mal da mulher que eu amo, caralho!

Ela é tudo o que ninguém nunca vai poder ser pra mim.

Ela é única.

E minha.

Fiquem bem.

Apertei em publicar. Em alguns segundos, curtidas e reações de coração começaram a subir nas notificações. Eu tinha milhões de seguidores no meu perfil pessoal, ainda que não publicasse quase nada. Como a postagem tinha sido em modo público, as pessoas viram e começaram a compartilhar em tempo recorde. Comentários, pessoas dizendo que me amavam, que amavam Kizzie, pessoas a

Aline Sant'Ana

defendendo, pessoas me defendendo, gente de todo lugar do mundo deixando suas opiniões sinceras.

Um cara não pode ser chamado de homem se não puder defender a mulher que ama, porra.

Certo ou errado?

Não me importava.

Eu só queria que eles a deixassem em paz.

Kizzie

Acordei com o cheiro de café fresco e uma música suave tocando ao fundo. Me espreguicei, cansada física e emocionalmente depois de tudo o que aconteceu ontem. No entanto, havia uma nova energia tomando conta de mim. Mesmo exausta, tinha um grama de renovação, porque veria finalmente meu pai, depois de tanto tempo sem poder abraçá-lo.

Sorri, me sentando na cama. Quase no mesmo segundo, a porta do quarto se abriu, com Zane aparecendo agarrado ao meu notebook.

Existia carinho e um pouco de cautela naquele caramelo profundo dos olhos castanhos.

— Bom dia — cumprimentou, sentando-se aos pés da cama.

— Oi. — Olhei-o.

O que não foi bem o ideal...

Ele não vestia nada além de uma cueca boxer branca de um tecido fino de algodão, agarrada a cada parte dos seus quadris. Duas linhas oblíquas, profundas e beijáveis desciam em direção ao volume nada simplório na frente, enquanto eu ainda podia ver claramente o seu sexo, relaxado, porém não menos arrogante do que quando estava em exercício.

Sem que pudesse me conter, senti as bochechas aquecerem; o corpo inteiro, aliás.

— Seria bom se você olhasse para a minha cara, Keziah.

— Ah...

Uma gargalhada gostosa e rouca soou pelo quarto.

Uma noite sem você

— Não fica assim. Porra, isso é um elogio e tanto, na verdade.

Tomei coragem e desviei os olhos para o seu rosto. Um sorriso zombeteiro preenchia a cara esperta. Ele parecia sexy, quase como se pudesse me comer com os olhos. Os lábios estavam vermelhos, porque ele tinha acabado de morder o inferior.

— Você não muda, né?

— Não. — Piscou e umedeceu os lábios cheios. — Sempre vou ser safado, Kizzie. Mas...

Zane largou o notebook e, como um leão habilidoso, veio passo a passo para cima de mim. Sua respiração bateu no meu rosto no mesmo instante em que deitei a cabeça no travesseiro. Os cabelos compridos de Zane caíram ao nosso redor e tocaram minhas bochechas.

Um arrepio subiu na minha coluna.

— Esse safado aqui é todo teu. — Raspou os lábios nos meus. — Ele pode ser louco por qualquer coisa depravada — passou a ponta da língua na minha boca e eu estremeci —, mas tem que ser algo bem pecaminoso...

Gemi baixinho.

— E com você.

Sua boca grudou na minha antes que eu pudesse pensar a respeito. Uma mão de Zane invadiu a camisola de renda preta que eu vestia, acariciando a pele febril, fazendo todo o caminho da lateral da coxa até meu quadril.

— Zane... — Suspirei.

— Eu vim aqui dizer alguma coisa, mas você toda quente desse jeito me tirou do foco — acusou, apertando minha bunda.

— Pode dizer o que é. De toda forma, não temos tempo, meu pai deve me ligar para...

Ele me calou com um beijo sedento. Sua língua fez todo o trabalho dentro da minha boca, e seus dentes arranharam meu lábio antes de mordê-lo. Ergui o quadril, precisando de atrito, sentindo o volume daquele pau o suficiente para me fazer voar.

Esse homem tinha a capacidade de me ensandecer com um beijo, com as mãos, com seu corpo todo; ele provavelmente já causou a mesma reação em todas as mulheres que beijou, mas era sim mágico, como uma viagem até o céu, sem passagem de volta.

Aline Sant'Ana

Entendia o fascínio.

Ele era mesmo maravilhoso.

Escutei o celular tocar em alto e bom som ao meu lado. Zane não parou. Seus dedos habilidosos foram para a minha calcinha de renda, ainda me beijando. Ouvi seu resmungo baixo, o som do beijo molhado e dos nossos lábios se unindo e se afastando a cada fôlego que tomávamos. Abri os olhos lentamente, assistindo ao rosto de Zane corado e as pupilas consumindo cada centímetro dos seus olhos chamejantes.

Na segunda tentativa de ligação, Zane voltou a si. Os músculos ficaram tensos sob onde minhas mãos estavam: em sua bunda. Ele levou o quadril mais para frente, uma só vez, antes de se afastar. A testa, já suada, uniu-se à minha e os seus lábios, mornos do beijo, vasculharam os meus.

— Atende — murmurou, com a voz rouca.

Tateei o lado da cama até encontrar o aparelho. Coloquei contra a orelha, atendendo a ligação.

— Alô?

— Oi, filha. Já cheguei em Miami.

Zane desceu a boca para o meu queixo, mordendo a pele, arrepiando-me inteira. Sua mão foi para a parte de cima da camisola e, com um puxão suave para o lado, descobriu um dos seios, deixando-o nu. Beijando do ponto onde havia parado até o pescoço, foi caminhando em direção ao bico rígido de prazer. Assim que colocou a ponta da língua ali, minha intimidade piscou dolorosamente e, toda molhada, foi buscar atrito nos quadris habilidosos de Zane D'Auvray.

— Filha, você está aí?

— Oi. Que bom que chegou, pai. — Zane desceu o rosto, lambendo o meio dos meus seios. Seus olhos se conectaram aos meus. Um brilho safado e sem pudor, demonstrando que sabia o que estava fazendo, cintilou na íris.

— Vou pegar um táxi. Devo chegar aí em uns trinta minutos. O endereço que você me deixou é do seu namorado?

— É. — Estremeci.

— Tudo bem. Você estava dormindo? Posso dar uma hora para você acordar.

— Estava, mas já estou acordada...

A mão de Zane desceu com a boca. A camisola foi saindo do meu corpo à medida que ele devastava minha consciência. Zane chegou ao umbigo e os dedos hábeis foram para o meio das minhas pernas. Abri-as, totalmente entregue, e ele arrastou a calcinha para o lado, passando o dedo médio do começo ao fim da minha vagina molhada. Encarei-o, sem acreditar que ele estava fazendo aquilo comigo.

Zane apenas sorriu.

— Tudo bem, então. Em meia hora eu chego aí. — Suspirou. — Saudades, filha.

— Também, pai. Quero muito... — Zane brincou com meu clitóris, fazendo círculos com o polegar. Seus olhos me encararam, estudando as reações que causava em mim. Abafei um gemido e ele colocou delicadamente um dedo dentro. — Quero muito te abraçar.

— Eu também. Bom, chego daqui a pouco. Até mais, pequena.

Colocou outro dedo e sua boca desceu. No instante em que sua língua passou pelo ponto túrgido, soltei o ar dos pulmões e murmurei um "até" antes de desligar. Joguei o aparelho ao lado da cama, sabendo que meia hora era pouco tempo, mas Zane... *Ah, Deus!* Como se alguém pudesse dizer não para esse homem!

Agarrei os lençóis embaixo de mim, trazendo-os para cima, precisando manter um pouco do meu corpo na Terra, já que parecia estar em outro planeta. Com seus dedos indo e vindo e sua língua vibrando, acariciando, atiçando todos os pontos certos, senti uma energia cobrir cada veia, transformando sangue em fogo. Olhei para baixo, para assistir o que Zane estava causando em mim. A cena era erótica demais. Ele, com aquele olhar quente, os lábios vermelhos, a língua circulando e seus lábios me sugando...

— Zane...

Eu o queria dentro de mim.

— O que você quer? — provocou, e sua voz vibrou em cada parte minha.

— Preciso de você. Não vou conseguir gozar assim — menti.

Sua risada denunciou que ele sabia que era mentira, mas não me contestou. Seu corpo cobriu o meu e Zane puxou a cueca para baixo, sem tirá-la totalmente, mantendo-a apenas abaixo da bunda. Senti sua ereção passar pelas minhas coxas com um rastro quente e me acomodei para recebê-lo no mesmo instante em que Zane beijava minha boca. Senti meu gosto naqueles lábios e Zane, pouco a pouco, foi colocando-se dentro de mim. Pulsei em torno dele e homem soltou um grunhido muito gostoso perto do meu ouvido.

Arranhei suas costas e Zane chegou até o final, a base do seu sexo batendo

Aline Sant'Ana

no clitóris. A sensação de estar preenchida por ele me fez gemer alto e buscar sua boca para beijá-la. Ele sorriu contra meus lábios e iniciou em um ritmo lento e profundo, indo e vindo, como se tivéssemos todo o tempo do mundo.

Na verdade, mais por desespero da minha parte de querer ter um orgasmo do que pela pressa de ver meu pai, desci a mão da sua nuca e fui passando pelas costas musculosas até fincar a unha na bunda arredondada. Zane ergueu uma sobrancelha, zombando da minha pressa, e eu mordi sua boca para provocá-lo.

— Você quer rápido? — questionou, a voz pouco alterada pelo esforço físico.

— Quero.

— Assim? — Ele fez, movimentando-se veloz e profundamente.

— Hum...

— Ou assim? — Acelerou, ofegando agora pelo movimento muito rápido dos quadris.

A cama começou a ranger forte. Meus pés quicaram na bunda de Zane enquanto ele ia com tudo de si. Aquela sensação antes de gozar veio em mim como a queda de uma montanha-russa, e agarrei suas costas, porque não consegui beijar seus lábios.

Zane fez com tanta força e tão rápido que o pé direito da cama cedeu.

Ele riu, mas não parou.

A descarga elétrica veio do meu clitóris até o fundo da alma. Gritei alto, buscando os olhos do Zane, para ver em seu rosto uma expressão sacana. O lábio torcido em um meio-sorriso, os olhos castanhos em uma profunda cor de vinho, a respiração acelerada e as bochechas coradas.

Ele fechou as pálpebras quando meu corpo ondulou em torno dele.

— Caralho, você tá pulsando em volta do meu pau — gemeu quando outra onda de orgasmo me atingiu.

Percebi que Zane estava prestes a gozar quando acelerou ainda mais, se possível, transformando seu corpo numa estrutura dura de músculos. Agarrou-me contra seu corpo e foi até o fundo, abrindo os lábios cheios e deixando as pálpebras semicerradas, soltando outro palavrão quando gozou forte.

Diminuindo o ritmo e a respiração, seus lábios buscaram os meus.

— Você vai ter que tomar banho e se trocar em dez minutos — avisou, o timbre ainda afetado pelo pós-sexo.

— É?

Uma noite sem você

— Uhum.

— Acho que preciso me apressar, então.

Ele sorriu e admirou meus olhos.

Por fim, me deixou ir.

Zane

A casa estava em ordem para receber o pai da Kizzie. Para nossa sorte, ele não levou meia hora, mas sim cinquenta minutos. Deu tempo de tomarmos banho, colocarmos ração para Miska e tentarmos encontrar uma forma de ajeitar o pé da cama. Bem, foda-se! Se a cama não podia me aguentar, estava na hora de comprar uma nova.

O porteiro nos avisou que o Sr. Norman Hastings estava entrando. Kizzie ficou relaxada, emocionada um pouco, enquanto eu me sentia estranho. Nunca conheci pai de nenhuma mulher que transei. Claro que Kizzie era muito mais do que isso, só que, porra, eu ia me casar com ela e não dava para fugir dessa situação, dava?

Torci os dedos da mão, querendo estar com uma guitarra para descarregar energia. Eu não sabia o que ia falar com ele e ainda precisávamos contar que estávamos noivos.

As portas do elevador se abriram, revelando um senhor totalmente diferente do que eu tinha imaginado. Ele parecia muito com a Kizzie, em uma versão masculina, alta e forte. Sei lá, eu não imaginava que era um cara boa pinta, mas ele era. Tinha alguns fios grisalhos sobre os escuros e os olhos, meio amarelados, pareciam os da filha. Trazia uma maleta daquelas de executivo, estava de terno preto, camisa branca e gravata azul-marinho. Meu Deus, ele ia se dar bem com o Yan, e não comigo, que só vestia roupas rasgadas e malucas.

— Oi, pequena. — Puxou Kizzie para um abraço e eu enfiei minhas mãos no bolso frontal da calça jeans. Percebi que a relação dos dois era bonita, por mais que ficassem distantes o tempo todo. — Como você tem passado?

— Bem. — Ela apertou bastante o pai. — Senti saudade.

— Eu também.

— Tenho que te apresentar o homem que virou minha vida de ponta-cabeça, pai.

Aline Sant'Ana

64

Ai, caralho.

O Sr. Hastings tirou os olhos da filha a soltou, focando em mim. Me mediu de cima a baixo, já com um sorriso convidativo no rosto, e estendeu a mão para que eu apertasse.

— Zane D'Auvray, suponho.

— Sim, e você é o pai da Keziah.

— Com certeza. — Abriu ainda mais o sorriso.

Toquei em sua mão e ele me cumprimentou de forma direta e breve. Kizzie convidou o pai para sentar no sofá em frente ao nosso e Miska pulou sobre seu colo. O Sr. Hastings acariciou os pelos da gata, olhando entre Kizzie e mim. Ela se sentou ao meu lado, com a mão sobre o meu joelho. A aliança de noivado deve ter chamado a atenção de seu pai, que estreitou os olhos e um ar de surpresa cobriu a expressão neutra.

— Pai... eu preciso te contar uma coisa. — Havia emoção na voz da Kizzie. Ela não era de ficar emocionada; eu bem sabia como essa mulher era durona, porra.

— Eu acho que já imagino, mas quero ouvir — disse, um pouco cauteloso.

— Você sabe que eu tive um passado turbulento. Sabe de todas as coisas que me aconteceram, principalmente em relação ao Christopher. — Kizzie engoliu devagar. — Ele não me fez bem, aliás, me fez mal pra caramba. Não achei que pudesse voltar a amar de novo, não depois da desilusão amorosa que sofri. Mas, então, mesmo em conflito comigo mesma, não pude deixar a razão ganhar do coração. Lembra da conversa que tivemos no telefone, quando eu estava na Europa?

O sorriso, denunciando que havia recordado, apontou no rosto do Sr. Hastings.

— Sim, cada palavra.

— Eu segui seu conselho e deu certo, muito certo...

Ela estendeu a mão para que seu pai pudesse ver o anel. O Sr. Hastings se esticou para segurar delicadamente a mão da filha. Seus olhos passaram pela peça, depois para o rosto de Kizzie e, por fim, para o meu.

Me lembro de chegar na joalheria e pedir algo que fosse vermelho e em formato de coração. A atendente ficou surpresa quando exigi a peça mais cara que eles tinham. Havia roubado um dos anéis de Kizzie para saber o tamanho. Para minha sorte, a peça escolhida era na medida certa. Levei-a no mesmo dia e tirei o elástico bobo, mas muito significativo, do dedo da minha noiva. Kizzie não sabia, porém percebi que ela ainda guardava aquele elástico na mesma caixa que mantinha suas joias, como se fosse precioso como todo o resto.

— Vocês estão noivos, certo? — questionou, mesmo que a resposta fosse óbvia.

Kizzie sorriu e assentiu.

Decidi, então, que era hora de explicar o motivo de eu ter escolhido sua filha para passar o resto da vida comigo.

Foda-se o nervosismo. O Sr. Hastings precisava entender que eu não seria como Christopher e que jamais quebraria o coração dela.

Kizzie

Eu não esperava que Zane fosse falar alguma coisa, qualquer coisa, aliás. No entanto, como sempre, ele foi capaz de me surpreender. Assim que se acomodou melhor no sofá, disse passo a passo como o nosso relacionamento começou, como os sentimentos dele foram mudando no decorrer da viagem e que eu, muito relutantemente, não queria dar o braço a torcer.

Narrando com cuidado para que não revelasse o problema maior que enfrentamos no final da viagem, Zane disse que Christopher apareceu e estragou tudo, fazendo-o acreditar em mentiras a meu respeito. Fez questão de falar como errou comigo, quando preferiu ouvir de terceiros a tirar a prova em uma conversa decente, e eu assisti meu pai o observando com atenção, com certa curiosidade e fascínio também. Zane sempre foi muito sincero e isso surpreendeu meu pai, que deve ter pensado por um minuto ou dois que ele poderia ser um canalha, como Christopher.

A expressão no seu rosto foi mudando e ele passou a sorrir. Assisti Zane conquistá-lo, com seu jeito mesmo de falar palavrão, dentro da personalidade desbocada, porém sincera. Ele foi moldando a situação, de forma que meu pai se viu preso à conversa franca e, quando Zane parou de narrar tudo o que pretendia, meu pai se levantou do sofá.

Alheio às reações que causou no meu pai, Zane deve ter pensado que tinha feito algo terrível, porque vi quando se levantou um pouco desajeitado. Confesso que foi muito fofo ver um homem tão seguro de si mesmo titubear. Me deliciei com a cena, até. Depois de alguns segundos, meu pai puxou Zane para um abraço.

66

— Cuida bem dela, filho.

— Eu vou, Sr. Hastings.

— Norman.

— Como?

— Me chame de Norman, filho.

— Ah... — Zane abriu um sorriso. — Beleza, então.

Eles se afastaram.

— É um pouco de repente, eu não estava esperando isso, Kizzie. Mas sinto uma boa energia vinda de vocês e, com a história que o Zane contou, sei que não poderia dar em outra coisa além de casamento. Eu espero, do fundo do coração, que vocês possam viver esse amor na versão mais pura e bonita possível. Minha filha merece, e você, Zane, pelo visto, nunca viveu algo assim. Dessa forma, desejo que minha filha seja o seu primeiro e último amor.

Zane se aproximou de mim e segurou a minha cintura.

— Ela já é.

— E você está pensando nos preparativos do casamento, filha?

Pisquei rapidamente, tentando coordenar os pensamentos.

— Hum, bem, ainda não...

— Só não esqueça de me convidar.

Eu ri.

— Jamais esqueceria.

— E os seus pais, Zane? Já conversou com eles a respeito?

— No próximo final de semana, vou levar Kizzie para vê-los e aproveitar para contar tudo.

— É, acho que antes de você surpreendê-los, seria interessante limparmos o que a mídia tem falado sobre a Keziah. — Meu pai voltou a se sentar e indicou que fizéssemos o mesmo. — Eu não quero que seja anunciado o noivado de vocês para o público com essa impressão errada. Já conversei com o advogado por telefone e ele concordou em conversar conosco na segunda-feira.

— Ah, isso é ótimo, pai. — Suspirei.

— Cara, isso me lembra que eu tinha que te contar uma coisa, Keziah, e a gente... hum... se dispersou. — Sorriu, malicioso. — Vou no quarto buscar o

Uma noite sem você

notebook e já volto.

Franzi a testa, esperando que me desse mais explicações.

Zane apenas deu de ombros.

— Você vai entender quando ver.

Ele se afastou, deixando eu e o meu pai sem entender nada. Então, me lembrei que, antes de nos perdermos com sexo, Zane tinha algo para me mostrar no notebook. Cruzei as pernas, aguardando, e não levou mais do que dois minutos para ele voltar com o meu computador nas mãos. Colocou-o no meu colo e acessou o Facebook. Sua página não tinha muitas coisas, mas percebi que havia um texto publicado recentemente.

Meus olhos ficaram frenéticos e se encherem de lágrimas.

A publicação já tinha mais de quinhentos mil compartilhamentos e havia superado a marca de um milhão de curtidas. As pessoas ainda estavam interagindo, comentando como se estivessem em um bate-papo, animadas com a perspectiva de que o Zane se impôs sobre o assunto. Comentários com a hashtag #ChupaTVM eram os mais comuns, demonstrando que não era o mundo que estava contra Keziah e Zane, mas sim a mídia. Os fãs de Zane me adoravam e curtiram todas as fotos que Zane publicou de nós dois, dando palpites de que éramos o casal mais lindo do mundo.

Foi gostoso e emocionante ver esse carinho.

Entreguei o notebook para o meu pai, que estava ansioso para saber. Ele leu atentamente e depois abriu um sorriso. No entanto, estava decidido a ir em frente com uma ação com o advogado.

— Isso que você fez foi fantástico, Zane. Mas precisamos ver com o advogado ainda assim. Quer dizer, a sua atitude já quebra noventa por cento de quem estava indo de acordo com a mídia e faz as pessoas perceberem que vocês são um casal normal. Mesmo assim, preciso conversar com o advogado, porque quero que eles se retratem e peçam desculpas publicamente por terem difamado a minha filha.

Zane assentiu.

— Vamos fazer o melhor para Keziah, com certeza.

— Ah, vocês dois... — Suspirei, encantada.

— Isso é para o bem do relacionamento de vocês também, filha — meu pai alertou. — É preciso que o início seja pacífico. Não dá para começar nada em meio ao caos.

Aline Sant'Ana

Concordei.

— Há também o problema em relação ao Yan, pai. — Inspirei forte, pensando no problema que havia entre ele e Lua. — Vou precisar da sua ajuda.

Ele sorriu.

— Não vou sair de Miami tão cedo.

— Obrigada. — A palavra, tão pequena, significava um mundo de coisas. Naquele momento, estava agradecida. Grata por muitas coisas, dentre elas, a sorte de ter dois homens maravilhosos na minha vida.

CAPÍTULO 4

**Love her if you only knew
The times that train has fooled me too
And tears me from a place I know
It helps me to surprise myself
You know you can surprise yourself
So let go and surprise yourself**

— Jack Garratt, "Surprise Yourself".

ZANE

Caralho, o advogado foi excelente.

Ele não precisou dar início a qualquer processo. Com algumas ligações e citações das leis, conseguiu mostrar o erro que estavam cometendo. Pude ouvir que, pelo tom de voz do cara, as ameaças eram implícitas. A TVM concordou em, dentro de uma semana, fazer uma reportagem falando sobre o nosso relacionamento e expondo, dessa vez da maneira certa, o que Kizzie significava para mim, para a The M's e como era profissional.

Sobre o Yan, uma vez que a foto caiu na internet, se tornou viral, assim como a foto de Lua. O advogado ajuizou uma ação pedindo para que a foto fosse retirada da mídia, por estar causando prejuízos à imagem de ambos. Só que avisou que poderia levar um tempo. Kizzie apertou minha mão quando o Dr. Marston deu essa notícia, alívio correndo por todos os seus nervos.

Enquanto as questões mais problemáticas se desenrolavam, Keziah estava trabalhando no contrato do Shane. Tudo ficou pronto e, antes de ela mostrar para mim, se encontrou com o Carter várias vezes, talvez por achar que ele pudesse dar um respaldo maior do que eu nesse sentido. Minha cabeça estava quente por Yan e Shane, e Kizzie não queria que o meu julgamento influenciasse. Carter era neutro, seguro, e uma hora ele ia aparecer para apresentar o que foi combinado com a minha noiva.

Só que, antes de o mundo voltar aos trilhos, eu precisava fazer uma coisa e agora eu estava dentro do elevador, indo em direção ao apartamento do baterista da The M's, para resolver essa porra que estava em minhas mãos.

Pelo que Kizzie me disse, Erin tinha visitado o cara e o fazia isso assiduamente,

Aline Sant'Ana

70

assim como Carter. Merda, eu não sabia o que esperar desse encontro, porém precisava dar meu jeito. Já tinha adiado tempo demais essa conversa. Por mais que ainda estivesse bem puto da vida com ele, eu me preocupava com o cara.

As portas do elevador se abriram e revelaram um ambiente escuro, bem diferente do que eu estava acostumado a ver. Uma luz simplória apareceu perto da cozinha: a tela do seu notebook. Andei em meio à escuridão, adaptando minha visão. Por incrível que pudesse parecer, o apartamento do Yan ainda estava organizado, de acordo com sua personalidade metódica. Só que, cara, muito mais sombrio do que eu esperava encontrar.

Vi suas costas e a tela iluminando seu rosto. Soltei um suspiro. Yan estava com fones de ouvido e não tinha notado a minha chegada. Digitava rapidamente alguma coisa, conversando com alguém, parecendo alheio a tudo. Fui mais para frente, puxei a cadeira ao seu lado, e foi aí que o baterista me notou.

A barba cresceu e tenho certeza de que seus cabelos estavam um pouco maiores do que me lembrava, ainda que só fizessem algumas semanas do fim da viagem pela Europa. Me aliviou o fato de que ele cheirava a sabonete e vestia as roupas sociais que gostava.

Yan tirou os fones de ouvido e os pousou sobre as teclas do notebook, enquanto me encarava.

— Oi, Yan — eu disse, sério pra cacete.

Nunca pensei que fosse tão difícil vê-lo sofrendo por amor de verdade. Não aquelas namoradas aleatórias que arranjou na vida e que conseguiu consertar seu coração depois de uma semana, indo direto na balada e pegando geral. Isso era diferente, Lua era diferente, e eu entendia.

Assisti-lo assim tornava insuportável odiá-lo, nem que fosse um pouco, pelo que fez comigo.

— Eu não esperava sua visita. — Sua voz parecia mais grossa, como se tivesse envelhecido dez anos em pouco menos de um mês.

— Nem eu sabia que ia vir, mas a gente precisa conversar.

— É, eu sei.

— Não quer abrir as cortinas? Está escuro pra cacete e eu vou acender um cigarro. É bom abrir as janelas.

— Tá.

Yan se levantou e abriu as cortinas, iluminando um espaço que parecia quase não ver luz há algum tempo.

Uma noite sem você

71

Foi então que percebi o motivo da escuridão.

Tudo estava da maneira que Lua tinha deixado. Ela fez as malas, porém não levou tudo. Ainda havia almofadas coloridas, contrastando com a cor neutra da decoração de Yan, sobre o sofá. Tinha uma sandália de salto dela cor-de-rosa perto do tapete felpudo branco que comprara. Também existia porta-retratos com fotos dos dois durante o Heart On Fire em cima de um piano que Yan mantinha na sala. Quadros nas paredes com fotos preto e branco dos dois, eventos que foram durante um ano de um relacionamento bem feliz.

Caralho, estava tudo ali e Yan não queria ver isso todos os dias.

Parecia que não tinha coragem de mexer, tampouco.

Ele voltou, ignorando meus olhares curiosos, e se sentou na cadeira. A mesa de jantar parecia pequena demais para uma conversa tão importante. Eu, que sempre fugi de resolver problemas, me senti encurralado, sabendo que era — chutando baixo — cinquenta por cento responsável pela situação atual: a frieza em uma amizade de anos.

— Não sei se Erin te contou — comecei, pensando sobre o que dizer. — Mas pedi a Kizzie em casamento.

Yan pareceu surpreso por um segundo e, depois, quase como se não estivesse mais acostumado a fazer o gesto, sorriu acanhado.

— Quem diria que você seria o primeiro a casar.

— É, quem diria?

— Fico feliz por vocês, Zane. — Em seguida, passou os dedos pelos cabelos, o gesto aparentemente servindo como um clareador de ideias. — Eu quero te pedir desculpas, mais uma vez, e agora, pessoalmente. Eu não fiz por mal, nunca faria qualquer coisa para te prejudicar ou a mulher que ama. Minha mente estava uma bagunça naquele segundo e, por um momento, não vi Kizzie ali. Eu sinto muito, de verdade.

Durante todo o diálogo, Yan me olhou fixamente. Ele queria que eu visse a sinceridade em cada palavra.

— Você é metódico pra caralho. Nunca toma qualquer atitude impensada. Na Europa, eu fui vendo você perder a cabeça pouco a pouco e não sabia mais como te ajudar. Estava imerso na paixão pela Kizzie e também sinto muito por não ter tido um pouco mais de fé em você. Sou ciumento, Yan. E você tocou na única mulher pela qual tive um sentimento de posse. Kizzie pertence a mim e você a beijou. Caralho, eu fiquei com raiva por muito tempo...

Aline Sant'Ana

72

— Nós podemos fazer como quando éramos moleques. Você lembra?

— O quê?

— Cinco minutos de socos e depois paz — ofereceu com seriedade.

— Não, eu não quero te socar. Poderia, mas não quero.

— É, você bem que poderia.

— Não, Yan. A única pessoa que sinto vontade de socar o tempo todo é o meu irmão, para ver se consigo colocar juízo naquela cabeça de merda. Ele me tira do sério e você...

Me dá pena.

Não completei, porque era cruel demais.

Não queria me sentir assim, só que, cara, olha o jeito que ele estava! Mexendo no computador como um louco, no escuro, para não ver as fotos da namorada espalhadas por todo o apartamento. Não fez a barba, parecia submerso em uma dor que não desejava para ninguém. Eu vi Carter assim e Shane, de uma forma muito pior, confesso, e ainda não sei lidar com isso.

— Te dou pena, não é? — Yan me tirou dos pensamentos.

— Por que você está jogado nessa autopiedade?

— Contratei um detetive particular para saber o paradeiro da Lua — confessou, com a voz branda. — Estava conversando com ele pela internet quando você chegou.

— E?

— E nada, cara. Nenhum sinal dela. Sei lá, é uma porra de um problema.

— Ela não quer ser encontrada, aí é que está.

— O que eu fiz não tem perdão, Zane. Mas acontece que... — Ele parou no meio da frase, cansado demais para continuar.

— Kizzie entrou com uma ação junto ao advogado. Eles vão tirar aquela foto sua, mas leva tempo.

— Isso não resolve nada.

— Conserta a sua imagem perante as pessoas.

Riu, mas sem humor.

— Não me importo com a imagem que estou passando. Ela não é real, de toda forma.

Uma noite sem você

— O que está dizendo?

Peguei o cigarro do bolso de trás e o acendi. Soprei a fumaça para longe e Yan cruzou os braços na altura do peito.

— Nada, cara. Eu não quero falar sobre isso agora. Prefiro pensar em trabalho e me matar na bateria. Você tem alguma novidade a respeito disso?

— Kizzie está conversando com o Carter hoje sobre a contratação do Shane — falei, meio que resmungando, e bati a cinza em cima do copo vazio sobre a mesa.

Ficou em silêncio por um tempo, absorvendo a novidade. Yan não parecia relutante, como eu estava, para contratar o meu irmão.

— Vamos ter muito trabalho pela frente.

— Isso é um eufemismo do caralho.

— Trabalho é bom, Zane.

— Não — respirei fundo, pensando na dor de cabeça que Shane me causava —, não é.

O baterista desviou os olhos para a tela do computador quando uma mensagem nova chegou. Ele digitou rapidamente, e pude ver a esperança dançando em seu semblante, para depois murchar como se tivesse estourado um balão com a agulha.

— Depende do ponto de vista. Para mim, nesse momento, todo o trabalho do mundo é bem-vindo.

— Esfriar a cabeça e coisa e tal, né?

Yan assentiu e, resignado, abaixou a tela do notebook, não querendo mais conversar.

— É.

Kizzie

Combinei com Erin uma escapadinha enquanto Yan e Zane se resolviam. A namorada do Carter estava me esperando na saída do prédio e me recebeu com um abraço e um beijo carinhoso. A ideia do encontro era ótima, eu sentia falta dela.

A ruiva começou a puxar assunto, mas pude perceber que estava distraída.

Aline Sant'Ana

Parecia que a ausência da amiga lhe fazia mesmo mal. A energia, a vitalidade, aquela aura quase sobrenatural que Erin emanava, havia se apagado. Eu, como achei que estava na hora de levantar seu ânimo, a convidei para tomar um café e comer um bolo na cafeteria da avenida. Ela sorriu, concordou, e entrou no meu carro, deixando o seu no estacionamento do prédio.

Assim que nos sentamos, fomos recebidas por um gentil rapaz que serviu café para Erin e chá para mim. Pedimos bolo de baunilha com leite condensado. Ela cruzou as pernas e falou sobre o cansaço que sentia nelas. Havia desfilado mais cedo cerca de seis peças diferentes de roupa, e eu aproveitei para contar a ela sobre os novos contratos da The M's e a entrada de Shane para a banda.

Erin não pareceu surpresa.

— Eu o conheci no Natal. Shane é divertido e está muito melhor do que Zane pensa.

— É uma ótima ideia colocá-lo na banda. Estou ansiosa para conhecê-lo.

— Quando Zane pretende te apresentar aos pais?

— Semana que vem. — Sorri, sentindo a ansiedade fazer um *loop* no meu estômago.

O garçom trouxe os bolos e os colocou sobre a mesa. Assim que ele saiu, dei uma garfada generosa, sentindo o doce derreter na boca. Precisei fechar os olhos por um segundo. Nada era mais gostoso do que comer um doce, era?

— Você está ansiosa para encontrar os pais dele?

— Sim, vamos contar também que estamos noivos.

— Que maravilha! — Ela pareceu muito feliz. Abriu um sorriso largo e procurou minha mão sobre a mesa. Erin a pegou e encarou o anel de Zane. — Sabe, eu nunca pensei que ele seria o primeiro a casar dos meninos, mas estou tão feliz por vocês.

— É o que todo mundo diz.

— Zane tem uma alma livre, mas nunca se permitiu amar. O maior erro dele foi acreditar que, para se apaixonar, precisava acorrentar-se à alma de outro alguém, sem entender que amor de verdade é sinônimo de liberdade.

— Eu também não sabia que o amor podia ser assim, Erin. Quando fiquei com Christopher, tinha uma ideia completamente distorcida.

— Então, para vocês dois, o amor verdadeiro é novidade.

Erin soltou minha mão e, com um brilho esperto nos olhos, colocou um

Uma noite sem você

pedaço do bolo na boca.

— Falando em amor de verdade e em casamento... — sondei, esperando que ela fosse pegar a dica. Erin deixou os olhos claros bem abertos e atentos, mas nenhum lampejo de compreensão passou por eles. Por mais que eu estivesse afirmando para todo mundo que minha cabeça não estava na cerimônia, uma faísca estava nascendo no meu peito. — Erin, você foi a pessoa que acreditou nessa relação antes mesmo de nós dois acreditarmos. Você nos enxergou, quando ninguém mais pôde fazer. Além disso tudo, se tornou uma amiga que eu não sei explicar... parece uma irmã de consideração. Tenho certeza de que, em alguma outra vida, tivemos uma ligação muito forte.

Ela piscou, deixando o garfo parado na boca.

— Não poderia fazer esse casamento sem a sua ajuda, sem você do meu lado. Eu quero muito, de todo o coração, que seja minha madrinha, que me ajude em tudo. Sei que muitas mulheres gostam e é tradição ter várias madrinhas, mas eu só quero uma.

Ela tirou lentamente o talher dos lábios e mastigou devagar o bolo, engolindo com dificuldade em seguida.

— Kizzie... — Seus olhos ficaram emocionados e eu precisei piscar muito para afastar a emoção que tomou conta de mim.

— Você aceita? — perguntei, sorrindo.

Ela não respondeu, apenas se levantou e puxou-me para um abraço, que já dizia sua resposta. Disse baixinho e em lágrimas que estava mais do que honrada em ser a minha madrinha, que adoraria participar de todo o processo, que amava Zane como se fosse o irmão que nunca teve e que agora sentiria que fazia parte, de verdade, da família.

Era incrível como, em tão pouco tempo, as pessoas podem se tornar imprescindíveis e especiais. Em meu relacionamento com Zane, não ganhei apenas ele, como também Erin e sua amizade ímpar; Yan e seus problemas, mas também seu carinho; Carter e sua ternura e respeito, além de uma docilidade sem tamanho. Gente que fez a diferença na minha vida e que, assim como o guitarrista da The M's, marcou a minha história.

— Vai ser o casamento mais bonito de todos os tempos. — Erin sorriu, se afastando.

Eu retribuí o gesto.

— Não preciso que seja bonito, só preciso que seja a nossa cara.

Aline Sant'Ana

— Vai ser — prometeu, enquanto saíamos, tagarelando sobre cores, o vestido e todas as coisas que fizeram meu coração saltar de antecipação.

Zane

Yan me ofereceu uma cerveja quando eu já estava lá há mais de uma hora. Ele se abriu comigo, mas não sobre tudo. Parecia que tinha algo que ele não estava me contando, só que optei por não o pressionar. Sabia que estava sofrendo por causa da Lua e, caramba, era foda! Não conseguia me colocar na situação do cara sem começar a pirar, sem começar a imaginar que, se eu fosse Yan, estaria enlouquecendo.

Bebemos, então. Tentei deixar a conversa em um assunto neutro e confortável. Falei sobre as músicas que Carter estivera criando, dialogamos um pouco sobre a expectativa dos shows futuros. Estava nos nossos planos ir para outros lugares, mas ainda era cedo para planejar qualquer coisa.

— Precisamos ter certeza de que Shane vai entrar para a banda antes de planejarmos qualquer coisa — Yan falou, encerrando o diálogo a respeito do futuro.

— É, tem isso — concordei.

— Ele vai ter que ensaiar direto, sabe? Vai ter que saber o nosso repertório — Yan acrescentou.

— Shane conhece boa parte. Eu já o vi treinando com o baixo algumas músicas e, cara, faz uma diferença do caralho, porque ele toca bem.

Yan se recostou na cadeira e virou a cerveja num longo gole.

— Achei que você sempre implicasse com ele a respeito.

— Implico, mas preciso reconhecer que ele é foda.

— É, eu sei como é.

A porta do elevador da sala do Yan se abriu, revelando Carter com as bochechas vermelhas e um pouco ofegante, por algum motivo. Ele entrou com duas pastas na mão e as jogou sobre a mesa. Seus olhos vasculharam tanto meu rosto quanto o do Yan, procurando por algum indício.

— Vocês fizeram as pazes? — questionou.

— Tá tudo de boa — expliquei e abri um sorriso.

— Certo. Posso falar de negócios?

— Negócios? — repeti, um pouco surpreso.

— Precisamos fazer isso. Começamos a banda quando não tínhamos nem uma moeda no maldito bolso e, ainda assim, conseguimos tomar decisões importantes. Eu preciso de vocês agora, com a cabeça centrada para tomar uma decisão bem importante, uma que nunca precisamos tomar antes. Então, vamos falar sobre o Shane.

Com um empurrão, deslizou a pasta sobre a mesa e eu a puxei, automaticamente abrindo-a. Era um contrato imenso, com diversas cláusulas. Vi que havia coisas muito sérias, principalmente em relação ao comprometimento do Shane com a banda. Ele tinha que zelar por sua imagem e a dos companheiros da banda, assim como tinha que estar ciente da exposição da mídia. Precisava aceitar os conselhos principalmente dos caras e... *espera*.

— O que é essa cláusula? — questionei, mostrando para Carter.

— Pelo que Kizzie colocou aí, ele terá Yan como um mentor.

— Cara — Yan se empertigou, percebendo que o assunto era com ele —, Shane nunca vai aceitar uma coisa dessas. Ele é orgulhoso pra caramba, eu o conheço desde moleque. Vai achar que estamos tentando controlá-lo.

Pensei que essa merda era maluca, mas podia dar certo. Eu não conseguia colocar juízo na cabeça do Shane, mas, talvez, alguém que ele respeitasse pra cacete, que sabia que tentava sempre o melhor para a banda, conseguisse. Yan tinha seus próprios demônios para lidar, mas isso não significava que ele seria uma companhia ruim para o Shane. Sei lá, pareceu ideal, de alguma maneira.

Só que eu não disse em voz alta.

— Vamos ver com Shane a respeito — ponderei. — E então, o que mais há para decidir?

Passei o contrato para o Yan, que leu tudo enquanto Carter me estendia outro.

— Mais pessoal para a equipe da The M's. Precisamos de gente de peso. Kizzie está sobrecarregada.

— É, eu sei — falei, ciente de que estava sendo sincero. — Isso nem tem o que pensar sobre. Temos mais dinheiro na conta do que jamais vamos gastar algum dia. Foda-se. Contrata todo mundo que precisar.

Yan, por mais que estivesse atento ao contrato, falou:

Aline Sant'Ana

78

— Sim, eu concordo.

— E sobre a contratação do Shane? — Carter interrogou.

Todos ficaram em silêncio por um longo tempo. Yan largou os papéis sobre a mesa e mexeu na garrafa da cerveja, de um lado para o outro, chacoalhando-a, embora não houvesse mais nada dentro. Eu decidi acender um cigarro e Carter esperou pacientemente, com os braços cruzados no peito, aguardando uma reação.

— Eu topo — Yan disse, suspirando. — Sei que a responsabilidade de ser um mentor para o Shane pode ser insana, porque ele dá trabalho pra cacete. Só que, cara, a gente precisa dele. Ele precisa de nós. Eu não vejo mal nisso. Aliás, quero trabalhar, porque ficar pensando...

Encerrou o assunto e jogou a cabeça para trás. Pude ver a emoção surgindo em seu rosto, mas ele se recompôs.

Yan estava sofrendo demais.

— Eu também tô nessa — Carter declarou e olhou para Yan. Quando o baterista baixou o rosto, suas bochechas estavam vermelhas e os olhos, um pouco marejados. Merda. Mil vezes *merda*. — E você, Zane?

Imagens de Shane no passado, o dia em que salvei sua vida, o dia em que ele quebrou nos meus braços, vieram à tona. Cenas do cara bêbado, drogado e fodido também. Da mesma maneira que, como um filme, assistia Shane tocando o baixo, dizendo em alto e bom som que queria ser músico.

Era o seu sonho.

Ele merecia uma segunda chance.

— Beleza — respondi. — Semana que vem, vou levar Kizzie para conhecer meus pais e, em seguida, podemos marcar um encontro e conversar com Shane.

— Ele ainda está morando com os seus pais? — Carter quis saber.

— Sim, está, mas já vem procurando apartamentos. A ideia era começar a busca em um ano, mas sinto que cada vez mais ele quer ter seu canto. É foda. Como ele vai entrar para a banda, com certeza vai precisar de uma casa longe dos meus pais, para evitar dor de cabeça.

— Sim — Yan concordou. — Vamos encontrar algo para ele.

— Então, semana que vem? — Carter puxou o assunto, buscando uma conclusão.

— Sim. — Suspirei. — Semana que vem.

Uma noite sem você

Algumas horas se passaram, com a conversa indo para uma zona segura e confortável. Não demorou para eu assistir de camarote às brincadeiras entre nós, mesmo que um pouco tímidas, e o sorriso que Yan casualmente dava. Enquanto eles conversavam sobre a nova temporada de futebol americano, a minha mente foi longe. Observando Carter e Yan um pouco mais amenos em meio a todo o caos, ouvi um estalo que partiu do coração e foi para o cérebro.

Eu precisava agradecer à única pessoa que foi responsável por colocar ordem em uma anarquia.

E ela merecia cada pedaço de dedicação que nunca dei a nenhuma outra pessoa.

Keziah

As portas do elevador se abriram, revelando a entrada da casa do Zane. Meu coração parou por um segundo, quase como se eu não estivesse certa de que tinha apertado o andar dele. A entrada estava iluminada por pequenas velas aromáticas nos cantos direito e esquerdo, formando um caminho, e suspirei de alívio ao reconhecê-las. Comprei-as na semana passada, gostava de acender na hora do banho e deixá-las próximas à banheira enorme.

Quando parei de pensar na parte lógica e me toquei de que aquilo provavelmente era uma surpresa que Zane queria fazer para mim, prendi o ar nos pulmões.

Em passos vacilantes, segui a trilha de palhetas coloridas que estavam entre as velas. O cheiro do seu apartamento era uma mistura floral muito doce e suave. Abri um sorriso, pegando cada palheta, à medida que ia para a sala do meu noivo. Ergui os olhos ao encontrar a última palheta e, quando o vi, soube que nem nos meus sonhos mais malucos e românticos eu poderia idealizar algo assim.

As palhetas que estava segurando caíram dos meus dedos frouxos.

Zane havia afastado os móveis, deixado apenas um banquinho do minibar no centro, onde estava sentado. Havia um suporte de microfone na altura perfeita e seus lábios estavam próximos do bocal, com um sorriso torto, que puxava para o lado direito. Seus cabelos estavam soltos, e ele não vestia uma camisa, apenas uma calça jeans preta com os rasgos de sempre e um cinto de couro com spikes, combinando com seu estilo rockstar. Os pés estavam descalços, apoiados na parte inferior do banquinho. Vê-lo casual, mas tão bonito, se possível, fez eu me

80

apaixonar um pouco mais por ele.

Um amplificador estava do seu lado esquerdo e, sobre ele, um violão bonito, de madeira envernizada, parecendo pronto para ser tocado. Zane o pegou, sem dizer uma palavra, e o ajeitou sobre a coxa, colocando suas mãos nos lugares certos. Ele olhou para baixo e seu cabelo caiu como uma cortina no rosto. Encarei seu peito nu, os piercings no mamilo, as tatuagens espalhadas abraçando sua pele, os músculos se movimentando até... uma nota soar.

My Girl.

Zane colou a boca no microfone e a música que marcou tanto nós dois começou a sair em sua melodia perfeita. Meu coração inchou com um sentimento maravilhoso, e meus joelhos fraquejaram. Ele cantou encarando meus olhos, sorrindo quando eu sorria, umedecendo os lábios e me seduzindo como se precisasse que eu visse o quanto ele me amava. Seus dedos trabalharam nas cordas, dedilhando e batendo na madeira para deixar a música em sua sonora melodia original. Eu me emocionei, mas não aguentei, porque precisava tocá-lo.

Comecei a andar e Zane continuou a cantar tão perfeitamente que, por um segundo, eu quis gravar para assistir pelo resto da vida. Zane perdeu uma nota quando cheguei mais perto e, assim que a música terminou, tirei dele o violão, afastei o suporte do microfone e me sentei em seu colo, com uma perna de cada lado da sua cintura, com os braços envolvendo-o na altura dos ombros.

Acariciei a base da sua nuca com as unhas.

Suas mãos foram parar na minha bunda.

E a respiração dele acelerou quando raspei nossos lábios.

— O que foi isso?

— Você é especial para mim. É a minha garota.

— Sim, eu sou. — Sorri.

Zane apertou mais forte meu corpo, me deixando ainda mais perto do seu.

— Eu acho você incrível. Você tem alguma coisa foda que é impossível eu descrever. Você resolve problemas como se eles não fossem grandes, você conserta vidas. Você me consertou, Kizzie. E hoje eu percebi o quanto o meu passado era problemático antes de você aparecer. Percebi o quanto perdi em vinte e nove anos que não pude te tocar, te beijar, te apreciar. Além disso tudo, você é profissional, focada, caralho... você cuida da The M's como se fizesse isso desde sempre. Eu sinto orgulho de você e, somado a isso, sinto orgulho e felicidade por ter me dado a chance de amar a mulher que você é.

Uma noite sem você

Ah, meu Deus...

— Zane. — Me senti tentada a questionar. — O que houve hoje?

— Descobri o seu superpoder.

Ergui a sobrancelha, inquisitiva.

— O meu está relacionado a abraços curadores — brincou, espreitando a ponta da língua no lábio inferior e, depois, subindo-a para o superior.

Sexy.

— Eu me lembro disso.

— Sim, você provou da magia.

Soltei uma risada.

— E então?

— O seu superpoder é transformar caos em beleza, Keziah.

Uma frase tão curta fez todo o meu corpo se arrepiar.

— Você acha?

— Eu tenho certeza.

— E você descobriu isso como?

— É só olhar tudo o que você fez desde que chegamos a Miami. — Pausou. Zane tirou uma mão da minha bunda e levou-a até o meu rosto. Seu dedo jogou para trás da orelha um fio de cabelo que havia saído do lugar. — Caos em beleza, Marrentinha.

— Zane...

— Prometo que vou me esforçar todos os dias para chegar aos pés da mulher foda que você é. E eu vou amar você, cuidar de você, te mostrar que eu vejo o que você faz. — Seu indicador traçou minha bochecha, limpando uma lágrima solitária, que escapou pelas suas palavras doces. — Eu vejo sua dedicação com o trabalho, com os amigos, com as pessoas que você ama, comigo. Vejo sua preocupação, seu altruísmo, tanto que sei que não quer casar antes de a situação do Yan melhorar. Cara, eu sei que não é por me amar menos nem por precisar de um espaço para me conhecer. Poderia ser há uma semana ou duas atrás, porém não vejo isso agora.

— Não?

— Não — falou baixo e sorriu. — Você se casaria comigo em Vegas, de repente, se precisasse.

Aline Sant'Ana

82

— Certeza?

— Você me ama, Keziah. Mesmo eu sendo meio fodido, meio louco, você me ama. Você me aceita. Não há dúvida.

— Não há — concordei.

Zane estava certo.

— Eu precisava escutar essas coisas — admiti.

— Porra, eu sei.

— Mais um superpoder? Adivinhar o que a mulher que você ama precisa ouvir?

— Talvez. — Sua boca ficou mais próxima. — Nós vamos descobrir ao longo dos anos, Marrentinha. Não vou a lugar algum.

— Nem eu.

Ele me calou com um beijo, me mostrou suas palavras com o toque, o seu amor com o corpo.

Já não éramos mais aquele casal que se envolveu por onze noites e decidiu noivar por insegurança e medo da perda iminente um do outro.

Éramos um casal novo, que não poderia viver um sem o outro, e dessa vez não por incerteza, mas sim for convicção.

Uma fé inabalável em nós dois.

Que a cada dia só fazia crescer.

E crescer...

Uma noite sem você

CAPÍTULO 5

**I was waiting
For the day you'd come around
I was chasing
And nothing was all I found
From the moment you came into my life
You showed me what's right**

— Daughtry, "Feels Like Tonight".

ZANE

Ela cheirava a alguma coisa maravilhosa, um creme de frutas vermelhas. O vestido que usava era preto como a noite, justo nos seios e na barriga e mais rodado antes de chegar aos joelhos; curto o suficiente para que se sentisse confortável, na linha tênue entre sexy e comportada, como se estivesse pronta para causar uma boa impressão e se entregar à paixão na calada da noite.

— Estou pronta — anunciou, terminando de colocar os brincos pequenos nas orelhas. Seus olhos eram divertidos, depois desceram por todo o meu corpo. Assim que encontrou os meus, vi uma chama em sua íris.

— Caralho, Keziah.

— O que foi? — Sua voz já estava afetada.

— Como quer que eu me comporte quando você se veste assim? Cacete! E isso na frente dos meus pais.

— Quer que eu troque de roupa?

— Nem fodendo. Você vai deixar eu te tocar quando chegarmos em casa?

Ela abriu um sorriso atrapalhado, quase bobo, meio apaixonado.

— Sim.

— Então acho que consigo ficar de boa por essa noite.

Ela se aproximou. Veio devagar, me sondando, colocou o nariz na curvatura do meu pescoço e inspirou forte, me arrepiando dos pés à cabeça. Seus lábios procuraram minha boca para um beijo suave.

A intenção era boa, se aquilo não me deixasse com tesão.

— Aheuascmvpfkaisnqw.

Aline Sant'Ana

84

Ela falou e eu entendi algo em árabe.

— *O quê?*

— Eu disse que estou nervosa para conhecê-los. Acha que vou causar uma boa impressão?

— Com essa boca causando cócegas na minha, fica difícil pensar com coerência, Marrentinha.

Ela olhou para baixo, dando de cara com a ereção que não fui capaz de esconder.

— Desculpa, amor — pediu, se afastando com um beijo.

Fechei as pálpebras por um segundo, para recobrar a concentração.

— E então? — Virou, pegando os lados do vestido para fazê-lo rodar. — Acha que consigo causar uma boa impressão?

Eu podia imaginar a reação do meu pai e da minha mãe ao vê-la. Shane também cairia para trás. Eu tive sorte pra caralho de ter conseguido uma mulher como Kizzie: linda, inteligente, irresistível, doce, mas não o suficiente para que as pessoas possam abusar da sua boa vontade. Cara, ela era perfeita. Conseguia lidar comigo — tinha paciência para as minhas maluquices — e, acima de tudo, aceitava-me como eu era. Sendo sincero, sabia que, em um relacionamento, muitas mulheres jogariam as coisas do passado na minha cara. Mas não Kizzie. Ela parecia confortável no envolvimento que tínhamos e bem atenta ao presente.

E estava certa. Eu não tinha olhos para mais ninguém.

— Você está perfeita pra cacete.

— Ah, Zane...

— É verdade. Caralho, eu ainda fico um pouco abismado com a sua capacidade de me surpreender sempre.

Seus olhos brilharam.

— E isso é bom?

— Isso é ótimo. — Sorri, garantindo-lhe. Puxei Kizzie pela cintura e foi minha vez de beijá-la. Seus lábios doces colaram nos meus e sua língua tocou a minha quando decidimos aprofundar o contato. Ela vibrou embaixo das minhas mãos, que estavam em sua cintura, e eu sorri contra a boca macia dela. — Só quero te antecipar que meus pais vão deixar bem claro que você é uma divindade, já que conseguiu me fazer parar quieto depois de vinte e nove anos de sem-vergonhice. Também é muito provável que meu irmão dê em cima de você, e eu acho que nós vamos brigar e vai ter sangue no meio da sala...

Uma noite sem você

Kizzie gargalhou.

— E ainda depois disso tudo, da divindade e da morte do meu irmão mais novo, tem o convite para ele entrar na banda, o que vai ser infeliz demais, já que vai ter sido assassinado por mim.

Ainda rindo, Kizzie passou as mãos por minha nuca.

— Eu vou amar seus pais, só pelo fato de terem me dado o presente mais incrível do mundo: você. E vou conseguir sair das garras do seu irmão, você sabe muito bem o quanto eu resisti a você.

Ergui a sobrancelha e sorri de lado.

— Sabe qual é o lema da minha família, Keziah?

— Qual?

— Ninguém consegue resistir a um D'Auvray.

Não, eu não estava querendo fazer graça. Esse era literalmente o lema da minha família.

— Ah, para, Zane!

— É verdade.

— Que história é essa?

— Eu vou deixar meu pai te contar. Então, vamos?

Ela me encarou, toda a curiosidade iluminando seu rosto, e eu a puxei para mais um beijo.

— Vamos.

Kizzie

A casa dos pais do Zane era tão adorável que me surpreendi só de vê-la pelo lado de fora. Havia plantas, um jardim lindo, flores de todas as cores e tonalidades, além de um chafariz no meio da extensa entrada, que me pegou desprevenida. Eu sabia que Zane cuidava bem dos seus pais, é claro. Com a quantidade de dinheiro que ganhava, não me surpreendeu o fato de que ele comprou uma verdadeira mansão na área mais nobre de Miami. No entanto, a arquitetura grega, com colunas que sustentavam a parte da frente, além de um número considerável de andares, me deixou boquiaberta. Eu esperava uma casa mais moderna, e acho que isso me pareceu um pouco longe da imaginação.

Aline Sant'Ana

Saímos do carro e Zane foi indo na frente, caminhando com seus coturnos sobre as pedras que poupavam a grama do pisoteio. Eu me equilibrei nos saltos, ouvindo o coração nos tímpanos, sequer compreendendo o nervosismo e o medo de uma possível não aceitação por parte dos D'Auvray. Eu ia me casar com seu filho e, ainda que Zane me garantisse que eles iam se apaixonar por mim, estava tão trêmula quanto uma maria-mole.

Ele percebeu e veio ao meu encontro.

— Tudo bem?

— Só um pouco nervosa. — Sorri.

— Meu pai tem uísque lá. Você toma um gole e relaxa — Zane disse.

Esse era o seu modo de me deixar calma, embora não funcionasse muito.

— Eu prefiro vinho.

Um sorriso apareceu nos lábios cheios.

— Então vinho será.

Ele colocou a mão na minha cintura e caminhamos até a porta de entrada. Zane se esticou para tocar a campainha e escutei uma voz masculina gritando um "Pera aí" antes de a porta se abrir e um cheiro intenso alcançar meus sentidos.

Era um perfume de homem, uma mistura de canela, couro e chuva.

Foquei na pessoa que estava nos recebendo e fiquei um pouco chocada com o que vi. Ele era alto, mais do que Zane, com músculos em todos os lugares e tatuagens também. Havia um piercing no canto esquerdo do lábio, um boné sobre a cabeça e um olho azul e outro castanho-claro, confirmando o que Erin havia me dito: a heterocromia. Era enigmático, para dizer o mínimo. Sua beleza era diferente da do irmão, mas não menos impactante. Sabia que era Shane D'Auvray antes mesmo de Zane puxar o irmão para um abraço e sondá-lo com os olhos, como se quisesse saber que estava inteiro.

— É ela? — Shane questionou, nada discreto, descendo os olhos por todo o meu corpo e, depois, voltando para estudar meu rosto. Ele umedeceu a boca com a ponta da língua e uma bolinha de metal, que poderia ser outro piercing, mas na língua, apareceu e sumiu com o gesto.

— É. — Zane deu um empurrão no irmão e me olhou, sorrindo. — Essa é a Keziah Hastings, empresária da banda e minha noiva.

Vi a expressão do Shane mudar de diversão para horror.

— Noiva?

— É. Vou contar aos nossos pais no jantar.

Uma noite sem você

— Cacete, Zane!

— Eu sei.

— Caralho!

— É, eu sei.

Shane voltou a olhar para mim. Dessa vez, como se eu tivesse uma cabeça a mais.

Sorrindo, estendi a mão, esperando que ele fosse apertá-la.

— E você deve ser Shane D'Auvray.

Ele olhou para a minha mão e depois para os meus olhos, então me puxou pela cintura antes que eu pudesse dizer qualquer coisa e me abraçou fortemente.

— Não cumprimento mulheres com apertos de mão. É bizarro. — Suspirou, me soltando. — Oi.

— Oi.

— O que você fez com meu irmão? — questionou, com um misto de curiosidade e diversão na voz.

— Ela me encantou pra cacete, foi isso que aconteceu. — Zane me puxou para ele, como se quisesse deixar claro a quem eu pertencia. Seu nariz passou pelo meu pescoço, fazendo os pelos do meu braço se levantarem. — Você vai ser mal-educado e não vai me deixar entrar, pirralho?

Era muito engraçado ele chamar o irmão de pirralho sendo que Shane tinha todo aquele tamanho.

Ainda um pouco perplexo pela notícia, Shane se afastou para entrarmos.

Meu queixo deve ter ficado nos pés.

A sala era elegante, mas muito romântica. Pensei que fosse mais masculina, por causa do pai de Zane e Shane, mas ficou claro ali que quem mandava na decoração era a mãe dos meninos. O lustre sobre o centro, iluminando o tapete persa, era uma peça-chave para tornar tudo ainda mais especial. Havia um piano e sofás em tom creme, combinando com o vinho casual das almofadas e do tapete. Também existia uma grande estante de livros, à esquerda, antes de dar abertura para uma única escada, que, em formato da letra Y, levava ao segundo andar.

Escutei passos de salto alto e uma mulher, muito parecia com Shane, embora tivesse os olhos totalmente azuis, me recepcionou com um sorriso de orelha a orelha. Os cabelos castanhos caíam em torno do rosto até os ombros e o nariz era tão elegante quanto o do filho mais novo.

Aline Sant'Ana

— Ah, como ela é linda, filho! — a Sra. D'Auvray disse, puxando-me para um abraço. Fazia tantos anos que eu não sentia o carinho e o afeto de uma mãe, que foi quase surreal demais sentir essa energia dentro do peito. — Sou a mãe dos meninos, mas acho que você já deve ter deduzido. — E se afastou.

Era mais alta do que eu e usava um vestido creme que preenchia bem suas curvas. Era magra, mas não esbelta demais. Parecia um doce de mulher, de uma beleza inestimável. Foi fácil compreender como o pai dos meninos havia se apaixonado.

— Sou Keziah Hastings — esclareci, observando-a me olhar com curiosidade e carinho.

— Mãe, você não vai me abraçar, não? — reclamou Zane, puxando a mãe pela cintura e erguendo-a em seus braços.

Ela deu um grito e bateu no ombro do filho, que, só depois de muito girá-la, a colocou no chão.

— Eu esqueço que vocês estão desse tamanho e me pegam como se eu não pesasse um grão de areia! — resmungou, ofegante. Olhou para o filho depois de tomar fôlego. — Oi, Zane.

— Oi, mãe. — Ele sorriu. — Onde está o papai?

— Fazendo o jantar — ela esclareceu, já puxando Zane pela mão. Virou o rosto para trás, abrindo mais um de seus largos sorrisos carinhosos. — Vem, Keziah. Meu marido vai amar te conhecer.

Com Shane atrás de mim e Zane conversando com sua mãe à frente, caminhei com o coração mais aliviado. Estava ansiosa demais para conhecê-los e só de saber que já havia a aceitação por parte de Shane e de sua mãe, conseguia respirar com mais tranquilidade. Zane, como se lesse os pensamentos que circulavam minha cabeça, olhou para trás e fez um sinal com a cabeça, para eu me aproximar dele.

Fui, e Zane colocou a mão na base das minhas costas, para me apoiar. Sua mãe viu o gesto e pude jurar que vi seus olhos brilharem.

— Você provavelmente vai ver uma cena agora que nunca vai se esquecer. Meu pai cozinhando é meio mágico. Espero que goste.

— Sério?

Aqueles olhos castanhos, que dançavam em mel de vez em quando, cintilaram para mim.

— Muito sério.

E ele estava certo.

Assim que chegamos na cozinha, um homem alto de cabelos curtos mexia para lá e para cá com as panelas, como se tivesse feito isso a vida toda. Eu sabia que ele era um empresário aposentado, no entanto, aos meus olhos, era um chef espetacular. Nunca vi alguém se mover em um espaço com tanto profissionalismo, indo direto nas coisas que tinha de fazer, sem enrolar ou pensar muito a respeito. Sobre a bancada, em um rádio moderno, a banda Kiss cantava a todo vapor.

— Querido, eles chegaram — a Sra. D'Auvray disse.

Ele desligou o fogão, no timing perfeito, e limpou as mãos no pano. Virou-se e eu me deparei com uma versão do Zane mais velho, com exatamente os mesmos traços, os mesmos olhos castanhos, nariz e boca. Era surpreendente como a genética pareceu separar os genes da mãe para o Shane e os do pai para o Zane. A única diferença entre Zane e o pai eram as pequenas rugas ao lado dos olhos, os cabelos curtos e levemente grisalhos nas têmporas e as tatuagens.

— E essa moça bonita é a Keziah? — questionou, estendendo a mão para mim.

Estiquei a minha, que foi engolida pela sua.

— Sou eu sim, Sr. D'Auvray.

— Por favor, me chama de Fredrick — pediu.

— Tudo bem, Fredrick.

— O jantar está pronto e podemos conversar na mesa. Sentem-se. Eu e Charlotte servimos vocês.

Shane não esperou o segundo pedido do pai e deu as costas. Zane me levou até a mesa de jantar e se acomodou ao meu lado. O vinho estava posto, assim como todos os pratos. Zane me serviu de uma taça e percebi que não serviu para o irmão, Shane ia ficar apenas com água e isso era reflexo, com toda certeza, da sua reabilitação.

Olhei para Shane, que retribuiu o olhar. Para ele, eu era uma estranha, assim como ele era um estranho para mim, mas havia algo muito familiar, talvez por ele ser o irmão do homem que eu amava, ou apenas porque eu conhecia um pouco da sua história.

Ainda esta noite, os meninos o convidariam para entrar na banda, depois do jantar, Yan e Carter iam aparecer para apresentar o contrato e fazer o convite oficial. Não fazia ideia de como Shane ia reagir, ele pareceu muito animado no telefone, mas hoje... ainda que tenha me cumprimentado com tanto carinho e bom humor, havia uma sombra em seus olhos, um segredo que eu não conseguia desvendar.

Aline Sant'Ana

90

Os pais dos meninos se sentaram à mesa e trouxeram a comida. O jantar era lasanha ao molho quatro queijos, bifes grelhados e diversos tipos de salada. Além disso, havia torta de maçã como sobremesa, que me deu água na boca assim que olhei para ela.

O casal acomodou-se um do lado do outro e serviu-se de vinho.

Zane, quando percebeu que todos começaram a se servir, puxou a cadeira para trás e pegou uma taça.

— Eu não sei fazer um brinde, mas acho que sei fazer um anúncio.

Os pais soltaram lentamente os talheres e Shane abriu um sorriso cúmplice, já sabendo o que ia acontecer em seguida. Minhas bochechas ficaram vermelhas, e cruzei as pernas para sentir se elas estavam moles como gelatina — e estavam. O olhar da Sra. Charlotte desceu do filho para mim e eu mordi o lábio, culpada.

— Eu não preciso fazer um resumo de como fui canalha ao longo dos anos, vocês já sabem disso.

— Zane, tenha modos! — sua mãe repreendeu.

Ele apenas riu e continuou.

— Mas preciso dizer que, assim que essa mulher apareceu na minha vida, as convicções de tudo o que eu acreditava a respeito do mundo caíram por terra. Eu não sabia de nada, de porra nenhuma, porque pensava que se apaixonar era estar destinado ao inferno, sem ter a noção de que era estar a um passo do paraíso. É irônico eu ter pensado a vida toda tão mal assim do amor? É, porque tive o exemplo de vocês ao longo dos anos e deveria acreditar nesse sentimento, deveria achar que poderia acontecer comigo, mas eu nunca senti... era uma lenda. Sabe aquela frase: "Sou imortal até que me provem ao contrário"? Pois é. Eu me sentia assim.

Ai, meu coração não ia aguentar isso. Zane dizendo essas coisas, principalmente ele, que não era o ser mais romântico da face da Terra, era demais para suportar. Minha boca ficou seca e precisei tomar um gole de vinho. Seus pais não tiravam os olhos do filho, porém, vez ou outra, me olhavam, provavelmente emocionados demais para esconder a surpresa que viria em seguida.

— Então, veio ela, Keziah Hastings, mandando na bagunça que era a minha vida, tentando transformar vinho em água. E, sabe, cacete, ela conseguiu.

— Os palavrões, filho — pediu seu pai, mas sorriu largamente.

— Desculpa — Zane murmurou e mordeu o canto do lábio. — Sabe, eu queria dizer mais, mas não tem como adiar o inevitável. Eu precisava falar com vocês e dizer o quanto amo Keziah Hastings e o quanto quero passar o resto da vida ao lado dela.

Uma noite sem você

Shane tossiu, meio que rindo, zombando da cara do irmão, e Zane chutou o pé de sua cadeira.

Eles ainda eram duas crianças.

— Isso significa... — sua mãe começou, os olhos marejados.

— Meu Deus, eu realmente... — Fredrick disse, aparentando estar muito orgulhoso.

Zane me tirou da cadeira e me fez ficar em pé ao seu lado. Meus joelhos tremeram, mas o homem que eu amava estava lá para me manter ereta e radiante.

— Eu vou me casar com Kizzie — anunciou, admirando-me.

Vi a expressão de Zane mudar de tensão para alívio quando conseguiu dizer o que queria. Um tímido elevar do canto dos lábios denunciou que estava prestes a sorrir, mas o gesto não se completou, porque sua boca grudou na minha. Foi um beijo muito breve, porém empolgante o suficiente para sugar o ar dos meus pulmões.

Além disso, havia palmas.

Um grito emocionado de sua mãe e a aproximação do seu pai nos separou. O pai de Zane me deu um abraço de urso, parabenizando a nós dois. No meio de muitas felicitações, ainda recebi outro abraço, mas de Shane, tão entusiasmado que me fez ficar um pouco tonta. O garoto tinha muita força e não fazia ideia do poder de seus próprios braços.

Por último, veio um contato muito gentil da Charlotte, mãe dos meninos. Ela tomou meu rosto entre suas mãos, observando cada traço que podia notar. Lágrimas desciam por suas bochechas, e pude perceber que ela esperava isso há muito tempo, que provavelmente era um sonho romântico ver um dos filhos casados.

A interpretação do seu olhar e o imenso carinho que transpareceu me pegaram de surpresa.

Mães são seres especiais e eu sentia falta da minha. Claro que meu pai fez o possível para suprir sua ausência, porém, era como se uma parte do meu coração faltasse. Eu queria que ela estivesse aqui, para ver tudo que conquistei. Para conhecer o homem que me permitiu amá-lo e para que ela pudesse enfrentar os pontos altos e baixos da minha vida comigo.

Não podia deixar de imaginar como teria sido mais fácil enfrentar a perda do meu bebê com ela ao meu lado.

— Eu mal pude te conhecer, mas já amo você, Keziah Hastings. Por fazer meu filho feliz, por mostrar a ele o amor e por eu ter certeza, através da maneira que

Aline Sant'Ana

olha para mim, que sua alma é incrível. Muito obrigada por ter dito sim para ele e para uma vida ao lado de Zane.

— Ah, Sra. D'Auvray...

— Charlotte, querida. — Sorriu. E, como se soubesse exatamente o que eu precisava ouvir, sussurrou: — Você acaba de ganhar uma mãe e eu, uma filha.

Minha garganta começou a coçar e eu engoli bem devagar, para ter certeza de que não engasgaria com a emoção.

— Espero poder honrar esse presente, Charlotte.

Acariciando minhas bochechas como se eu fosse uma criança, e não uma mulher de quase trinta, a mãe do Zane abriu um sorriso que destoou em meio às lágrimas.

— Você já honrou.

Zane

Caralho, a emoção tomou conta de todo mundo de uma maneira inimaginável. Eu não queria que minha mãe e Kizzie começassem a chorar, mas elas se envolveram em uma bolha de emoção que achei difícil dissipar. Voltamos para o jantar depois dos nervos estarem mais calmos, depois de terem me parabenizado mais de mil vezes por ter tomado uma atitude. Meu Deus, eu era um homem de atitude, porra! Só não tinha encontrado a mulher certa ainda nem me apaixonado... um monte de coisas deveria ter acontecido em vinte e nove anos, mas não aconteceram.

Que bom que foi assim.

Que bom que esperei Kizzie.

Recebi uma mensagem de Carter no celular, questionando se podia trazer Yan e o contrato para conversarmos a respeito da entrada do Shane. Meu irmão não fazia ideia de que sua vida poderia mudar radicalmente nas próximas horas.

Observei-o por mais tempo, contente por ele não estar alterado hoje, na frente dos nossos pais. Eu sabia que, com a reabilitação, Shane não estava usando drogas, ou pelo menos era o que ele me dizia. Só que havia certas datas no decorrer do ano nas quais Shane quebrava. Era como ver um monstro tomando forma. Cacete, se eu não podia controlá-lo, como alguém conseguiria? Era nesses momentos que eu pensava mil vezes antes de colocá-lo na The M's, por causa deles que eu tinha receio, o lado sombrio do meu irmão mais novo que ninguém, exceto sua melhor amiga Roxanne, sabia.

— Zane?

Shane me chamou, pedindo para me sentar com ele no sofá. Kizzie estava entretida depois do jantar, conversando com meus pais sobre a banda e sobre si mesma, porque eles queriam conhecê-la. Eu fui até o meu irmão, vendo que ele estava com um copo de refrigerante na mão.

Suspirei de alívio e sentei ao seu lado.

Foda-se que as drogas dele eram diferentes da bebida, cacete. Droga era droga. Ponto final.

— Você tá meio tenso e não é por causa da tua noiva. O que tá rolando?

— Estou preocupado com você.

Shane sorriu.

— Por quê?

— Por que você acha?

— Eu tô limpo.

Vi sinceridade em seus olhos e me acomodei melhor no assento.

— Sei.

— É, cara. De boa. Eu tô bem tranquilo.

— Você ainda tá namorando aquelas três meninas?

Shane estava em um relacionamento com três mulheres ao mesmo tempo. Era uma coisa que eu não sabia explicar. Elas namoravam entre si e namoravam com ele. Nunca entendi. Eu achava normal transar com várias mulheres ao mesmo tempo, mas namorá-las? Isso era ir além, outro nível. Enfim, de qualquer forma, Shane se entendia com elas e, se estava feliz, quem era eu para dizer o contrário?

— Tô.

Sondei sua expressão, percebendo que algo o estava incomodando.

— Mas...?

— Mas o quê?

— Sempre tem o mas, Shane.

— Não tem — garantiu. Porra, eu sabia que ele estava mentindo. — Elas me fazem feliz, eu as faço feliz. Fim de papo.

— É? Não é o que tá parecendo.

— É complicado.

Aline Sant'Ana

— Sempre é. — Percebi que ele não me deixaria ir além.

Meu irmão mais novo parecia dez anos mais velho do que a imagem infantil que sempre carregaria comigo. Músculos que não estavam ali antes cresceram em seu corpo e tinha mais tatuagens também, além dos piercings. O pirralho que usava franja aos quinze foi substituto, com o passar dos anos, por um homem de vinte e um, com uma expressão de não-mexa-comigo-porra típica de um D'Auvray.

— Então você vai pendurar a chuteira, hein? — questionou, balançado a cabeça. — Casar, Zane? Isso me pegou como um gancho de esquerda.

— Ela é a mulher da minha vida. Não tem por que adiar algo que ia acontecer em cinco anos, no máximo.

Ele se empertigou e colocou os cotovelos sobre as coxas, como se estivesse prestando mais atenção.

— Meu Deus, cara! É loucura amar tanto desse jeito, como mamãe e papai.

— Não é loucura, Shane. E há sempre uma segunda chance, sabe? Nem sempre você vai...

Negou, me interrompendo com um sinal de mão.

— Só tive essa sensação uma vez na vida e... — Suspirou, derrotado. — Não quero falar sobre isso.

Claro que ele não queria. Shane nunca dizia em voz alta como seus demônios escondidos no armário o assustavam.

— Não vamos falar sobre isso. Carter e Yan vão chegar a qualquer momento e nós temos uma novidade muito boa pra te contar.

Curioso, Shane me encarou atentamente.

— Novidade?

Meu celular vibrou com uma mensagem de Carter avisando que estava do lado de fora.

— Espere um segundo aqui, vou conversar com Kizzie. Abra a porta, receba os caras e vá para o escritório do nosso pai. Lá é mais tranquilo.

— Cara, isso é bizarro.

— É sério, Shane. Só faz isso.

— Beleza, então.

Se levantou e foi em direção à porta. Eu caminhei até Kizzie, que estava rindo de algo que meu pai disse a ela. Seu rosto era ainda mais bonito quando gargalhava assim. Cacete, eu amava demais aquela mulher. Toquei seu ombro com

Uma noite sem você

delicadeza e ela olhou para cima, buscando quem a chamava.

— Eu vou ao escritório do papai falar com Shane, daqui a pouco estou por aqui. Tá tudo bem?

Ela sorriu ainda mais largamente e assentiu.

— Pai, mãe — virei para os dois, que estavam com a felicidade estampada nos olhos —, eu vou convidar o Shane para entrar na banda. Quero avisá-los antes de falar com ele, para que não sejam pegos de surpresa. Sei que ele tem sido muito mais responsável agora e quero que tenha a chance que eu tive de mudar de vida. Sei lá, vocês entendem?

— Infelizmente, vocês já são adultos e podem fazer o que quiserem. Eu acho que meu filho não está preparado para tamanha responsabilidade, mas também sinto que o fato de Shane estar do seu lado e de Carter e Yan, tão boas pessoas que aqueles meninos são, vai deixá-lo mais na linha — mamãe falou, sábia como só ela conseguia ser. — É o que seu coração diz, Zane? Colocar seu irmão na The M's?

Meu pai ficou em silêncio, pensativo. Não disse uma palavra, porém fui capaz de ver certa angústia quando franziu as sobrancelhas.

— É o caminho, eu acredito. Não posso fazer muita coisa por ele além de vigiá-lo, mas vocês têm minha palavra de que vamos fazer o possível para que Shane seja feliz, caso aceite.

Kizzie buscou minha mão e a apertou. Seus dedos se entrelaçaram nos meus, transformando a insegurança em força.

— Converse com ele com calma e discuta os termos e as responsabilidades de ser um músico, filho — meu pai se pronunciou, a voz firme, porém branda. — Shane precisa entender que não é só tocar baixo, que envolve muitas coisas que ele sequer sonha. Não quero que Shane se arrependa depois, ao imaginar que era uma tarefa fácil, e largue vocês na mão. Confio no meu filho, ele só precisa de uma direção.

— Vou fazer tudo que eu puder. Yan será seu mentor. Shane só vai entrar na banda nessas condições. Eu não confio em ninguém além daquele baterista para colocar um pouco de juízo na cabeça do Shane. O pirralho não me respeita, mas tem uma adoração muito grande por Yan. Eu quero usar isso a seu favor. Foi Kizzie que achou que seria uma boa ideia, aliás.

Ela colocou cautelosamente uma mecha do cabelo atrás da orelha e sorriu para os meus pais.

— Me comprometo também a cuidar do Shane na banda. Vou buscar sempre o melhor para ele, como empresária dos meninos. Não sei de muitas coisas a

Aline Sant'Ana

96

respeito do filho de vocês, porém serei muito presente e, espero ser uma amiga, quando ele precisar.

Minha mãe se derreteu ainda mais por Kizzie, e meu pai deve ter se apaixonado por ela naquele segundo.

— Confiamos em vocês — mamãe disse.

Me inclinei e beijei rapidamente os lábios de Kizzie antes de me despedir dos meus pais e ir para a reunião.

Assim que saí da sala de jantar, vi de relance Carter, Yan e Shane subindo as escadas para o segundo andar. Soltei um suspiro bem forte, consciente de que um passo que déssemos agora seria definitivo e que esse momento jamais seria esquecido por nenhum de nós.

Desde a sua formação, a The M's tem sido um trio e estava prestes a se tornar um quarteto. Porra, isso significa muito, era uma mudança enorme, e não só para o meu irmão, mas para nós também! Funcionávamos em perfeita harmonia, só que, ainda assim, não era o bastante. Estava faltando a força e a base de um baixo, uma quarta peça para o quebra-cabeça se encaixar, algo de que nunca nos demos conta, até se tornar gritante a falta que um baixista fazia.

Ser um dos roqueiros da The M's era de uma responsabilidade imensa. Não por ter a imagem pública a zelar ou qualquer porra assim, mas sim porque era como entrar para uma família, reconhecer que era feita de altos e baixos e que, não importava o que acontecesse, sempre permaneceríamos juntos. Meu irmão, caralho, não era acostumado a se comprometer com nada, mas ele teria que virar um homem de palavra se quisesse assinar aqueles papéis, ele teria que buscar uma transformação, teria que abrir o guarda-roupa e deixar os monstros irem embora.

Shane estava preparado?

Nós estávamos preparados?

Suspirei, jogando o cabelo para trás do rosto antes de colocar o pé no primeiro degrau.

Não sabia quais eram as respostas de ambas as perguntas, porém tinha certeza de que precisava enfrentar esse lance de escadas e descobrir por mim mesmo.

Se não agora, com o tempo.

As respostas iam aparecer.

Uma noite sem você

CAPÍTULO 6

Brother you can take of that mask you wear
Quit acting like you don't care
About the things that are killing you

— Josh Garrels, "Decisions".

ZANE

A sala do meu pai continuava da mesma maneira de sempre. Livros por todos os lugares, uma mesa imponente de madeira que dizia que um homem muito importante a ocupava. Ele sempre foi organizado com suas coisas e muito preocupado em manter-se desse jeito, ainda que estivesse aposentado.

Carter, Yan e Shane estavam sentados no conjunto de sofás verde-musgo, conversando sobre amenidades, quando entrei. Acontece que não poderíamos adiar essa conversa por tanto tempo, precisávamos falar com Shane e deixar claro as condições para ele entrar para a banda. Eu ainda me sentia inseguro em dar esse passo, mas tudo na vida é questão de tentativa e erro. Precisamos tentar para errar ou ter sucesso.

Me aproximei e sentei-me de frente ao trio.

— Olha, Shane, a gente tá aqui porque precisa ter uma conversa séria, de homem para homem — comecei falando. Carter me entregou os papéis, e soltei um suspiro.

Onde estava meu cigarro quando eu precisava dele?

Puxei o maço do bolso traseiro e o isqueiro. Acendi, inalando com calma a fumaça para dentro dos pulmões. Depois, tomei coragem e comecei.

— Kizzie ligou para você, marcando uma reunião para daqui um tempo, mas decidimos adiantar o processo e fazer isso agora. — Shane me encarou com atenção e fez apoiou os cotovelos nas coxas, demonstrando interesse. — A banda precisa de um baixista e nós somos uma família, não queremos ninguém de fora. Cacete, ia ser uma loucura fazer qualquer tipo de audição quando temos um sósia do John Paul Jones a um palmo de distância. Você toca bem, eu sei que faz isso há muito tempo. Só levei uns anos para aceitar isso e reconhecer que você era necessário, porque não confiava que ia se doar para a The M's da mesma forma que Carter, Yan e eu.

Aline Sant'Ana

— Cara... — ele começou, mas o interrompi.

— Espera eu terminar de falar. — Traguei o cigarro mais uma vez, a fumaça se misturando com as palavras que saíam da minha boca. — Não é porque você deseja ser assim, Shane. Eu conheço sua história, sei do inferno que você passou, e ninguém aqui está te julgando. Ainda assim, o envolvimento com drogas é preocupante, principalmente por passar a ter acesso a elas depois que entrar para a banda. É muito fácil ir numa festa, cheirar filas e filas de cocaína da boa, porque estão te oferecendo. Eu e os caras passamos por isso, só dissemos não, porque não tínhamos interesse. Você, por outro lado, já se envolveu com esse tipo de coisa e a garantia de se foder nesse meio é muito grande.

Apaguei o cigarro quando percebi que chegou na metade; eu precisava me concentrar muito agora.

Sondei os olhos do meu irmão, percebendo o quanto estava tenso. Ele não queria ser colocado contra a parede; quem gostaria disso, não é? Bem, foda-se. Shane tinha a obrigação de me escutar, caso quisesse ser parte da banda de rock mais foda do momento.

— Só que eu decidi parar de pensar como irmão mais velho e passar a te ver como um talento em potencial. Pode colocar a culpa na Kizzie, que falou a viagem inteira no meu ouvido. Porra, ela é fantástica e enxergou longe, muito longe, além do que todos nós. — Me aproximei, imitando sua posição, encarando-o olho no olho. — Então, Shane, eu preciso saber, com toda a sinceridade que você consegue reunir, se quer fazer parte disso. Porque, cara, as pessoas vão opinar na sua vida, as redes sociais vão ser um inferno, vão te massacrar por causa das três namoradas, você talvez tenha que rever sua posição nesse relacionamento. É uma série de coisas que podem acontecer e, caralho, eu não vou poder te proteger o tempo todo.

Shane se acomodou melhor, enquanto Carter e Yan permaneciam em silêncio.

Era sua vez de falar.

— Você não precisa me proteger o tempo todo, Zane. Eu sei das merdas que sou responsável, sei dos problemas que enfrento e também conheço minhas limitações. Cara, quero muito entrar na banda, não importa o que eu tiver que fazer. Eu já parei de usar drogas, já parei de me envolver nessa merda, é muito problemático, mas eu saí. — Suspirou e tirou o boné, como se precisasse da mente livre. — Minha vida era uma bagunça, e estou começando a colocá-la nos eixos agora. Caralho, eu acho que só preciso de uma chance para tentar de novo.

— Para entrar na The M's, há várias cláusulas contratuais que vão ter que ser lidas e não estão abertas à negociação, Shane — Yan disse, indo direto ao ponto.

Uma noite sem você

— Somos todos adultos aqui e muito responsáveis, e por isso mesmo temos que te passar o que aprendemos nesses anos em relação a The M's. Você já tem que entrar na banda com a cabeça preparada e, para isso, vai precisar de um mentor.

— Um mentor? — Shane questionou, surpreso.

— Pelo que conversei com a Keziah, ele vai te guiar na parte profissional, mas isso invade a pessoal — Carter esclareceu. — Shane, é um guia para você, porque, na boa, essa coisa de ser famoso é um porre, você vai precisar de ajuda mais do que pensa. É só uma maneira de termos...

— Controle sobre mim, é isso? — Shane se levantou, irritado. — Meu Deus, eu achei que isso aqui era só entrar na banda e ponto. Não uma intervenção de mau gosto!

Seu humor era volátil e isso era, sem dúvida, uma das coisas que eu mais temia no meu irmão.

— Shane... — chamei-o.

— O quê? — questionou, olhando-me furioso. — Eu disse que ia aceitar tudo, mas não a porra de uma babá! Até paro de transar com as três, mas... um *mentor*? — Riu. — Aí é demais.

Caralho, como esse maldito se parecia comigo!

— E tenho certeza que vai ser o Zane me infernizando — Shane argumentou, caminhando de um lado para o outro. — Preciso pensar bem se é isso o que eu quero.

— Não vai ser seu irmão, Shane — Yan rebateu, levantando-se.

Só o poder do seu olhar já fez Shane parar de andar. Yan chegou perto, afrontando-o da maneira que podia. Por um segundo, achei que ia rolar briga, porque os dois estavam se olhando como se pudessem partir para o soco a qualquer momento.

Mas aí tudo mudou, porque Shane recuou, livrando-se da respiração ofegante de raiva.

Yan tinha um poder de persuasão sobre as pessoas inacreditável. Shane tinha certa adoração por ele; desde mais novo, seguia os passos do Yan como se se espalhasse em suas atitudes. Não havia, de fato, qualquer outra pessoa que pudesse coordenar meu irmão melhor do que o baterista.

A atitude dele sobre o Shane provou que meu irmão o respeitava.

— Vamos ser eu e você, cara. Vou servir de monitor, vou guiar seus passos, ficar de olho de você, sim. E, sinto muito Shane, já te disseram que sou metódico pra cacete?

Aline Sant'Ana

100

— Cara...

— É sério — continuou Yan. — Isso não é uma via de mão única. Aqui somos uma equipe e, por mais que passemos por merdas durante a vida, não justifica recuar. Levei um tempo para me dar conta que o mundo não para até que estejamos cem por cento e eu, por exemplo, acabei de enfrentar uma perda irreparável. Você viu na mídia?

Meu irmão assentiu.

— Pois é. Poderia estar enchendo a cara nesse exato segundo, para esquecer até da porra do meu nome, mas tô aqui, não tô? Tentando falar com você para que entenda que não vai estar sozinho nessa. Nunca estamos sozinhos nessa. Olhe ao redor.

Shane olhou entre Carter e mim para depois voltar a atenção para Yan.

O baterista colocou o indicador no peito do Shane.

— Equipe, entendeu? Onde um está, todos estão. Se eu tô na merda, o seu irmão e Carter vão fazer de tudo para me tirar dela, ainda que eu não mereça. — Sua voz estava grave e muito decidida. Zero emoção, muita racionalidade. — Enquanto estou sendo todo durão por fora, meu coração sangra por dentro. Mas sabe, Shane, eu vejo algo bom em você, algo que me fez tirar a bunda da cadeira e da frente do computador, buscando notícias da minha mulher que não quer voltar, para vir falar com você. Isso significa que você também pode aguentar um mentor como eu por um tempo, para colocar juízo nessa cabeça oca.

— Eu sinto muito pelo que você passou, Yan — Shane falou, com sinceridade.

— Todos sentem, mas a merda tá feita. Assim como sentimos muito pelo caos que você passou, mas já foi. Agora, depende de você virar homem e assumir um compromisso fodido com a The M's ou viver na expectativa de um sonho que não tem coragem de realizá-lo.

— Quanto tempo?

— Quanto tempo o quê? — Yan retrucou.

— Quanto tempo você vai ficar me monitorando?

— Até que eu sinta que você está pronto.

Shane voltou o foco para mim.

— Vocês vão me anunciar como parte da banda caso eu aceite?

— Você vai passar por treinamento. Precisa saber tocar todas as músicas, estar preparado — avisei.

— Em seis meses, você já deve estar perfeito, Shane — Carter apontou.

Uma noite sem você

Ele foi até a mesa e pegou algo. Sentou-se no sofá e estendeu a mão, para que lhe entregasse a papelada. Eu o fiz e, durante os próximos minutos, Shane ficou passando os olhos por cada linha, lendo atentamente. Troquei olhares com Carter e Yan, que estavam ansiosos esperando qualquer reação do caçula dos D'Auvray.

Cacete, era muita coisa para Shane analisar. Eu não estava certo de que ele ia querer, mas, se realmente estivesse disposto a viver o sonho, precisava batalhar por ele.

O objeto que Shane pegou na mesa do meu pai apareceu. Era uma caneta. Depois de ler tudo, Shane apoiou os papéis sobre a coxa direita e foi rubricando folha por folha, até chegar à final. Olhando-me nos meus olhos, fez o rabisco da assinatura na linha certa.

— Bem-vindo à The M's — murmurei.

Pude ver a emoção passar por seus olhos. Ele ainda estava puto, só que isso não apagava o anseio de pertencer a algo tão grande quanto essa banda de rock. Shane nos viu crescer, cacete, ele acompanhou tudo. Não colocamos ele na banda, e nem tivemos a intenção quando mais novo, porque a diferença de idade era gritante. Mas, agora, com vinte e um, talvez estivesse mais responsável para assumir esse papel. Talvez agora se sentisse apto.

Meu irmão sorriu e meneou a cabeça, agradecendo em silêncio a oportunidade que lhe foi dada.

Kizzie

— E você já pensou nos preparativos? — Charlotte questionou.

— Ainda não. Na verdade, acho que esse ano vai ser complicado, porque temos muitas coisas da banda para resolver, além de precisarmos decidir onde vamos morar e uma porção de coisas. Quero ver com calma no comecinho do ano que vem. — Sorri.

— Não tem pressa nenhuma. Eu posso ajudá-la com o que for, já passei por isso. — Olhou para o marido, que estava recolhendo os pratos da mesa. — Os D'Auvray são um pouco complicados de lidar, mas quando se apaixonam...

Isso me fez lembrar do que Zane tinha me dito que ninguém consegue resistir a um D'Auvray. Minha curiosidade falou mais alto e resolvi tocar no assunto.

— Sabe, Zane me disse uma coisa muito estranha hoje, que seu pai tem algo sobre os D'Auvray para me contar. Eles são difíceis de resistir... uma coisa assim.

Aline Sant'Ana

102

Um brilho de reconhecimento no olhar de Charlotte me disse que ela deve ter tido a mesma dúvida que eu quando mais nova. Abriu um largo sorriso e tocou na minha mão.

— Meu marido vai ficar feliz de te contar essa história. — Ela chamou a atenção de Fredrick. — Querido, você pode contar para a sua futura nora como vocês são irresistíveis?

Ele parou de pegar os pratos e olhou para mim.

— Zane te disse sobre a história? — perguntou.

— Não me explicou ainda — esclareci.

O Sr. D'Auvray, com uma esperteza no olhar e certa malícia que eu podia ver sempre no rosto de Zane, aproximou-se de nós. Sentou no sofá em frente ao que eu e Charlotte estávamos conversando e ficou um tempo em silêncio, talvez buscando na memória o que precisava me contar.

— Nós, D'Auvray, somos um pouco relutantes quando se trata de amor. Pode ser algo genético ou porque sempre fomos de curtir muito antes de entrarmos em uma relação. Não sei o que acontece, mas, nos diários que tive acesso, tanto do bisavô dos meninos, quanto do meu pai, avô dos meninos, li algo a respeito da incredibilidade do sentimento, uma coisa que carreguei comigo por anos também, até conhecer Charlotte. Você deve ter sentido isso em Zane também, não sentiu?

Assenti, em um misto de fascínio e muita curiosidade.

— Vou começar dos primórdios. — O homem se aprumou para contar a história, orgulhoso do seu lado da família. — O bisavô dos meninos era da França e encontrou, naquela época, uma mulher que mexeu com todos os sentimentos que ele não estava pronto para sentir. Pois bem, o bisavô se apaixonou, mesmo sem saber que era possível ter esse sentimento no coração, e a bisavó dos meninos, que morava em Londres, mas passou uma temporada na França, também se encantou por ele. Não foi um amor à primeira vista, eles passaram por muitas coisas antes de ficarem juntos, principalmente a teimosia do bisavô em se apaixonar. Quando, enfim, decidiram ficar juntos, a bisavó largou tudo, o que era um escândalo naquela época, para se mudar para a França e ficar com seu amor. Depois de terem o primeiro filho, foram morar em Londres para que a família da bisavó não a odiasse tanto pela loucura de estar apaixonada.

— Nossa!

— No diário dele, encontramos um pequeno capítulo escrito pela bisavó dos meninos, provavelmente ela deve ter usado isso como uma declaração de amor, contando os sentimentos dela em relação a ele e dizendo, no final, que ela não poderia lutar contra esse amor, porque era impossível resistir ao charme de um

Uma noite sem você

D'Auvray.

Sorrindo e imaginando os parentes distantes de Zane, mergulhei na história contada por Fredrick.

— Já com o avô dos meninos, eu soube da história com mais detalhes por seu diário, que foi entregue a mim quando ele faleceu. — Suspirou, nostálgico. — Ele a conheceu na rua, estava chovendo muito e a minha mãe não estava pronta para a mudança de tempo. Estava com um vestido e ele a viu tremendo em um canto, embaixo de um toldo de loja, abraçada a si mesma. Ele se aproximou, tirou o casaco e o ofereceu. Acho que naquele momento alguma coisa já mudou para o meu pai, porque ele disse que nunca tinha conhecido ou encontrado uma mulher tão linda, e que seu coração se partiu ao vê-la tremendo, sozinha, embaixo da chuva fria de Londres.

— Ele a levou para casa? — questionei, precisando saber.

— Sim, levou. Colocou-a no seu carro que estava estacionado a uma quadra de distância e foi até o endereço que ela deu. Eles conversaram, descobriram pouco um sobre o outro e, depois de ela entrar em casa, ele não sabia se poderia ou se iria vê-la de novo. — Sorriu, como se algo mágico estivesse por vir. — A família do meu pai queria que ele se casasse logo, porque já tinha chegado aos trinta e cinco e, não que houvesse cobrança para que ele encontrasse o amor, mas já estava na hora de se aquietar. A irmã do meu pai, cinco anos mais nova e muito espevitada, marcou um encontro às cegas dele com uma moça que ela tinha conhecido. Meu pai, mesmo a contragosto foi, porque não ia perder a chance de dar uns beijos, só que, quando chegou lá, a amiga era a menina que estava na chuva naquele dia. Me lembro que, toda vez que contava essa parte, meu pai ficava eufórico. Imagino a cara dele quando a viu.

Comecei a rir e Charlotte me acompanhou.

— Depois disso, engataram em uma série de encontros, até meu pai perceber que a vida sem ela era muito dura. As noitadas que curtia não valiam a pena, porque minha mãe era diferente; ela tinha mexido com ele. Não houve, então, a chance de escapar disso. Se apaixonou, pediu-a em casamento e, na carta que ela fez para ele, um dia antes da cerimônia, dizia que a mãe do meu pai tinha razão ao constatar que era impossível resistir a um D'Auvray.

— Mas isso é incrível! — murmurei. — Todos os D'Auvray foram difíceis de serem conquistados.

— Ah, é porque você não ouviu a melhor história — Charlotte disse. — Fredrick foi impossível.

Elevei a sobrancelha, encarando-o.

Aline Sant'Ana

— Não acredito!

— É. — Ele riu, encabulado, e passou a mão nos cabelos curtos. — Eu dei um pouco de trabalho.

— Ai, meu Deus — sussurrei.

— Bem, eu e Charlotte nos conhecemos na escola. Ela era a garota mais popular e eu, o garoto mais popular. Só que tinha um problema: a gente não se suportava. Eu ficava com todas as amigas dela, ela ficava com todos os meus amigos, e era um pé de guerra impossível. Ninguém entendia o motivo de tanto ódio gratuito, mas acho que é porque eu sempre achei Charlotte muito linda e ela sempre teve uma queda por mim, mas a gente sabia que não poderia dar em nada, ficarmos juntos ia ser o Apocalipse.

Tentei imaginá-los no ensino médio brigando e soltei uma risada.

— Era divertido — Charlotte falou. — Eu não conseguia ficar sem implicar com ele um dia sequer. Já estava apaixonada, é claro, e morria de ciúmes dele beijando minhas amigas. Era cada dia uma diferente, enquanto eu trocava de namorado a cada cinco, seis meses.

— Sim, eu também já estava apaixonado por você naquela época — contou Fredrick. — Eu queria socar todos os caras que te tocavam.

Ah, sim, a impulsividade dos D'Auvray.

Charlotte sorriu, maliciosa.

— Então, no meu aniversário, fiz uma festa num pub e todas as amigas que eu fiquei da Charlotte iam. Ela não teve como não ir. Me lembro que ela usava um vestido azul e eu não conseguia tirar os olhos dela, mesmo sabendo que Charlotte poderia fazer uma pegadinha comigo, colocar pimenta na bebida, me ferrar de algum jeito. Já estávamos há mais de três anos nesse pé de guerra. — Sorriu, olhando com carinho para a esposa.

— Vai, querido, conte o que aconteceu!

Os olhos de Fredrick voltaram para mim.

— Os meus amigos, quando já estava todo mundo bêbado demais para pensar com coerência, tiraram um boné de um e uma touca de outro e fizeram papéis com os nomes do pessoal que estava na festa. Na touca, os nomes das meninas. No boné, o dos meninos. Eles foram tirando um nome de cada e, o casal que saía tinha que se beijar. Meu Deus, eu me lembro que fui vendo todos os papéis saindo do boné e da touca, meu nome e o de Charlotte nunca sendo chamados. Àquela altura, eu beijaria qualquer mulher, porque estava ensandecido com a possibilidade de ter que beijar a garota por quem não devia estar apaixonado.

Uma noite sem você

— Eu e Fredrick trocávamos olhares desesperados, quase como se soubéssemos o que o destino tinha tramado. — Charlotte completou. — Eu não sei, foi insano ver todo mundo se beijando e a nossa vez nunca chegando. Eu também ficaria com qualquer rapaz, menos com Fredrick. O desespero que eu sentia me fez beber muito mais do que deveria, mas parecia que nunca estaria bêbada o suficiente. No fundo, eu sabia que, por carma, ia sair Fredrick e eu.

— Então, faltando apenas quatro pares, saiu meu nome. Eu respirei aliviado, quer dizer, não ia ser Charlotte. Tinha três meninas... só que, óbvio, saiu o nome dela. Charlotte virou as costas para sair, mas suas amigas a seguraram. Todo mundo estava beijando todo mundo, não era questão de escolha. Tinha gente que se odiava também e tinha feito. E, meu Deus, eram beijos mesmo, não era um toque de lábios e nunca mais. Eu fiquei um pouco em pânico por dentro, só que, por fora, eu tive que ser o D'Auvray que sempre fui. Cheguei brincando com ela, atiçando-a para ficar irritada comigo e, quando Charlotte foi me responder, provavelmente para me chamar de algum nome feio, eu segurei sua cintura e a beijei.

— O beijo foi como uma coisa maluca que eu nunca tinha sentido antes — ela disse, meu coração derretendo a cada instante. — Pensei que fosse impossível se apaixonar ainda mais por Fredrick, mas não consegui. Eu me derreti em seus braços e o beijo, que tinha um tempo mínimo de dez segundos, durou uma vida inteira. Eu não conseguia soltá-lo e ele não conseguia me deixar ir.

— Me separei dela naquela noite porque precisava de um tempo. No dia seguinte, depois de passar a madrugada em claro, fui até a casa dela e a convidei para sair. Para minha surpresa, ela não disse nada, apenas concordou. E, depois disso, entramos em um relacionamento. Era maluco o quanto éramos parecidos um com o outro e ninguém entendia como tínhamos mudado. Em cima dessa história, nosso sentimento só foi crescendo, e eu a pedi em casamento após a faculdade. Charlotte soube da história dos D'Auvray depois que casamos e, quando estava grávida do Zane, me contou da forma mais doce possível.

— Deixei em cima da mesa do escritório o exame de sangue que comprovava a gravidez, junto com uma nota: "Se é impossível resistir a um D'Auvray, imagina a dois?" — contou Charlotte.

Sem que eu pudesse conter, lágrimas escaparam dos meus olhos, quando imaginei Charlotte pensando em como usar a tradição da família para contar ao marido que esperava Zane. Eu precisava seguir a tradição, precisava encontrar uma forma de fazê-lo ouvir essas palavras de mim. Tudo parecia tão bonito e mágico nessa família. Era impossível não se contagiar com o sentimento.

— Ah, querida, não chore — Charlotte disse, maternalmente. — Fico muito

Aline Sant'Ana

106

emocionada também de poder contar isso para você.

— Eu pensei que a tradição ia se quebrar — Fredrick disse. — Zane sempre foi tão frio para essa coisa de amor, mas, no fundo, tinha o coração mole de verdade. Só faltava encontrar a pessoa certa.

— Eu me sinto muito honrada de poder fazer parte disso tudo.

— Eu sei, querida. Nós também estamos muito felizes com essa notícia — Charlotte contou e, na mesma hora, vozes masculinas foram se aproximando.

Me deparei com a The M's em peso. Eu sabia que eles iam ter a reunião, só não fazia ideia do que esperar. Sequei as lágrimas discretamente e abri um sorriso para Zane. Ele também sorriu em resposta, daquele modo torto, que só ele sabia fazer. Vasculhei o resto dos meninos, percebendo certa tensão em Yan. Apesar de sorrir, eu podia ver o reflexo em sua íris e a certeza de que não estava nada legal.

— E então? — Fredrick questionou os filhos.

— É, eu vou fazer parte da banda — Shane anunciou, bem tranquilo.

— Ah, filho. Isso é ótimo! Vai ser bom para você. — Charlotte se levantou e foi beijá-lo. Ela segurou nos ombros do filho e um semblante preocupado apareceu em forma de um vinco nas sobrancelhas. — Mas quero que você se comporte, tudo bem?

— Eu sei, mãe.

— Você promete?

Shane revirou os olhos.

— Prometo.

— Olha lá, hein? — E beijou mais uma vez o rosto do filho.

Depois, ela fez algo muito doce. Abraçou Carter e Yan, os dois ao mesmo tempo, chamando-os de filhos, dizendo que estava com saudade e cobrando o fato de não terem jantado na casa dos D'Auvray. Ela disse que eles precisavam se alimentar direito, que só de músculos ninguém vive. E os dois, tão grandes, musculosos e lindos, pareciam dois adolescentes perto da mamãe D'Auvray. Eu podia imaginar como ela era coruja com esses meninos também, como os adotava como se fossem filhos. Afinal, os viu tocando desde o começo, acompanhou a amizade ao longo dos anos. Eu queria poder ter acesso a fotos deles quando crianças, deviam ser tão bonitinhos.

Zane se aproximou e colocou as mãos na lateral do meu rosto, trazendo minha atenção para seus olhos castanhos. Ele passou os polegares pelas minhas bochechas e as sobrancelhas se uniram.

Uma noite sem você

— Você chorou?

— Sim, seus pais me contaram algumas coisas e foi emocionante.

— Sobre a história da minha família?

— Sim.

Ele se aproximou para beijar meus lábios e depois se afastou.

— Como foi com Shane? — perguntei.

— Ele está na banda — sussurrou.

— Isso eu sei, mas por que o Yan está com essa cara?

Ele desviou o olhar para observar Yan conversando com sua mãe. Depois, voltou a me encarar, com uma expressão preocupada.

— Ele está se fazendo de forte, mas tá na merda por causa da Lua. Eu não sei até quando ele vai ficar assim sem surtar.

— Ah, Zane...

— É, eu sei. — Suspirou. O ar quente que saiu dos seus lábios bateu em meu rosto. — Vamos ver o que o futuro nos reserva.

— Espero que coisas boas.

— Eu também.

Aline Sant'Ana

Uma noite sem você

CAPÍTULO 7

Hold me close through the night
Don't let me go, we'll be alright
Touch my soul and hold it tight
I've been waiting all my life

— Tori Kelly feat Ed Sheeran, "I Was Made for Loving You".

Um mês depois

ZANE

Em quatro semanas de muito trabalho, o advogado que o Sr. Norman contratou conseguiu reverter a imagem que a mídia tinha a respeito da Kizzie e as fotos de Yan, e a polêmica foi dissipada. Porra, era um alívio. Kizzie também contratou mais pessoas para a equipe The M's. Eu fiquei feliz por ela, sabendo que o trabalho passaria a ser um pouco mais tranquilo.

Agora, na santa paz, eu estava jogado no sofá com Kizzie. Esses momentos que passávamos juntos, sem fazer nada, só ficar perto um do outro, eram os que eu mais gostava. A Marrentinha tinha a cabeça no meu peito, seu corpo pequeno todo enroscado no meu, enquanto sua mão repousava calmamente sobre a minha barriga. Eu estava de frente e ela um pouco de lado, para que coubéssemos os dois no sofá, embolados como um só.

Na TV, um filme aleatório passava, mas percebi que Kizzie estava bem mais atenta àquilo do que eu.

Acariciei seus cabelos na base da nuca, ouvindo sua risada suave por causa do que a entretinha. Olhei para a TV e lá havia um casal discutindo em uma cena de amor e ódio. As veias do meu corpo deram uma pequena congelada quando percebi que o ator estava sem camisa, e minha noiva o olhava atentamente.

Cacete, eu era muito ciumento.

— Você conhece esse ator? — questionei, porque Kizzie era empresária, então vivia nesse meio.

— Hum? — perguntou, ainda admirando-o.

— Esse ator, você conhece?

Os olhos de Kizzie desviaram da tela para os meus. Uma mistura de confusão e curiosidade apareceu na testa franzida.

Aline Sant'Ana

— Pessoalmente? Não. Eu sei que ele é o novo queridinho do momento. Sei que fez um filme futurista e distópico há alguns meses que será lançado em breve. Ainda não assisti.

É, dava para ver o porquê de ele ser o *queridinho*. O cara tinha olhos claros, um cabelo moderno castanho-escuro e um rosto simétrico. Era o bastante para a metade da população feminina querê-lo.

— Interessante — resmunguei, ácido.

— Por que pergunta?

— Nada, só fiquei curioso.

Ela sorriu, bem maliciosa.

— Você ficou desconfortável que ele apareceu sem camisa?

Lembrei da festa que fomos em Madri, do ator que beijou Kizzie, e meu maxilar ficou rígido só de pensar que ela poderia sentir atração por esse tipo de... *cara*. Eu sei que eles eram famosos, entendia a porra do fascínio, toda mulher sonha em ficar com um astro de Hollywood. Também não sou burro, tenho total noção de que o beijo que aquele sósia do Brad Pitt deu nela foi horrível, mas sei lá...

— Não — menti, porque era orgulhoso e não ia dar o braço a torcer. — Vamos continuar assistindo.

— Você ficou, sim — provocou, passando a ponta dos dedos pelo meu peito nu.

Semicerrei as pálpebras, encarando-a com um aviso no olhar.

Ela subiu seu corpo de modo que nossos rostos ficassem na mesma altura. Com a ponta do nariz, Kizzie percorreu minha bochecha, o maxilar e foi em direção ao pescoço. Ela deixou os lábios na minha pele por um momento e eu fechei os olhos, saboreando a sensação. Quando passou a ponta da língua de cima a baixo, um arrepio cobriu cada centímetro de pele e meu pau deu sinal de vida, aquecendo e endurecendo, se retorcendo de vontade de entrar no corpo apertado de Keziah.

— Com você embaixo de mim, sem camisa, todo quente, acha que tenho olhos para qualquer outro homem?

— Não sei — murmurei, a voz saindo bem rouca pelo que ela estava fazendo comigo. Cara, como era bom ser tocado por ela.

Kizzie desceu os dedos do meu peito até a barriga, fazendo-a ondular de tesão embaixo da sua mão. Assim que chegou perto da borda da calça folgada de moletom, enfiou apenas o indicador e o dedo médio ali, tocando a área. Surpresa

Uma noite sem você

passou pelo seu rosto e ela sorriu para mim, bem safada, daquele jeito que me deixava maluco.

— Você tirou tudo? — Ela estava se referindo aos pelos pubianos. Eu sempre tirava, mas dessa vez fui mais cuidadoso por ela e fiz com cera. Sabia que pinicava sua mão tirá-los de qualquer outra forma.

— Sim — sussurrei.

— Tudo mesmo? — Ergueu a sobrancelha.

— Pode procurar.

Com a mão toda dentro da minha calça dessa vez, Kizzie começou a passar os dedos curiosos por cada parte do meu sexo. O pau pulsou, buscando o encontro com sua mão, enquanto Kizzie explorava-me inteiro. Em volta do membro até as bolas, massageando-as quando as encontrou. Meu quadril deu um salto para frente, e acho que soltei um gemido-meio-rosnado, porque o som animalesco que ricocheteou entre nós só poderia ter sido meu.

— Ah, sim — ela disse, contra meus lábios. — Acho que preciso de mais uma coisa para provar que estou certa.

Beijou-me com aquela língua gostosa girando na minha e foi excitante demais ter Kizzie controlando cada nervo do meu corpo, como se tivesse um manual de instrução. Porra! Esqueci do ciúme que sentia, só tesão preenchendo a minha mente enquanto a assistia sair dos meus lábios para descer beijos pelo meu peito. Kizzie passou as pernas em torno de mim, mas não ficou ali por muito tempo, ela foi escorregando seu corpo para baixo, aproveitando a extensão do sofá, até que sua bunda ficasse nos meus pés. A boca dela chegou na borda da calça e eu levantei a cabeça para assisti-la tirar o moletom.

Eu sabia o que ela estava prestes a fazer comigo, sexo oral era sempre uma delícia com Kizzie; toda vez que meu pau ia para sua boca, eu era capaz de ir até Marte e voltar. Excitante era uma palavra pequena perto do tesão imenso de ver a mulher que você ama toda corada, com os lábios vermelhos chupando a cabeça do seu pau, se divertindo com ele como se fosse a melhor coisa do mundo.

Keziah fez um nó no cabelo, abaixou a minha calça e, admirando meus olhos, deixou a boca cair lentamente para onde eu mais precisava ser beijado. Desceu com vontade e depois subiu com as bochechas encolhidas no ato de sugar.

Eu fiquei observando-a, sentindo meu pau crescer ainda mais na sua boca.

— Cacete — xinguei, entre uma respiração e outra. — Você me chupa tão gostoso.

Ela abriu um sorriso com meu pau na boca e passou a língua por toda a

Aline Sant'Ana

glande, antes de colocar a mão na base e começar a acompanhar o mesmo ritmo com os lábios quentes e molhados. Escutei o som úmido, a sucção com a respiração, o *ploc* a cada vez que o retirava da boca para depois mergulhar de novo.

— Assim — sussurrei, revirando os olhos de prazer. — Bem assim.

Os cabelos de Kizzie foram soltando do nó, mechas emoldurando o rosto delicado, os olhos em um eclipse entre a pupila e a íris, que cobria de quase negro, deixando apenas o anel natural da cor dos seus olhos em volta. Ela estava louca de vontade, apenas me observando responder aos seus comandos, gemendo seu nome e pedindo para ir mais devagar, mais rápido, mais forte, mais leve. Em meio ao sexo oral quente pra cacete, percebi que os bicos dos seus seios estavam duros por trás da regata leve.

Caralho, eu queria como um louco gozar na sua boca, mas a vontade de tê-la gemendo embaixo de mim era muito maior.

Enquanto ela me sugava de olhos fechados para me dar o seu melhor, fiquei quase sentado no sofá para tocar seu queixo. Eu a fiz parar o movimento de sobe e desce e, quando consegui, encarei sua boca muito molhada por estar me chupando, bem vermelha e inchada, além da respiração ofegante.

Reunindo toda a minha força, abri um dos meus sorrisos que sabia que a atiçava mais.

— A vontade de gozar na sua boca não é maior do que a vontade de sentir sua boceta apertando o meu pau. Quero que você goze para mim, em torno de mim, e quero te ver dizendo meu nome a cada vez que eu entrar e sair de você. — Possessividade, por causa do ciúme que senti há pouco, deve ter dado as caras. — Você é minha e quero que esteja bem consciente disso enquanto estiver nos meus braços, Keziah.

Kizzie

Zane estava ofegante, com as bochechas vermelhas por trás da barba de dois dias, os cabelos bagunçados ao lado do rosto, o corpo quase totalmente nu. Eu podia ver a sua barriga subir e descer com o esforço da respiração, o membro rígido, vermelho na glande e inchado de prazer. Esse homem era uma visão inesquecível.

Era quase primitivo querer vê-lo louco de vontade por mim. Eu não conseguia me conter e francamente nem queria.

Uma noite sem você

Montei em seu corpo, sentindo sua ereção quente e molhada tocar o ponto necessitado no meio das minhas pernas. Meus seios estavam sensíveis, e até o raspar do tecido da regata quando me movia me deixava ainda mais maluca. Eu vibrava em todos os lugares interessantes, e a excitação arruinou minha calcinha. Eu queria Zane, queria que ele tirasse essa vontade de dentro de mim e me levasse àquele céu estrelado pós-orgasmo.

Tirei a regata, buscando o olhar de Zane. Ele mediu centímetro por centímetro da minha pele, me degustando só pela força do olhar. Puxei os cordões da calça Adidas que usava e saí de cima do Zane para descer a peça pela cintura. Aproveitei e enganchei os dedos na calcinha e fiz tudo ir embora em um segundo.

Pensei que Zane me daria tempo para subir em seu corpo, mas ele foi muito mais rápido, voraz e impiedoso.

A verdade é que ele estava com ciúmes por eu ter olhado o ator mais do que deveria, o que não deixava de ser fofo. Zane ciumento era uma das coisas que eu ia aproveitar muito durante o nosso relacionamento. Nada como se sentir cuidada, amada e atiçar esse lado possessivo daquele guitarrista.

Eu adorava.

Então, não permitindo que meus pensamentos continuassem, fui engolida.

Ele se levantou, terminou de arrancar sua calça e suas mãos foram diretamente para os lugares onde eu ansiava: uma no seio e a outra na bunda. A boca de Zane devorou a minha de forma que eu não podia mais raciocinar, respirar ou responder a ele de outra maneira. Passei as mãos em seus cabelos, fiz nossas bocas se encaixarem com ainda mais vontade e experimentei a língua deliciosa percorrer a minha, fazendo com que meu clitóris se acendesse com força, ecoando a vontade de ter Zane D'Auvray dentro de mim.

No meio do beijo em pé, coloquei uma perna em torno da bunda de Zane e sua ereção automaticamente encontrou um caminho para começar a entrar. Zane rosnou na minha boca e passou os beijos de língua para o meu pescoço: mordendo, chupando, amando. Arranhei suas costas, querendo que ele me apoiasse numa parede, mas Zane tinha outros planos.

Me pegou no colo e me levou para o sofá. Eu fiquei sem entender o que ele queria, até ouvir sua voz bem rouca:

— Ajoelhe no sofá, coloque as mãos no encosto e espace as pernas.

Com muita vontade de ver o que vinha a seguir, fiz o que ele pediu. Sem poder vê-lo, senti um dedo ir da minha nuca até a bunda, em linha reta, acariciando, levantando os pelos do meu corpo. Depois, seus quadris se juntaram, acomodando-se no meio das nádegas, e a ereção deixou um rastro quente por

Aline Sant'Ana

onde passou.

Zane curvou-se sobre mim, a respiração batendo na minha orelha, antes de puxar o lóbulo entre os dentes e buscar, com uma mão, os seios. Apertou com calma, massageando e me arrepiando. Beliscou um mamilo e depois o outro, arrancando-me um gemido abafado do fundo da garganta.

— Você é deliciosa pra caralho — murmurou.

Sua língua saboreou meu pescoço e ouvi uma risada baixa quando apertou minha bunda com força e eu tremi. Gemi, dessa vez mais grave e intensamente, querendo que o prazer me tomasse. Zane, chupando meu pescoço, raspando seus dentes na pele sensível, guiou o toque para os lábios molhados de pura vontade, lentamente, enfiando um dedo dentro de mim.

O formigamento me fez mexer, buscando fricção. Fui para frente e para trás com o quadril, imitando a penetração, enquanto o corpo do Zane encaixava-se no meu por inteiro. Senti a ereção dele ficar mais perto da minha umidade, como se ele quisesse entrar, mas ainda não estivesse na hora.

— Zane...

— Hum? — questionou, o som dos seus beijos molhados estalando perto da minha orelha.

— Dentro — pedi baixinho. — Por favor.

— Ainda não.

Eu o queria tanto dentro de mim que comecei a imaginar que o seu dedo era o membro, ainda que houvesse uma diferença gritante de tamanho e grossura.

Mesmo assim, era isso que ele tinha me dado e eu precisava muito gozar.

O desejo me fez ir mais rápido, com mais força. Os gemidos se tornaram altos, eu queria morder o sofá para não fazer um escândalo, como começar a gritar feito uma atriz pornô, mas Zane... meu Deus, ele era...

— Zane! — gritei e ele mordeu meu ombro.

Foi beijando onde alcançava, assistindo-me perder a cabeça a cada ir e vir. Meu clitóris era tocado no instante em que sua mão encostava lá, e fui mais e mais depressa. Zane guiou a mão livre para o meu seio e o apertou com vontade, acelerando a mão dentro de mim, me fazendo chegar tão perto que minha boca abriu, sem emitir som algum.

— Você já está chegando lá — ele falou, intenso. — Posso sentir essa boceta linda apertando meu dedo.

Minhas pálpebras caíram lentamente quando um choque estalou onde Zane

Uma noite sem você

estava tocando, e fui engolida pela sensação familiar de prazer, que durou tempo suficiente para o orgasmo ecoar pela eternidade. Zane foi descendo a boca do meu ombro para as costas, caminhando em direção à base da bunda. Assim que chegou, a mordeu; a mistura da surpresa com um pouco de dor me fez agarrar o sofá com força, com medo que fosse me transformar em poeira.

— Linda — sussurrou, voltando a beijar da bunda ao pescoço. — Nunca vou me cansar de te ver e ouvir gozar para mim.

— É? — questionei, mole em seus braços.

— Uhum — disse baixinho. — Agora vem uma parte ainda mais gostosa, Kizzie.

Zane me virou de frente para ele e me colocou deitada no sofá. Ele subiu próximo à parte inferior do meu corpo, ficando de joelhos, e minhas pernas foram para cima, alcançando seus ombros. Meus pés chegaram na altura do seu rosto e, com um olhar lascivo, ele virou a cabeça para o lado e começou a beijar a parte de cima do meu pé direito. Observei-o, fascinada demais para dizer qualquer coisa, e Zane foi guiando o quadril para frente.

— Hum — gemi, mordendo o lábio inferior.

Espiei seu sexo duro e pronto, pouco a pouco, tomando seu caminho para dentro, me causando todas as sensações malucas e boas que só aquele homem tinha a capacidade de fazer.

Ter um orgasmo sentindo qualquer parte de Zane era maravilhoso. No entanto, quando ele entrava em mim, era o nirvana. Olhei para seus cabelos soltos, a boca entreaberta e os olhos bem fechados no segundo em que chegou ao fundo. O corpo, trabalhado em músculos, e as tatuagens, principalmente a marca de beijo de batom no quadril, me deixavam ainda mais ensandecida.

— Você é lindo. — Precisei dizer em voz alta.

Zane segurou a parte de trás dos meus joelhos e, com muito carinho, foi e voltou, abrindo os olhos para estudar minha reação.

— Sentir você, sem nada em torno do meu pau além da sua boceta molhada, é a melhor coisa do mundo — gemeu. Entrou e saiu devagar e depois acelerou um pouco. Eu agarrei o encosto do sofá e a parte de baixo do estofado, precisando me prender a alguma coisa. — Você que é linda. Ah... cacete. — Me encarou à certa distância, fogo em cada parte da sua expressão. — Você tá tão molhada... é tão gostosa!

Acelerou e eu apoiei meus pés em seus ombros para me firmar. Zane agarrou meus quadris e olhou para baixo, para o ponto onde nos conectávamos, e, se possível, senti seu sexo endurecer ainda mais dentro de mim. Ele foi se

Aline Sant'Ana

116

movimentando, e eu, arfando de prazer, o suor fazendo nossos corpos brilharem à medida que mais esforço era despendido. Zane deixou seu corpo ir se acomodando sobre o meu, sem tirar o sexo de dentro de mim.

Na posição padrão do sexo, envolvi as mãos na sua nuca e as pernas na bunda.

Os músculos daquele homem pareciam rígidos em todos os lugares quando Zane raspou os lábios lentamente nos meus, mexendo apenas os quadris, seu corpo inteiro parado para o vai e vem da sua bunda fazer a fricção certa. Soltei o ar que nem sabia estar preso nos meus pulmões, e ele me deu um beijo que foi uma transa de bocas. Mordidas, línguas em sincronia, intenso até que eu não pudesse mais raciocinar.

Minha mente se tornou um espaço vazio, e Zane gemeu meu nome quando soltou meus lábios. Estocou rápido, muito forte, e pude experimentar as terminações sensíveis do pós-orgasmo gritarem por liberação. Foi quando ele mordeu minha boca mais uma vez e girou sua língua dentro da minha que o prazer ricocheteou como um fio de eletricidade que se solta na rua. Pude sentir o orgasmo em cada parte do meu corpo, com Zane mantendo seu quadril em um ritmo ainda mais intenso, buscando o próprio prazer.

— Caralho, você tá gozando. Eu tô quase — me avisou, se empenhando mais.

Um som de alívio, quente e arrastado, escapou da sua garganta e eu senti quando Zane liberou o orgasmo dentro de mim. Os músculos foram relaxando, a respiração se equilibrando e ele sorriu contra meus lábios antes de deixar um beijo breve e abafado da respiração quente.

Cerca de um minuto depois, escutei sua voz regulada.

— Ainda tá pensando no cara sem camisa que viu na TV? — Ergueu a sobrancelha, divertido.

Bati no seu ombro e soltei uma gargalhada.

— Eu sabia que você tinha ficado com ciúmes!

— Talvez um pouco.

— Muito.

— É, muito — confessou, saindo de cima de mim e dando uma piscadinha maliciosa antes de procurar a calça de moletom e vesti-la.

Eu o acompanhei durante todo o tempo só com o olhar e o corpo formigando depois de tanto exercício.

A verdade? Zane não precisava sentir ciúmes de absolutamente nada nem

Uma noite sem você

ninguém. Eu era dele, sempre seria. Se disse sim para o matrimônio, disse sim para nossa eternidade.

Tão bobinho!

Talvez não fizesse ideia do quanto eu o amava.

ZANE

Acordei com um despertador novo: Keziah Hastings. Ela amanheceu beijando meu corpo cansado da noite de sexo intenso, me marcando com um batom rosa. Assim que abri os olhos, vi que ela já estava fazendo isso há um tempinho. Sua boca pintada e borrada da maquiagem e um sorriso travesso a faziam parecer uma menina.

— Bom dia, guitarrista.

— Oi, empresária. — Minha voz estava grogue e eu queria ficar preso naquela bolha antes de cair na realidade. — Que horas são? — indaguei.

Ela sorriu. Não vestia nada além de um sutiã preto e uma calcinha combinando. Só de saber que teria essa visão pelo resto da vida, as minhas manhãs eram mais fáceis de serem suportadas.

— Sete e meia. Oliver chegará aqui às oito. Quero tomar um banho com você e te desejar boa sorte de volta ao estúdio com os meninos.

— É, vai ser meio tenso, talvez. Mas Yan precisa de trabalho.

— Todos vocês precisam. Só eu que me esforço pela banda? Não tá certo! — Ela se fez de indignada e eu a peguei, virando-a na cama, enchendo-a de beijos, que fizeram cócegas, e Kizzie desatou a rir.

— Obrigado por ser foda, Marrentinha.

— Sua barba tá me pinicando!

— Eu fico mais sexy com ela.

— Vamos para o banho ou nos atrasaremos para Oliver. Você e o seu ego podem tomar uma ducha com um sabão beeeem forte.

Gargalhei, me levantei da cama e a puxei.

Depois da ducha, estávamos prontos para conversar com o amigo da Kizzie, que seria o padrinho dela, por toda a amizade que tinham e etc. Minha noiva avisou que seria apenas um padrinho e uma madrinha para cada um, mudando a tradição de ter diversos. Eu gostei da ideia porque tornava as coisas mais tranquilas e privadas para a cerimônia.

Ela estar pensando nisso fazia a felicidade correr no meu sangue como um shot de tequila.

As portas do elevador se abriram quando estávamos devidamente vestidos e, aparentemente, comportados. Oliver abraçou Kizzie por alguns minutos, dizendo o quanto sentiu sua falta no trabalho e durante as semanas que ficaram sem se ver, e ela respondeu que também sentia a dele. Tentei não ficar olhando para não dar uma de cara ciumento e louco, porra, mas aí ele me puxou para um aperto de mão e aquele quase abraço que te faz bater ombro no ombro.

Coisa de homem e tal.

E eu tinha que parar com a paranoia.

Ele era um cara legal.

— Senta, Olie. Eu quero te contar algumas coisas — ela falou.

Ele se sentou no sofá e abriu um sorriso para Kizzie, esperando o que a amiga tinha a falar. Ela entrelaçou as mãos nas minhas, e percebi que estavam suadas. Naquele segundo, me dei conta do quanto a aprovação dele era importante para ela.

— Seu cabelo cresceu — ela falou para Oliver, fazendo-o sorrir mais largamente.

— É, o que você achou?

— Moderno.

— Isso é bom, certo?

Kizzie sorriu.

— É ótimo, Olie.

Ele olhou para mim.

— E como vocês estão? — perguntou. — Tudo bem?

— Mais do que bem — respondi, tentando não me sentir ciumento, mas, cara, como era difícil. — É meio que por isso que te chamamos aqui na minha casa e tal. Queríamos que você soubesse de uma coisa bem importante. Não sei se Kizzie quer contar, mas ficaria feliz em dizê-lo.

— Se você quiser... — Kizzie murmurou.

Oliver nos entreolhou, confuso.

— Certo. — Suspirei e foquei meus olhos nos dele. — Quando te pedi para

Uma noite sem você

me ajudar naquela surpresa para a Kizzie, querendo ela de volta, não fazia ideia de como as coisas seriam. A única coisa que tinha certeza era que a queria, durante todos os dias da minha vida, sem chance de retorno. Eu sei, é uma certeza meio egoísta se você for pensar, só que, porra, eu não podia viver sem tentar. Então, fiquei de joelhos e entreguei para Kizzie o elástico do meu cabelo, porque foi um improviso. — Pausei. — Ali, naquela sala, eu perguntei se ela aceitaria casar comigo.

Oliver, primeiro, não esboçou nenhuma reação. Ele parecia em um estado catatônico. Em seguida, olhou para Kizzie, que tinha estendido para o amigo a mão, mostrando a aliança de rubi no anelar.

Ele pegou os dedos de Kizzie, encarando o anel, sem palavras.

— Eu aceitei, Olie. O elástico claramente foi substituído por algo exagerado, mas...

Esperamos que ele dissesse algo, e Oliver soltou um suspiro, depois passou as mãos no cabelo.

— Cara, eu não estou julgando vocês. Aliás, como poderia? Não entendo muito essa coisa de amor súbito, nunca tive um, porém me preocupo com o bem-estar de Kizzie. — Oliver me encarou, ignorando o suspiro da amiga, que pareceu uma adolescente fugindo da bronca do pai. — Ela passou pelo inferno com Christopher, você sabe disso. Eu vi essa menina se machucar dia após dia, como se não tivesse medo de amar e, por mais que eu queira dar toda a minha benção nesse momento para vocês, eu sinto um medo terrível, na boca do estômago, de que, se um dia você machucá-la, Kizzie jamais vai se recuperar, Zane. Entende o problema aqui? Ela não vai, porque ela se jogou, e nem eu vou ser capaz de pegar os cacos do chão.

— Você tem a minha palavra.

— Eu preciso de mais do que isso, cara.

— Oliver! — Kizzie murmurou, indignada com o amigo.

— Eu quero passar o resto dos meus dias acordando e vendo o rosto da Kizzie, porque ela é a primeira coisa que eu penso quando meus olhos se abrem e a última que penso quando vou dormir. E eu sei, é brega pra cacete, mas é a verdade, Oliver. — Fitei-o com seriedade. — Eu coloquei um anel no dedo dela e pretendo honrar essa promessa.

Ele respirou fundo, olhou para Kizzie, para mim... e, depois de minutos que pareceram eternos, abriu um sorriso forte.

— Bem, se isso não acontecer, eu tenho meus meios de te fazer sofrer.

Aline Sant'Ana

Acabei rindo. Kizzie deu um tapa no braço do amigo.

— Eu vejo você e Kizzie e me lembro do meu irmão e sua melhor amiga. Entendo o elo, respeito, embora seja... hum... ciumento sobre isso. Porra, enfim.

— Eu só me preocupo, não há nada além disso — Oliver garantiu. Depois, admirou a amiga. — Então, eu vou ser o seu padrinho, certo? Nem vou esperar o convite, porque não tenho dúvida alguma de que ele virá.

Kizzie sorriu.

— Dois homens prepotentes juntos. O que eu fiz para merecer isso, Deus?

— Sim, você vai ser o padrinho dela — confirmei.

O cara pareceu ficar um pouco emocionado.

— Sério, Kiz?

Ela assentiu.

— Muito sério — respondeu.

Eles se abraçaram depois disso e Oliver me fez levantar para me dar um abraço também. Nós conversamos por mais um tempo e, quando Oliver recebeu uma ligação do astro pop teen, dizendo que tinha de estar lá em cinco minutos, a cara de desolação dele foi meio assustadora. Foi visível o fato de que o cara estava infeliz no trabalho, como Kizzie também estava quando era empresária do garoto. Kizzie trocou olhares comigo quando nos despedimos do seu amigo e eu soube que ela queria fazer alguma coisa a respeito.

Acabei indo para o estúdio sozinho algumas horas mais tarde, sendo o último a chegar. Tinha imaginado que o clima seria tenso, com Yan voltando à bateria depois da turnê, e Carter preocupado, assim como eu, com o cara... mas, surpreendentemente, a música juntou nossos pedaços quebrados.

Fizemos a base acústica que tínhamos planejado e as faixas favoritas dos fãs de um jeito mais suave, para quem gostava da versão mais leve e menos agitada. Não deixava de ser rock, porém, o planejamento que fizemos, mudando até algumas melodias, me fez lembrar das bandas dos anos oitenta, que o Yan particularmente adorava.

E talvez fosse por esse motivo que o vi sorrir enquanto tocava de forma mais leve o seu instrumento. Talvez fosse por estarmos juntos ali e bem de novo. Eu não soube dizer, mas, enquanto estávamos naquela sala fechada, sendo comandados por uma equipe enorme de som, o mundo parou de ser tão ruim.

Carter sorriu para mim, e Yan assentiu quando chegou a minha vez de fazer um solo calmo.

Uma noite sem você

Dedilhei a Fender, encarando os caras, sabendo que essa amizade foda que tínhamos nunca mais seria abalada.

Kizzie

Cheguei ao estúdio depois de resolver umas pendências e almoçar com papai. Encontrei Mark conversando com Erin perto da porta de vidro à prova de som atrás da qual a The M's tocava. Meus olhos se demoraram um pouco em Zane, antes de eu decidir me aproximar de Mark e Erin.

— Oi! — falei, e Erin veio me abraçar.

— Boa tarde, Srta. Hastings — Mark me cumprimentou educadamente.

— Olá, Mark. Como estão as coisas?

— Tudo tranquilo — respondeu com um sorriso.

— Kizzie, eu posso conversar com você por um minuto? — A voz de Erin estava tensa. — Se importa de ir até o meu carro?

Mark não esboçou reação alguma e assenti para Erin, que me levou até o veículo estacionado na quadra seguinte. Durante o percurso, percebi sua apreensão e fiquei imediatamente preocupada, mas decidi não dizer que percebi. Ela sentou no carro e fechou os olhos.

— Visitei os pais da Lua, sabe? Eles são muito bons comigo e eu tive que ir lá para falar o quanto estava angustiada com o sumiço da minha melhor amiga. Antes de dizer o que tenho que dizer, preciso falar que os Anderson cuidaram de mim como uma filha quando meus pais ficaram mais distantes de mim. Eu fiquei um tempo na casa deles, antes de conseguir um apartamento com os cachês que recebia como modelo iniciante. Enfim, eles eram maravilhosos, mas o Sr. Anderson, principalmente, sempre foi muito protetor com a filha, e Lua, dentro da personalidade dela, conseguiu driblar o pai de todos os jeitos ao longo dos anos. Sempre fez o que quis, mas agora... eu não sei. Parece que o Sr. Anderson tomou as rédeas quando percebeu que a filha estava sofrendo por amor e, hoje, eu já não sei mais até que ponto isso pode ser positivo para ambos.

— O que quer dizer, Erin?

Ela abriu os olhos bem azuis para mim e colocou uma mecha do cabelo ruivo atrás da orelha.

— Me deram certeza de que Lua está bem, mas não me falaram para onde

122

viajou ou se está em Miami mesmo. Acho que não sabem ou, se sabem, não querem me dizer. Me conhecem bem demais e eu ia contar para o Yan, porque não posso vê-lo sofrendo. Lua não está pronta para voltar, mas não sei se acredito nisso ou se penso que o Sr. Anderson está fazendo a cabeça dela para ficar onde quer que esteja. Não sei o que pensar, Kizzie. Eu preciso de um conselho. Tenho que, pelo menos, contar para Yan o que sei.

Eu não fazia ideia de como o pai de Lua era. Sabia que era um político de renome, mas não tinha noção de que era um pouco controlador com a filha.

— Acho que, para tranquilizá-lo, é bom conversar com ele — aconselhei Erin. — Mas escolha um momento tranquilo, um em que ele não esteja perto dos meninos. Quem sabe quando você for lá, passar na casa dele? Pode até me chamar, eu vou com você e conversamos com Yan em dupla, o que acha?

Erin pareceu ficar imediatamente aliviada. Soltou um suspiro audível e deu um sorriso tranquilo.

— Não sabia o que fazer, só pensei em vir correndo contar pra você. Imaginei que viesse ver como os meninos estavam, então, esperei. Eu provavelmente diria tudo para Yan correndo e queria ouvir sua opinião primeiro.

— Vamos resolver isso, mas...

O celular de Erin tocou, interrompendo-me. Ela vasculhou a bolsa até encontrar o aparelho e franziu a testa quando olhou para a tela.

— Número privado — sussurrou, transmitindo o que a havia deixado desconfiada.

— Acho bom atender — opinei.

Ela colocou o telefone na orelha e disse alô.

Em seguida, vi lágrimas saindo dos seus olhos, ela disse o nome da amiga e pude ouvir, além da chamada, a voz da ex-namorada de Yan Sanders.

Erin perguntou como e onde ela estava, e o que tinha acontecido para sumir dessa maneira. Lua deve ter explicado várias coisas, pois Erin ficou em silêncio durante muitos minutos, trocando olhares comigo. Em seu rosto, não havia mais preocupação, apenas um sorriso de orelha a orelha e as bochechas manchadas de emoção.

— Você matou a gente de susto! — Erin acusou. — Eu sei, eu entendo. Fui visitar seus pais hoje. Juro! É, realmente. — Fez uma pausa. — Tire o tempo que for, Lua. Vou esperar você me ligar, sim. Bom, tudo bem, da forma que... Pode.

A ruiva ficou em silêncio de novo, ouvindo a amiga.

Uma noite sem você

— Também te amo, Lua. Me manda notícias. Sim, eu ia fazer isso de qualquer forma. Ok! Beijos.

Desligando o celular com calma, ela me olhou.

— Meu Deus, Erin! Estávamos falando nela!

— Eu sei. Nossa, essa ligação aliviou meu coração de uma maneira que nem sabia que podia ser possível.

— O que Lua disse?

— Ela decidiu comprar um celular agora, porque estava com saudades de mim e queria saber como eu estava. Disse que conhece meu coração preocupado, que não era para eu ficar com raiva dela por ter sumido, que ela pensava em mim todos os dias e que não queria meu mal, mas ficou com uma aflição imensa de entrar em contato, porque precisava de um tempo para si mesma. Pelo que pude entender, foi para vários lugares, viajou muito e só agora sossegou.

— O que mais ela disse?

— Que está passando por um problema e tem tomado conta de tudo sozinha, que não é para eu me preocupar, que assim que estiver liberada, volta. Eu não sei o que é, mas Lua me passou segurança. Ela não quis falar sobre o Yan, embora. Só queria entrar em contato por nossa amizade. Disse também para eu dar uma olhada em seu apartamento; eu tenho a chave.

— Erin, que bom que ela está bem. Só o fato de saber que foi espairecer mesmo é o que me deixa mais calma.

— Ah, Kizzie. Ela está bem, porém há uma tristeza enorme na voz dela. Tentou esconder, mas eu sinto, sabe?

— Ela realmente ama o Yan? — questionei.

Eu não sabia o lado dela da história, apenas o dele.

— Lua nunca se apaixonou de verdade. Quer dizer, ela se apaixonava, mas ficava com os caras... e não se apegava. Era estranho. Ela gostou do Carter, mas não foi *aquele* amor, não da forma que eu a vi com o Yan. Eles eram felizes o tempo todo. Uma pena você não ter visto isso de perto. Era o tipo de amor que só temos oportunidade de ver nos filmes e livros de romance.

Sorri.

— O seu e o do Carter também.

— É. — Ela pareceu corar um pouco. — Assim como Carter e eu. Como Zane e você. É aquele amor que a gente sabe que é destinado. Faz sentido?

— Faz sim.

Aline Sant'Ana

124

— Acho que agora eu posso entrar lá e ver os meninos tocarem. Vamos conseguir conversar com o Yan quando chegar a hora certa.

— Sim, vamos. Não agora, mas o momento vai aparecer. — Sorri para ela. — Estamos juntas nessa, Erin.

— Sim — garantiu, também sorrindo. — Sempre juntas.

Uma noite sem você

CAPÍTULO 8

**I know you're feeling overwhelmed
Before the day even begins
But I can see beyond the now
This is not how your story ends**

— Citizen Way, "I Will".

Zane

— Zane! Teu interfone tá tocando! — gritou Carter.

Estávamos na minha casa, aproveitando a paz. Kizzie tinha saído para se reunir com a equipe, e Yan e Carter estavam fazendo alguma coisa na minha cozinha, para beliscarmos com a cerveja. Para Shane, que agora vivia colado em mim, a bebida era sem álcool.

— Atende aí! — berrei de volta.

Carter atendeu e depois de menos de um minuto saiu da cozinha para me dizer que eu tinha uma encomenda para pegar e assinar lá embaixo. Eu me levantei do sofá e Shane me acompanhou. Descemos na portaria e o cara me entregou um pacote do tamanho de uma folha A4. Olhei curioso, assinei o negócio e subi, com Shane espreitando enquanto eu abria o embrulho.

— Para de ser curioso, cara.

— Parece algo importante — Shane opinou.

Terminei de abrir e puxei o papel, vendo um cartão grande preto, com letras brancas e em alto-relevo e um monte de paradas de enfeite.

> *Cruzeiro Heart On Fire.*
>
> *Você teve uma experiência ótima conosco, não foi?*
>
> *Agora temos uma festa de comemoração exclusiva para os nossos clientes VIPs.*
>
> *Parabéns! Você foi selecionado para ter entrada gratuita.*
>
> *Serão vinte e quatro horas a bordo do Heart On Fire, na maior festa já dada pelo transatlântico mais disputado e badalado do momento.*
>
> *Esperamos que aprecie a experiência mais uma vez.*
>
> *Atenciosamente,*
>
> *Equipe Magestic.*

— Caralho, eu não acredito — murmurei, perplexo.

— O quê? Deixa eu ver. — Shane tirou o cartão da minha mão e, assim que leu, pela expressão no seu rosto, eu já sabia o que vinha a seguir. — Ah, vai se foder, Zane. Você não me levou pra esse caralho de cruzeiro porque eu não era maior de idade. Agora, quantos anos eu tenho mesmo?

Rolei os olhos.

— Vinte e um.

— Então você tem que me levar.

— Não posso.

— Não pode o cacete. Eu preciso ir.

— Estou comprometido, Shane. Eu não vou.

— Como não vai? — me questionou, de boca aberta. Mirou aqueles olhos coloridos para mim e franziu o cenho. — Cara, não faz isso comigo.

— Você pode ir sozinho. Esse convite não tem limite de pessoas. —Pensei melhor. — Aliás, pode convidar a sua melhor amiga para ir com você. — Sorri, malicioso.

— Cala a boca.

— É a verdade.

As portas do elevador se abriram, com Shane irritado.

— Tem certeza de que não pode pensar sobre isso? — perguntou.

— Tenho, Shane.

Carter e Yan já estavam na sala, com a tábua de frios pronta sobre a mesa de centro, bebendo cerveja no sofá, alheios ao que eu tinha acabado de receber. Era tão surreal depois de mais de um ano receber um convite desses, sabendo que, depois dessa viagem, as vidas de Carter e Yan mudaram tão drasticamente.

Cara, eu precisava ver a reação deles quando vissem o convite.

Joguei no colo de Carter e ele pegou o papel antes de me perguntar o que era. Seus olhos passaram pelas letras e um sorriso foi aparecendo no seu rosto, provavelmente lembrando o que viveu ali ao lado de Erin. O vocalista estendeu o convite para Yan e o semblante dele ficou compenetrado e nostálgico.

— Meu Deus — Yan murmurou.

— É, eu sei — respondi.

— Caras, vocês precisam me levar a esse cruzeiro. Foi uma injustiça do caralho eu não ter ido com vocês da primeira vez — Shane argumentou. E, como

Uma noite sem você

se uma luz se acendesse sobre sua cabeça, ele abriu bem os olhos e a boca. — Eu já sei!

— Já sabe o quê, Shane? — Carter quis saber.

— Você vai casar, certo? — Virou-se para mim.

— Vou.

— Então, não pensou ainda na sua despedida de solteiro?

Ah, cacete!

A expressão de Shane era sonhadora e muito sagaz. Ele me encarou como se estivesse me desafiando a dizer que não ia fazer uma despedida, o que era uma das tradições malditas também da nossa família, se não da maioria dos casamentos. Eu mesmo já fui em várias dos nossos primos em Londres, bebi todas, transei com incontáveis mulheres e fiz coisas que uma família tradicional acharia um absurdo.

Mas, caralho, eu não podia fazer um negócio desses quando precisava mostrar para a Kizzie que tinha mesmo mudado.

— Não pensei, porque...

— Você vai fazer — Shane interrompeu. Olhei para Carter e Yan e vi que o vocalista estava dando de ombros, como se não tivesse uma resposta, e Yan continuava encarando o convite.

— Como você acha que vou mostrar para a minha noiva que mudei, se vou comemorar a despedida de solteiro em um cruzeiro erótico, irmão?

— Meu Deus, Zane! Para de ser idiota. Acha que ela não confia em você?

— Ela confia, mas Kizzie nem iniciou os preparativos ainda, Shane. Ela disse que só vai começar a pensar nisso no ano que vem, porque precisa estar com a banda organizada e os problemas resolvidos para colocar a cabeça em decoração e essas merdas. Despedidas de solteiro, de toda forma, só são realizadas perto do casamento, nunca antes.

— É uma oportunidade única, cara. E você mesmo me disse que não precisa dar em cima de ninguém lá, é uma festa, como qualquer outra. Quem quiser transar, pode transar. Se isso te fizer se sentir mais confortável, chama ela. Convida a Kizzie para ir no Heart On Fire com você. Isso é totalmente contra uma despedida de solteiro, mas... — Shane opinou, espiando-me de canto de olho.

— Shane, eu nem tenho coragem de falar com ela sobre isso, porra. Kizzie sabe do meu histórico com mulheres, sabe que eu já fui promíscuo pra cacete. Viu fotos, teve provas. Acha que, estando comigo por pouco tempo, tem total confiança em mim?

Aline Sant'Ana

— Eu não iria — Carter opinou. — Mas é o meu ponto de vista. Erin é um anjo, mas eu não gostaria de deixá-la com dúvida, pensando no que eu estava fazendo em um cruzeiro erótico.

Olhei para Yan, esperando sua opinião.

— Eu não sei — ele falou. — É questão de confiança, Zane. Se ela confia em você, não vai ficar encucada com a ideia de você ir para um cruzeiro, mesmo que seja erótico. Kizzie é muito madura, você não dá crédito suficiente a ela.

— Mas ainda é muito cedo — rebati. — Kizzie não fez os preparativos.

— É tradição na nossa família, Zane. Os caras têm sempre despedidas de solteiro fodas e a Kizzie pode fazer a dela, caso não queira ir com você — Shane arrematou. — E, se não for por despedida de solteiro, pelo menos a festa de comemoração da minha entrada na The M's tem que ter, porra.

A ideia de Kizzie indo a um clube das mulheres ou a algum lugar onde vários homens pudessem olhá-la fez meu sangue ferver. Eu não queria ir para essa porra de cruzeiro e não queria que ela fizesse a despedida de solteira dela também. Pateticamente, achava que não ia me divertir em nada nessa droga de lugar.

— Se eu for com o meu irmão, vocês vão junto — avisei Carter e Yan.

O vocalista abriu a boca, chocado.

— Não vou a um cruzeiro erótico sem Erin, cacete!

— Eu não estou no clima — completou o baterista.

— Foda-se. Se isso acontecer, e temos um "se" bem grande, eu não vou sozinho.

Eles não falaram mais nada e eu me joguei no sofá entre Carter e Yan, pegando em cima da mesa a cerveja e já bebendo em longos goles aquilo que, com toda a certeza, me ajudaria a pensar sobre a merda em que meu irmão mais novo me enfiou.

Kizzie

A residência toda era muito feminina, parecia que a Barbie tinha passado por ali, já que a decoração era em tons pastéis de uma delicadeza sem tamanho. Não foi difícil reconhecer que tudo foi obra de Lua Anderson. Desde os quadros bonitos com fotos dela e Yan até os sofás com almofadas coloridas. Eu acho que tinha visto algo parecido na casa do baterista; com certeza foi toque da ex-namorada.

Uma noite sem você

Eu e Erin viemos em uma missão: ver como estavam as coisas por aqui. Lua tinha se mudado para o apartamento do Yan quando estavam namorando e, por isso, sua casa estava cheirando a lugar fechado e tudo parecia extremamente organizado. Era estranho imaginar que aquela garota que pouco tive oportunidade de conversar, mas, com certeza, era extremamente elétrica, poderia manter em ordem qualquer coisa.

— Preciso ver a caixa de correspondências dela — Erin avisou, indo em direção à cozinha. Assim que parou lá, um semblante nostálgico cobriu seu rosto. — Dá para acreditar que Lua é nutricionista e não faz nem um ovo frito direito?

Eu sorri.

— É sério?

— Sim, ela é péssima. Entende dos alimentos na teoria, mas na prática... sempre se sai mal.

Ela continuou caminhando e eu a segui. Vimos se as janelas estavam fechadas e parecia tudo intacto. Não havia muito o que fazer, então, Erin se encaminhou para a caixa das correspondências, disposta a tirar os envelopes dali. Assim que abriu com a pequena chave, uma porção de cartas brancas caiu no chão e Erin resmungou um pouco. Me abaixei para ajudá-la e um envelope bem bonito, diferente dos comuns que estavam lá, chamou minha atenção.

— O que é isso aqui, Erin? — perguntei, estendendo o objeto.

Erin franziu o cenho e virou o envelope de um lado para o outro.

— Nossa, parece importante. Seria um convite de casamento?

— Sem endereço de retorno? — Fiz uma pergunta retórica. — Acho que não.

— Será bom abrir?

— Pode ser pessoal — avisei-a.

Erin deu de ombros.

— Pode ser urgente — rebateu.

Ela puxou o lacre do envelope e tirou de lá um cartão retangular bem grande, com a fonte branca e brilhosa. Suas pálpebras com os cílios volumosos se estreitaram enquanto ela lia e seu queixo foi caindo lentamente.

As bochechas da minha amiga ficaram coradas, o semblante, todo tenso e, depois, ela abriu um sorriso.

— Eu não acredito nisso!

— O que foi?

Aline Sant'Ana

130

— É um convite para o Heart On Fire! — Me entregou o papel.

Caramba, o papel era macio, de forma que ficava confortável segurá-lo.

Li, com um misto de curiosidade e surpresa, tentando compreender sobre o que Erin estava falando.

— Um cruzeiro?

— Sim, o cruzeiro que reencontrei Carter.

— Ah! — Uau, nossa, isso era inédito. O tal do cruzeiro erótico que Carter me contou a respeito. — Eles estão convidando a Lua, é isso?

— Sim, foi ela quem conseguiu os convites, e agora é essa tal festa exclusiva para membros VIPs. — Suspirou. — Será que só vai gente da alta sociedade? Membros que são, de alguma forma, famosos? — Erin especulou.

— Bom, é apenas uma festa de reunião das pessoas que eles consideram VIPs, então, possivelmente deve ser isso mesmo. — Reli. — O que me parece estranho é o fato de que é apenas por vinte e quatro horas. Não dá tempo de dar voltas com o navio.

— Ele deve estar ancorado em algum lugar. Deixa eu ver se dentro do envelope veio mais alguma informação.

E veio. Eles deram a data, o endereço e a forma como deveria ir vestido: fantasiado. Não importa fantasia do quê, apenas não poderia ir sem que estivesse a caráter do que a festa exigia. Vi que o cruzeiro seria dali a quinze dias e fiquei pensando se Zane receberia o tal convite.

— E como funciona esse cruzeiro?

Erin me fez um resumo detalhado. A verdade é que ninguém era obrigado a se envolver, caso não quisesse, evidentemente. Era uma festa como qualquer outra, com talvez brincadeiras a mais, que atiçavam a parte sexual da coisa, mas nada que ela tenha visto pessoas transando em público, embora fosse aprovado em determinados ambientes no cruzeiro.

É, meu Deus, isso era moderno demais para mim.

— Bom, vamos embora. Acho que já fizemos tudo o que tinha que ser feito.

Me livrando da ideia do cruzeiro, parei Erin no meio do caminho e olhei-a atentamente.

— Já faz dois dias que você soube da Lua. Vai contar para o Yan?

Ela assentiu.

— Estava pensando nisso. Já que vamos para o prédio dos meninos, é interessante tentarmos pegar o Yan sozinho e conversar com ele.

Uma noite sem você

— É, não dá para ficar adiando, não é justo ele não saber que está tudo bem com a Lua, pelo menos.

Soltei um suspiro, pensando no quanto isso ia ser difícil.

Mas a verdade é sempre o melhor caminho, ainda que seja inevitavelmente a mais dolorosa opção.

ZANE

Shane encheu a porra do meu saco até que eu quase o pegasse a socos. O filho da mãe era insistente pra caramba quando queria; coisa de D'Auvray. Me lembro que, quando ele era menor e ficava me pentelhando, era mais fácil fazê-lo parar. Agora que era quase o dobro do meu tamanho em largura, ficava impossível comprar briga com ele.

— Que porra, Shane! Eu já disse que vou pensar!

— Você vai mesmo falar com a Kizzie?

— Eu vou dizer que você está me infernizando e vou convencê-la a ir comigo. É isso que eu vou fazer. Aliás, quero um acordo.

Shane cruzou os braços na altura do peito e me encarou.

— Que tipo de acordo?

— Eu só vou nessa merda se você levar a Roxanne.

Se tinha algo que o deixava puto, era tentar mostrar que Roxanne não era mais uma criança e tinha crescido, se tornando uma mulher linda e sensacional. Ele não aceitava, o que era ridículo, porque eu sabia que Shane vinha olhando para ela de maneira diferente há alguns anos já.

— Você tá maluco, né?

— Não estou. Pensa com carinho sobre o quanto você quer se enfiar no Heart On Fire, Shane.

— Eu não vou levar a Roxy, porra!

— Você decide.

— Cara, você é louco. — E me xingou de um monte de palavrões antes de virar as costas e sumir dali.

Quando vi que foi conversar com Carter, acabei rindo. Shane era tão cego para os próprios sentimentos, vivia numa negação tão grande, que só caindo meu

132

irmão poderia aprender a levantar. Que seja! Cada um tem seu tempo para viver o que foi destinado, não é? O tempo não acelera, as coisas acontecem quando têm que acontecer.

Virei a cerveja, e Yan se aproximou de mim. Eu estava na varanda, tendo a vista da Miami todinha para mim. Em pé, perto da mureta, com o vento forte batendo no rosto, acomodado ao meu lado, mas em silêncio, estava Yan e resolvi puxar assunto.

— Como você está hoje?

— Mais tranquilo do que há alguns dias.

— Relaxou um pouco?

— Algo assim.

Me virei para ele.

— Você pode conversar comigo quando estiver precisando de ajuda, Yan. Eu e Carter, e até o meu irmão, estamos aqui para aguentar todas as porcarias que estiverem rodeando a tua cabeça.

— Eu só preciso saber que ela está bem, cara — Yan confessou, fechando os olhos. — Se eu souber, vou respeitar. Só preciso tirar a paranoia da cabeça.

— No que você tem pensado?

Seus olhos desviaram dos meus.

— O que você acha, Zane?

— Não fode, Yan. Não aconteceu nada com a Lua! — eu disse com determinação. Ela estava bem, só precisava de um tempo.

— Eu sei lá. O detetive não encontra nada.

— Ele pode ser uma bosta de detetive.

— É o melhor da cidade — Yan resmungou, me encarando novamente. — Eu fiz merda, Zane. Reconheço que beijar aquela menina foi a pior coisa que fiz, mas eu só queria saber se a Lua está bem, onde quer que ela esteja. Cacete, não precisa voltar para mim, sei que a essa altura do campeonato ela já me odeia. Só preciso saber como a Lua tá.

Franzi o cenho, sem entender.

— E as garotas que você levou para cima? Uma delas era a menina que você beijou. O que aconteceu com elas?

Fechando a expressão, Yan não me respondeu.

Ele era discreto pra caralho, só que, antes de ser reservado, sempre usou da

Uma noite sem você

sinceridade como sua melhor arma. Por um segundo, a certeza que tive de que Yan foi para a cama com as duas foi titubeando como um malabarista iniciante. Encarei Yan, esperando uma satisfação, que nunca veio.

— Oi, amor! — Escutei a voz de Erin e os saltos altos de Kizzie.

Virei o rosto e, através do vidro da varanda, me deparei com Kizzie procurando-me com o olhar. Assim que me viu, abriu um sorriso que fez as porras das formigas começarem a andar no meu estômago.

Estar apaixonado era bizarro.

— Vai entrar, Yan?

— Vou ficar mais um tempo aqui fora.

— Beleza. — Fui para frente, mas parei antes. — Tem certeza de que tá tudo legal?

— Absoluta. Pode ir.

Receoso, fui em frente e logo recebi os braços curtos da Marrentinha em torno de mim. Virei-a de modo que pudesse olhar Yan através do vidro da varanda. Ele apoiou os cotovelos na murada, bebendo a cerveja e encarando a paisagem. Continuei acariciando Kizzie, suas costas, seus cabelos, enquanto ela dizia alguma coisa para mim que eu não conseguia prestar atenção, porque meus olhos estavam acompanhando um dos meus melhores amigos, totalmente quebrado, tentando esconder com as costas dos dedos as lágrimas que não ousou deixar cair na minha frente.

— Zane? — Kizzie atraiu a minha atenção, percebendo que não ouvi uma sílaba do que dissera.

— Oi, Kizzie. Desculpa. Fiquei longe pra caralho agora.

Seus olhos se estreitaram.

— Está tudo bem?

— Estou preocupado com o Yan.

Desci o nariz em direção ao dela para beijá-la, mas Kizzie não acompanhou o movimento. Ela ficou dura em meus braços e me afastei quando toquei minha boca na sua e percebi que não fui correspondido.

— Sobre isso, eu acho que a gente tem que conversar.

Aline Sant'Ana

Kizzie

Enquanto Erin conversava com Carter e Shane, puxei Zane para o seu quarto. Eu precisava contar a ele sobre a ligação de Lua, a visita da Erin na casa dos pais da amiga e todos os problemas que tínhamos que abordar com Yan.

E foi exatamente o que eu fiz.

Contei tudo e, no decorrer do caminho, fui deixando claro que eu e Erin íamos falar com Yan. Zane, por incrível que pareça, não retrucou. Ele só parecia ainda mais determinado a acreditar que algo sobre essa história de Lua sumir parecia errado, que ela não estava contando tudo para a amiga e que, por conhecê-la durante o tempo em que foi namorada do seu amigo, ele teve certeza de que Lua não fugiria dessa forma, não se não estivesse escondendo algo maior do que todos pudessem imaginar.

— Fico pensando que ele tem que sair desses malditos apartamentos. É sempre daqui para casa, da sua casa pra cá, no máximo, ele vai até o estúdio — Zane resmungou, andando de um lado para o outro. — Yan não tem forças para ir a uma festa e entendo a depressão que ele tá sentindo, mas eu e Yan fizemos de tudo para tirar Carter dessa nuvem negra quando se divorciou. Cara, nós precisamos fazer alguma coisa.

— Eu e Erin vamos conversar com ele. Você e Carter podem planejar uma saída e levar Shane junto. Eu não sei. Isso é com vocês, querido.

Zane se aproximou de mim, suas mãos na minha cintura, o ar quente saindo do seu nariz e tocando meu rosto.

— Eu achei que nosso começo de noivado ia ser mais tranquilo — murmurou.

— Não está sendo, mas é porque temos que resolver essas coisas, Zane. Por isso decidi nem começar a mexer nos preparativos. Ano que vem eu penso nisso, com mais tranquilidade, certo?

Zane sorriu e deixou sua boca acariciar a minha, causando cócegas.

— Keziah D'Auvray — falou, possessivo. — Eu gosto de como soa.

— Eu também.

— Você vai usar branco?

Foi minha vez de sorrir.

— Vou.

— Na igreja? — Afastou o rosto, erguendo uma sobrancelha em desafio.

Estávamos discutindo sobre o casamento no meio do caos. No entanto, a forma como ele estava dizendo parecia certa... *tão certa.*

Uma noite sem você

— Acho que no campo. Perto de um chalé, com grama, sabe? Eu acho bonito.

Um brilho passou em seus olhos devido ao clarão da janela quando Zane mudou nossas posições, favorecendo a luz, o castanho da sua íris ficando em um tom maravilhoso de mel. Me perdi naquele oceano caramelado e ouvi as batidas do meu coração alcançarem os tímpanos.

— Eu quero casar com você no campo.

— Você quer?

— Sim, quero. Caralho, é o que eu mais quero.

— Você está sendo romântico.

— Shh. Eu tenho uma reputação a zelar. — Ele me beijou, tirando literalmente meus pés do chão, quando me pegou no colo.

Passei as pernas em torno do seu quadril, recebendo a língua que, com avidez, invadiu minha boca. Zane tirou o ar dos meus pulmões e me fez inspirar rápido pelo nariz quando me colou na parede. No instante em que a pegada se tornou mais intensa, que sua bunda fez o movimento que começaria a me excitar de verdade, uma batida na porta soou.

— A Erin vai começar a fazer o jantar — Carter avisou, a voz abafada pela porta trancada. — Eu vou sair com o Shane. Quer vir, Zane? O Yan está a fim de ficar em casa mesmo.

Por mais que estivesse maluca para Zane terminar o que começou, a razão assumiu o controle quando reconheci que esse seria o momento perfeito para eu e Erin abordarmos o assunto com Yan. Zane ia abrir a boca para negar, enquanto ainda me segurava contra a parede, mas cobri seus lábios com a palma da mão.

— Diz que você vai. Eu e Erin temos que conversar com o Yan — sussurrei.

Zane reconheceu a importância do momento, e seu olhar me garantiu a aceitação do convite.

Tirei a mão da sua boca.

— Eu vou. — A voz estava rouca, intensa. Ele gritou para Carter. — Me dá um minuto.

Ele voltou seus lábios para os meus e, diferente do ritmo anterior, foi um toque suave, maravilhoso, digno de gerar luxúria em qualquer mulher. Gemi baixinho pela frustração de ter que me afastar e então me colocou devagar no chão.

— Conversa com ele com calma, depois me fala o que aconteceu, beleza?

— Tudo bem.

Aline Sant'Ana

136

Zane beijou minha boca uma última vez.

— Eu já volto — prometeu.

Em questão de quinze minutos, os meninos saíram e eu e Erin ficamos sozinhas na cozinha, enquanto Yan contemplava o pôr do sol na varanda. Ele não se aproximou de nós, nem pelo tempo que ficamos cozinhando. Apenas ficou lá fora, com nós duas planejando um jantar que fosse rápido, prático e que desse para todo mundo.

Como eram muitos homens e a gente sabia que eles comiam bastante, fizemos três travessas de macarrão e colocamos tudo no forno, com uma mistura de bacon, milho, presunto, queijo e molho. Levou mais de uma hora para cozinharmos a quantidade de certa.

Yan parecia solitário e meu coração começou a apertar.

— Acho que, quando o forno avisar que está pronto, podemos chamar Yan para conversar — sugeri. — Eles devem chegar logo.

Erin concordou, parecendo apreensiva.

— Não estou traindo a confiança da minha amiga, estou? — questionou, duvidosa.

— Ela disse alguma coisa sobre você não contar as informações que recebeu para o Yan?

Negou.

— Então, não, você não está traindo a confiança dela. — Sorri, acariciando seu ombro.

— Tudo bem, vamos falar com ele.

O forno apitou e o desligamos. Assim que terminamos de aprontar as coisas, fomos até Yan.

Fui na frente e abri a porta de vidro da varanda. Já havia anoitecido, o céu estava estrelado, a lua, incrivelmente redonda. Conseguíamos ver a movimentação lá de baixo, as luzes dos carros, o som da cidade, alguma música tocando. Yan parecia atento demais àquilo, tanto que só percebeu que estávamos lá quando toquei, com delicadeza, sua mão.

— Ah, acho que me desliguei por um tempo. — Sorriu de lado, como se pedisse desculpas. — Nem vi o tempo passar. Acho melhor eu ir...

— Não, nós fizemos jantar pra todo mundo, vai ser desperdício de massa se você não puder ficar conosco — falei.

— Tem certeza? Eu não quero criar problemas.

Uma noite sem você

E foi então que eu entendi.

Yan não queria ficar perto de mim na ausência do Zane e isso me irritou profundamente. Eu sei que Yan tinha uma personalidade metódica, ele era certinho demais, gostava de tomar precaução e evitar problema, mas isso já era passado e ele tinha que entender que podia contar comigo.

Erin, como se já soubesse o que eu ia fazer, se sentou em uma das cadeiras de vime e abriu um sorriso para Yan, garantindo que não ia sair dali tão cedo.

À meia-luz, só iluminados parcialmente pelo lustre da sala, a expressão de Yan ficou confusa.

— Você está com medo de ficar perto de mim por causa do que aconteceu? — falei diretamente; não podia dizer sobre Lua enquanto ele estivesse com receio de nós.

— O quê?

— Você ouviu, Yan.

Seu rosto muito simétrico e bonito ficou um pouco mais fechado do que eu estava acostumada.

— Não.

— Então não fica na defensiva comigo.

— Eu não vou — prometeu e soltou um resmungo. — Tudo bem, eu estava antes. Vou tentar não ficar agora.

— Sim, acho ótimo. — Sorri, e me sentei.

Yan olhou de mim para Erin e se manteve em pé.

— A gente precisa conversar contigo, Yan — Erin murmurou.

— Eu tenho que me sentar?

— Sim — a namorada do Carter pediu.

Com toda a altura dele, achei que não fosse caber na cadeira. mas, por um milagre, Yan conseguiu se acomodar perfeitamente. Ele se inclinou para frente, umedeceu a boca com a língua e bateu uma mão na outra, como se fosse apenas uma única palma de incentivo.

— Tudo bem, estou ouvindo.

Virei o rosto para Erin, esperando que ela continuasse. A ruiva cruzou as pernas e soltou um suspiro.

— Eu fui até a casa dos Anderson por esses dias, conversei com eles...

Aline Sant'Ana

Olhei para Yan, a expressão amigável em seu rosto sumindo. Me perguntei se o problema que ele tinha com os pais da Lua ia além do que eu imaginava.

— Eles me disseram que Lua está bem, embora não tenham falado onde ela está. Acho que não sabem.

— Ou não querem dizer — Yan interrompeu.

— De qualquer forma, parecem muito bem para uma filha que está sumida. — Erin foi sincera e Yan bufou, irritado. — Eu só sei que me trataram como sempre fizeram, com carinho e neutralidade a respeito da filha.

— O pai dela é um dissimulado do caralho! — Yan se levantou e passou as mãos no cabelo liso. — Ele é bom pra você e Lua, eu não duvido disso nem por um segundo, mas... bem, era só isso o que tinha para me dizer?

Erin tocou meu braço e eu virei para olhá-la. Assenti, demonstrando que ela poderia ir adiante.

— Tem mais — Erin falou.

Yan foi em direção à murada e se apoiou lá. Não queria olhar para nós, porque acho que sabia que teríamos acesso a toda a sua dor refletida na expressão. Yan não queria que tivéssemos pena. Meu Deus, pensei, em um misto de horror e derrota, Yan Sanders estava quebrado.

— Recebi um telefonema de um número desconhecido. Não ia atender, mas a Kizzie estava do lado e pediu que atendesse. — Erin fez uma pausa. — Lua me ligou, Yan. Eu ouvi a voz dela, ela conversou comigo e falou...

Erin continuou contando, mas eu me desliguei da sua voz. Fiquei prestando atenção em Yan, nas suas costas tensas, na parte lateral do seu rosto que podia ver, na expressão misturada de confusão e alívio. Ele mordeu o lábio inferior, escutando cada palavra, e escondeu o rosto com as duas mãos.

A namorada do vocalista da The M's encerrou o que tinha que dizer e se levantou. Ela acariciou as costas dele, de cima a baixo, em silêncio, me olhando como se não soubesse o que fazer em seguida. As costas do Yan começaram a balançar e tremer, denunciando que estava chorando de soluçar, por mais que som algum saísse de sua boca.

Eu nunca vi um homem chorar daquela forma, tão duro e punitivo. Erin, com delicadeza, tirou os braços do Yan da murada e o virou para si. Ele a abraçou com força, enterrando o rosto nos cabelos da amiga, enquanto eu estava atônita demais para me mexer. Eu queria pegá-lo e colocá-lo no colo, como se tivesse cinco anos de idade ao invés de quase trinta, porque a dor da ausência de um grande amor é mais forte do que o orgulho de se manter são.

Uma noite sem você

Os olhos de Yan se ergueram em direção aos meus, com Erin ainda em seus braços. A parte cinza da sua íris estava ainda mais clara pelas lágrimas. Vi o semblante magoado dele, desolado, sem direção, e senti, no fundo do coração, naquele instante, que faria tudo que pudesse para que Yan Sanders voltasse a ser quem foi um dia.

Eu só precisava encontrar a saída perfeita.

Aline Sant'Ana

Uma noite sem você

CAPÍTULO 9

And now your song is on repeat
And I'm dancing on to your heartbeat
And when you're gone
I feel incomplete
So if you want the truth
I just wanna be part of your Symphony

— **Clean Bandit feat. Zara Larsson, "Symphony".**

ZANE

Kizzie me preocupou pra caralho quando me contou o que aconteceu com Yan alguns dias atrás. Imediatamente pensei no bem-estar do meu amigo e na certeza de que ele não tinha psicológico para aguentar ser mentor do Shane, não quando tudo parecia desmoronar em torno dele.

Só que o cara calou minha boca.

Quando cheguei ao estúdio, percebi que ele estava tendo um papo-cabeça com Shane, dando dicas sobre ficar no palco, questão de posicionamento e interação com o público. Meu irmão estava bem disposto a aprender tudo o que Yan dizia e nunca o interrompia, o que era uma característica muito forte no Shane.

Parecia que Yan estava dividido entre dois mundos: um em que a depressão parecia mais forte e o outro no qual ele se forçava a fazer alguma coisa pela banda.

Cara, eu e Carter não sabíamos o que fazer.

— Talvez aquele negócio do cruzeiro seja uma ideia interessante — Carter falou, observando junto comigo Yan e Shane conversando. — Resolveu para mim, mas também tive muita sorte.

— Não quero que Yan encontre outra pessoa lá, esse não é o objetivo. Eu só preciso que ele espaireça a cabeça. Que ele dance, beba, curta conosco.

— Faz sentido.

— Mas tem toda a coisa da Kizzie e da Erin, cara. A gente não pode fingir que conversar com elas a respeito disso não vai ser problemático.

— Eu queria levar a Erin — Carter murmurou.

— E eu, a Kizzie.

Aline Sant'Ana

142

— Então é só fazer o convite para elas e ver no que vai dar.

— Sei lá, estou com medo de a Kizzie pensar merda.

— Você só vai saber quando abrir a boca, Zane — o vocalista finalizou o papo, levantando-se e batendo no meu ombro. — Vou até eles ver como estão se saindo.

— Tudo bem.

Esperei Carter se afastar mais e acendi um cigarro, pensando no que ele disse. O convite para o cruzeiro estava na minha carteira, porque eu queria encontrar o momento certo para falar com a Kizzie. Agora já nem era questão de pagar a sacanagem que fiz com meu irmão de não o levar, mas sim de encontrar uma coisa que seja interessante o bastante para tirar Yan da fossa. Claro que ele não ia sair da merda da depressão nem ter seu coração curado porque ficou vinte e quatro horas bêbado. No entanto, amigos servem para encontrar um gatilho quando o problema ainda não é resolvido. E Lua não daria as caras tão cedo; eu suspeitava que ia enrolar muito para ter uma conversa definitiva com o Yan. Porra, só restava esperar e, durante o meio-tempo, fazer Yan voltar a encontrar sentido na vida.

Meu celular vibrou no bolso e era uma chamada da minha mãe. Sorrindo, atendi.

— Querido, como você está?

— Oi, mãe. Tá tudo tranquilo, e aí? — Olhei para Shane, me certificando de que ele estava ouvindo atentamente Yan. Carter também se juntou à conversa, assentindo a cada explicação do baterista sobre qualquer coisa.

— Está tudo ótimo. — Suspirou. — Filho, eu te liguei porque eu e o seu pai estávamos pensando...

— Lá vem vocês.

— Queremos conhecer a família da Kizzie — mamãe disse, animada, sequer ligando para o fato de eu ter implicado com ela. — Keziah não pode trazer alguém para um jantar? Uma irmã? Sua mãe? Seu pai?

— Ela é filha única e perdeu a mãe quando tinha seis anos, mas seu pai está na cidade. Posso falar com ele.

— Ah, pobrezinha! Por isso senti uma conexão tão forte com ela, acho que agora vou poder cuidar dessa menina como se fosse sua mãe.

Acabei rindo.

— Kizzie já tem vinte e oito anos, Sra. D'Auvray.

Uma noite sem você

— Nunca é tarde demais para um colo de mãe, querido.

— Eu vou falar com a Kizzie.

— Tudo bem, converse sim. Mas, olha, sem pressa. Eu pensei de programar isso para o final do mês. Quero ter tempo de preparar um presente para ela.

— Mãe?

— O quê?

— Você não vai começar a fazer coisas do casamento e se meter no que Kizzie decidiu, né?

Um suspiro chocado soou do outro lado da linha.

— Claro que não! Por que faria uma loucura dessas?

— Acho bom.

Ela riu.

— Falo com você mais tarde, filho.

Desliguei e apaguei o cigarro. Peguei a carteira do bolso e li mais uma vez o convite para o cruzeiro Heart On Fire. Faltava apenas uma semana para acontecer a festa e eu sabia que seria uma chance para Yan tentar, ao menos, se recuperar um pouco. Podia ser uma porra de tiro no escuro, mas eu tinha que tentar, certo?

E, se Kizzie aceitasse, não faria mal algum aproveitar algumas atividades no cruzeiro com ela.

Cacete.

Fiquei tão paranoico de ela sentir ciúmes que não pensei na parte positiva da coisa?

Eu definitivamente precisava conversar com minha noiva.

Kizzie

Zane tinha me ligado para dizer que passaria no final da tarde no prédio administrativo. Eu não fazia ideia do que ele queria, mas minha mente já foi para Yan. Nos últimos dias, andava ainda mais preocupada com ele. Eu e Erin íamos visitá-lo e nos certificarmos de que tudo estava bem por lá, se tinha se alimentado, se estava dormindo... Chame de sexto sentido ou de qualquer outra coisa, mas parecia que Yan poderia se quebrar a qualquer minuto se não estivéssemos por perto.

144

Tive uma ideia um pouco maluca na noite passada. Erin, ao menos, achou que fiquei louca.

Estava conversando com Erin no apartamento do Carter e vi o convite para o cruzeiro Heart On Fire em cima da sua bolsa. Pensei na possibilidade de contar para Zane que soube do cruzeiro e que, bem, ele poderia tentar convencer Yan a ir com ele, Carter e Shane nessa festa de vinte e quatro horas.

Claro que eu nunca iria em um negócio desses, e confiava no meu noivo o bastante para saber que, se durante toda a sua vida viveu sem amarras e agora estava em um relacionamento comigo, devia estar bem certo de que era isso o que desejava para si. Ele poderia ir para um cruzeiro erótico e se comportar. Até porque nunca conseguiria me envolver com Zane se não o tivesse visto se apaixonar por mim com meus próprios olhos, se não tivesse notado as mudanças, se não confiasse nele.

Depois do que passamos, o ciúme era bobagem.

Então, claro que o plano mirabolante era estúpido, Yan não ia esquecer Lua do dia para a noite, mas ele poderia ver que ainda está vivo. Que possui um corpo, que pode se divertir com os amigos, que há a chance de ser feliz em determinados momentos. Não o tempo todo, isso seria exigir demais, mas ao menos... ao menos um pouco.

Acabei pegando o convite da bolsa dela e colocando dentro da minha. Entrei no carro e dirigi com a cabeça bem longe das ruas de Miami. Coloquei um som para que pudesse pensar sem o barulho desconfortável do trânsito me atormentando. Quando cheguei ao prédio, subi e, Georgia, bem prestativa, disse que Zane me esperava.

Eu estava decidida a apresentar a ideia, mesmo que ele, assim como Erin, fosse pensar que eu precisava ver um psicólogo.

Caminhei pelo carpete, sem escutar o som dos meus saltos, e vi Zane escorado na parede, com os braços cruzados na altura do peito e um sorriso enorme no rosto. Ele estava mascando um chiclete verde e fazendo a bola de goma encher e desaparecer nos seus lábios.

Cheguei perto e passei as mãos na sua cintura, colocando-as no final das suas costas.

— Oi.

Ele cheirava a menta e ao perfume maravilhoso que embebedava todos os meus sentidos.

— Você demorou.

Uma noite sem você

145

— Trânsito — expliquei. — Então, sobre o que quer conversar comigo?

— A gente pode ir para a sua sala?

— Sim, podemos.

Comecei a andar e Zane entrelaçou sua mão na minha. Quando chegamos na sala, fechei a porta e Zane se jogou no sofá de couro que usava para descansar, secretamente, depois da hora do almoço. Vi que hoje seu cabelo estava preso em um coque, usava uma calça jeans confortável e uma camisa com decote V bem profundo, mostrando bastante pele para que eu conseguisse me concentrar em não o secar.

Esse homem sempre foi bonito assim ou eu estava apaixonada demais para que qualquer detalhe parecesse o céu?

— Eu não vou enrolar, vou ser direto. É sobre o Yan.

A distração que estava sentindo por olhar o corpo do meu noivo evaporou em segundos.

— Ele está bem?

— Depende do que quer dizer com isso. — A voz do Zane estava grave.

— Aconteceu alguma coisa?

— Não agora, mas vem acontecendo, Kizzie. Ele finge que está bem, que está superando o término com Lua, que está focado na banda, mas eu tô vendo essa merda alcançar grandes proporções no futuro e não estou gostando. Lua não parece que vai voltar tão cedo, e ele precisa se acostumar e parar de procurá-la. Ela não quer ser achada. E tem tantos problemas, porque, se fico preocupado com Yan, fico preocupado com Shane, apesar de que, com meu irmão, o cara tem sido impecável.

Meu coração ficou apertado. Os meninos eram como irmãos e, quando um estava angustiado, todos ficavam. O elo entre eles era bonito, ia além da explicação, e eu acabei me envolvendo nisso tudo, amando-os da mesma forma, querendo que tudo ficasse bem. Eu sabia que tinha ultrapassado a linha profissional há muito tempo, desde que decidi beijar Zane D' Auvray em cima da mesa de sinuca, no entanto, não podia voltar atrás e me sentia na obrigação de fazer alguma coisa.

Fui até minha bolsa e peguei o convite do cruzeiro.

— Leia isso — pedi, estendendo para ele.

Zane estreitou os olhos para mim sem ver o papel. Ele desceu o rosto e seus olhos e sua boca foram se abrindo à medida que lia o que estava à sua frente.

— Quando fui na casa da Lua com a Erin, encontramos o convite em

Aline Sant'Ana

uma das correspondências que ela não abriu. Carter me contou a história do cruzeiro quando estávamos na Europa e, depois que li isso, pensei seriamente na possibilidade de você, Shane e Carter levarem Yan para essa festa. Eu fiz uma pequena pesquisa ontem sobre o Heart On Fire. Ele é realmente exclusivo e secreto, não há quase nada sobre ele na internet e a página deles é superdiscreta. Falei com um contato meu que geralmente sabe sobre esse tipo de evento e ela me disse que esse cruzeiro é um dos únicos eventos que um artista pode ir sem se preocupar. — Suspirei. — Yan, depois de ter passado pelo burburinho a respeito do seu relacionamento com Lua, não pode se dar ao luxo de ir para qualquer lugar. O Heart On Fire é perfeito e a intenção não é que Yan fique com uma menina por lá para esquecer a mulher que ama, mas sim voltar a sentir aquela energia de vida que está faltando nele. Sei que pode ser uma tentativa bem falha, mas eu acho que não custa tentar.

— Eu não sei o quê... — Zane começou e eu o interrompi. Me aproximei do sofá em que ele estava sentado e me acomodei ao seu lado. Os olhos castanhos pareciam incrédulos e eu sorri para o meu noivo.

— Isso aqui não é um teste, nem uma tentativa de descobrir se você vai ser fiel a mim ou não, Zane. É apenas um passeio com os meninos, para espairecer.

— Mas é um cruzeiro erótico — ele rebateu, estudando meu rosto.

— E o que tem demais? — rebati, ainda sorrindo.

— Cara! — Zane colocou as duas mãos no meu rosto, mantendo-o perto do seu enquanto fitava meus olhos. — Você não cansa de me surpreender, porra. Eu também recebi esse convite já faz uns dias. Estava pensando em uma maneira de falar contigo a respeito, porque tive a mesma ideia, mas com certa diferença. Pensei pelo mesmo motivo, tentar tirar Yan um pouco de casa, tentar encontrar uma forma de Yan fazer as pazes com a vida. Só que, Kizzie, eu queria que você fosse comigo.

— Você pensou a mesma coisa que eu? — questionei, surpresa.

— Sim, eu conversei com Carter a respeito e, depois de ele relutar, concordou.

Acabei rindo.

— Erin achou que eu estava maluca.

— Porra, eles nasceram um para o outro mesmo.

— E o que isso diz sobre nós? Também nascemos um para o outro? — questionei, me referindo à mesma ideia que tivemos.

— É, eu acredito que sim. — Zane sorriu e parou de acariciar meu rosto. — Então, você vai comigo?

Uma noite sem você

— Não, Zane — sussurrei, e ele ficou imediatamente tenso e desapontando. — Não é por mal, mas é que Yan precisa se sentir mais confortável com vocês e eu lá no meio... não parece certo. Precisa ser uma saída de meninos, um momento para ele se sentir solteiro novamente. Não quero estar lá, entende? Deixa ele curtir ao lado dos amigos.

— Porra, mas você também é amiga dele.

— Eu sei, mas não pode ser saída de casais e ele ficar de fora, compreende? Que seja apenas um momento de meninos, vou ficar mais tranquila.

Zane se aproximou mais, o nariz colou no meu e ele abriu um sorriso de canto de boca.

— Essa é a maior prova que você já me deu para demonstrar que confia em mim. Acredite, Keziah Hastings, eu sou digno de toda essa confiança.

— Eu não teria dito sim se não sentisse que está preparado para um relacionamento.

— Eu não estava mesmo — sua boca se aproximou —, não até encontrar você.

Aline Sant'Ana

Uma noite sem você

CAPÍTULO 10

I'm bringing sexy back
Them motherfuckers don't know how to act
Come let me make up for the things you lack
Cause you're burning up I gotta get it fast

— Justin Timberlake, "SexyBack".

ZANE

Contar para Yan do nosso plano foi a parte mais complicada. Eu tive que avisar que seria uma espécie de despedida de solteiro antecipada, porque não podia jogar na cara dele que estávamos tentando encontrar uma solução para o problema que ele estava enfrentando. Yan concordou, disse que seria bom espairecer, e eu sabia, cara, eu tinha certeza de que ele queria se sentir bem de novo.

Mas, antes de planejarmos a ida, na mesma tarde em que decidimos sobre o Heart On Fire, eu precisava compreender que tinha dois caras instáveis na banda e não seria maluco de ir num cruzeiro com eles sem segurança. Foda-se, eu nunca pensei que seria responsável a esse ponto, mas precisava enfrentar a realidade de que meu irmão podia escorregar e que Yan poderia fazer alguma merda.

Mark ia junto conosco.

E Carter estava consciente de tudo, porque chamei o vocalista para uma reunião e falei que nós dois éramos os únicos com o estado de humor normal, o que era foda de pensar, porque Yan sempre controlou essas merdas, ele sempre foi o cara que tinha tudo na ponta dos dedos, eu e Carter não éramos acostumados a ser tão precavidos.

A gente ia ter que se virar, porque faltavam apenas três dias para a festa.

Peguei a guitarra, voltando para a realidade, e esperei me falarem que eu estava em posição para começar a tocar. Estávamos os três, na frente de várias câmeras, gravando um clipe para o novo hit de sucesso.

O estúdio era fechado, a luz estava sobre nós, aquecendo cada parte do meu corpo. A calça de couro também não ajudava em nada. Tínhamos começado a primeira gravação às oito da manhã e agora eles queriam imitar uma chuva caindo sobre a gente ou alguma porra que deixasse sexy a cena. Cara, como se eu precisasse de água pra conseguir seduzir alguém. Mas, beleza... a Kizzie contratou

Aline Sant'Ana

150

os caras, eles eram uma equipe nova e pareciam ser competentes.

Já tinham feito Carter fazer uma cena com Erin sensual pra cacete, porque quiseram colocar o relacionamento dos dois na mídia, e Erin achou bem legal estar em um clipe da banda. Na boa, eles se beijaram tanto e foi tão intenso que pensei que iam acabar transando na frente de todo mundo... Porra, eles ficaram quentes, as fãs iam enlouquecer, mas em algum momento eu tive que gritar para provocá-los, dizendo para arrumarem um quarto.

Minha voz não ia aparecer, porque a música sobressaía qualquer som do estúdio.

Enfim, a água começou a cair e joguei a cabeça para trás quando gritaram que eu podia começar o solo. Iniciei dedilhando e fui com a cabeça para frente, fazendo a movimentação clássica de todo roqueiro. O cabelo formou uma cortina em torno do meu rosto quando parei e olhei para a câmera, abrindo um sorriso safado que eu sabia que desestabilizaria quem estivesse assistindo. Mordi a boca, levando a guitarra para cima, e movi meu corpo, dançando pouco, mas o suficiente para entrar no ritmo da guitarra. Quando a última nota soou em eco, a batida forte da bateria começou. Yan fez a água que ficou sobre seu instrumento voar para todos os lugares. Ele, assim como eu, estava encharcado, fazendo as baquetas se moverem e girarem entre os dedos perfeitamente. Depois de alguns minutos de bateria, Carter entrou, agarrado ao microfone embaixo da chuva artificial, encarando a câmera como se pudesse se casar com ela, como se prometesse mil mundos para quem olhasse em seus olhos. E era assim que a gente fazia, seduzíamos em todas as músicas, porque a The M's era uma banda de caras fodas, vamos ser honestos aqui. A gente sabia que qualquer mulher nesse mundo gostaria de ter uma chance de ser olhada da maneira que fitávamos a lente.

— Corta! — o diretor gritou.

Me desfiz da Fender, que era uma guitarra reserva e não a original, porque não seria louco de colocar a minha embaixo d'água, e entreguei para a moça que me deu uma toalha. Percorrendo a toalha pelo cabelo, rosto e o tórax sem camisa, busquei Erin com o olhar. Eu sabia que ela estava confabulando com Kizzie alguma coisa, só não conseguia vê-las.

Então, meus olhos acabaram encontrando Kizzie, que tinha as bochechas coradas e uma expressão bem quente no rosto.

É, com toda certeza ela tinha assistido tudo.

E, meu Deus, ela poderia me olhar com esse fogo para sempre, que eu não ia me importar.

Uma noite sem você

Kizzie

Mesmo em meio aos problemas, os meninos tinham uma agenda a cumprir. Então, eles estavam produzindo o clipe da nova música, que já era sucesso, e eu acho que, por mais que tivesse focada na parte profissional, preocupada ao máximo em ver se o Yan estava legal para gravar e vários detalhes, perdi a concentração no instante em que a água caiu em cima de Zane. Ele parecia tão, mas tão sexy, que foi difícil continuar o diálogo com Erin, que estava ao meu lado. A guitarra, o solo e a maneira que ele encarou a câmera, como se pudesse comê-la com os olhos, fez todos os pelos do meu braço levantarem.

Acho que essa era uma vantagem sensacional de ser noiva do guitarrista da The M's. Zane D'Auvray nunca perderia o sex appeal, nem sobre o palco, nem atrás das câmeras, nem entre quatro paredes, quando só existia nós dois.

E agora faltavam apenas três dias para ele ir em um cruzeiro erótico com os amigos. Quanto mais perto chegava do dia, mais a confiança toda que garanti a mim mesma que tinha ia se esvaecendo. Ele era lindo, Jesus Cristo, Zane era o homem mais sensual que já tive a oportunidade de colocar os olhos, e não é porque estava apaixonada por ele, mas pelo simples fato de que aquele londrino nasceu para impressionar.

As mulheres iam cair em cima dele. Droga, ele me amava, eu não era tonta, mas uma mulher pode ficar com um pouco de insegurança quando se trata do Zane, não é? Ele era perfeito, estaria em um ambiente propício ao sexo e minha mente começou a criar cenários que não faziam sentido algum.

Bem, quer eu imaginasse um monte de abobrinhas ou não, os meninos iam, estava certo já.

— Ele está vindo — Erin me avisou e deu um pulo da cadeira, já caminhando em direção ao seu namorado. — Daqui a pouco, nós voltamos a conversar.

Eu não tinha escutado uma palavra do que aparentemente conversamos, mas tudo bem...

Zane chegou perto, com os cabelos pingando, as tatuagens exibidas maravilhosamente na pele bronzeada de sol. Sem camisa, as meninas do estúdio estavam suspirando secretamente, e ele sequer notou como era admirado. Os olhos quentes e castanhos estavam somente em mim.

É, talvez isso fosse um tapa na cara do meu ciúme besta.

Aline Sant'Ana

152

— Você está com calor? — perguntou, erguendo uma sobrancelha em desafio, com o início de um sorriso aparecendo na boca bonita.

— Um pouco.

— É? — insistiu e se inclinou sobre mim, colocando as duas mãos apoiadas nos braços da cadeira. Eu engoli em seco; provavelmente nunca me acostumaria com toda a aura sexual que Zane emanava. — Interessante. Eu podia jurar que aqui estava mais fresco do que onde eu estava, embaixo de todas aquelas luzes.

— Nossa! Nem percebi — entrei no jogo.

— Tem certeza que é por causa da temperatura? — Desceu o rosto em direção ao meu. Minha respiração ficou presa nos pulmões, meu coração galopou dentro do peito, e ele abriu o sorriso completo enquanto fitava meus olhos. Encarei sua boca e umedeci a minha, subitamente seca.

— Tenho. Não tem nada a ver com meu noivo vestindo uma calça de couro, com água por todo o corpo, tocando uma guitarra e com um olhar de me-fode-agora para as lentes. Não, naaaaada a ver — frisei, estreitando os olhos.

Ele riu.

— Como era o meu olhar?

— Me-fode-agora — repeti.

— Cara, você fica linda quando fala palavrão, Kizzie.

Soltei uma gargalhada.

— Você adora me provocar.

— Hum, é... eu curto pra cacete.

Ele completou o espaço que faltava e nossos lábios se uniram. Zane segurou meu rosto para ditar o ritmo do beijo, enquanto sua língua, bem calorosa, entretinha a minha dentro da boca. Eu fechei os olhos, sabendo que ficaria em breve uma noite inteira sem esse carinho, sem seu corpo molhado colado no meu... Ah, Jesus! Como eu ia sobreviver a uma noite sem Zane D'Auvray? Parecia exagero demais, no entanto, na nossa realidade de fazer sexo todos os dias, numa frequência bem impressionante, eu já estava acostumada àquele homem me deixando enlouquecida na sua cama.

Zane se afastou do beijo e, para me provocar, passou a ponta da língua no meu lábio inferior.

— O calor passou?

— Aumentou — resmunguei.

Uma noite sem você

A risada dele foi rouca e um pouco selvagem quando se afastou.

— Você me deixa maluco — acusou, raspando a boca na minha. — Não sei como vou ficar uma noite sem você.

— Bingo.

Um brilho bonito passou em seus olhos.

— Estava pensando nisso?

— Sim.

Ele riu baixinho.

— Tem certeza de que não quer ir comigo?

— Não posso, Zane. Yan precisa de vocês. Não posso te querer o tempo todo pra mim.

— Na verdade, você pode sim.

Sorri.

— Vou ter a vida inteira ao seu lado, posso te emprestar por uma noite.

— E é tudo isso que vai ser — falou, olhando-me com atenção. — A festa dura vinte e quatro horas, mas só vamos no início da noite mesmo.

— Eu sei.

Zane se abaixou para me dar mais um beijo. Dessa vez, foi só um bem suave no canto da boca.

— Preciso voltar ao trabalho.

— Por favor, se não...

— É. — Ele riu, entendendo bem o que eu queria dizer. — Compartilho o sentimento.

Zane

Depois que ficamos livres dos compromissos da banda, pudemos pensar sobre a festa vip do transatlântico erótico. Como a data já estava chegando, precisei pedir para um dos *personal stylist* arrumar uma fantasia para mim e os caras.

Claro que, para ficar realista o negócio, a gente teve que entrar na dança.

Ficamos todos no meu apartamento enquanto éramos maquiados e essa

154

porra aí. Eu odiava, mas tinha que ficar legal. Afinal, um pirata precisa passar aquele negócio embaixo dos olhos, no maior estilo Jack Sparrow, e não que eu fosse vestido como ele, pelo contrário, mas os piratas são selvagens, assim como os rockstars. Os caras estavam acostumados a colocar aquele grafite embaixo do meu olho antes do show — seja lá como se chama aquele negócio —, então estava tudo bem.

A minha fantasia era muito personalizada, cara. O negócio devia custar uma fortuna, porque realmente parecia que eu tinha pulado para uns séculos atrás. A calça era daquelas que ficavam folgadas na parte das coxas, preta, e acompanhava uma bota que ia até o joelho, deixando tudo justo dali para baixo. A camisa creme era de manga comprida, folgadona também, com um profundo decote na frente. Como estava um calor do caralho e eu ainda ia ter que colocar o casaco da fantasia, deixei a camisa toda aberta. Passei uma faixa vermelha na altura do cinto, bem em cima do quadril, e coloquei a arma de mentira ali e um facão sem corte do outro lado. Depois, joguei o casaco pesado sobre os ombros. Tinha aqueles cortes do século passado, cheios de detalhes em dourado em cima do preto, abotoaduras nas mangas justas e ia até o meio das minhas coxas. Coloquei uma bandana vermelha na cabeça, dei um nó atrás e, por fim, o chapéu, daqueles de pirata mesmo. Preto, com os mesmos detalhes em dourado, e era grande, no maior estilo.

Me levantei e esperei os caras se arrumarem. Yan ia de espartano, o que era a cara dele, de qualquer forma. Carter ia de policial e Shane, de bombeiro. Os caras se arrumaram pra valer, as fantasias eram muito realistas e eu podia reclamar sobre os *personal stylist*, mas eram bons sim para nós, resolviam essas pendências em bem menos tempo do que o esperado.

Kizzie, que estava conversando com seu pai no telefone por mais de uma hora, não viu a movimentação nem a gente se aprontando. Carter ligou para Erin e pediu que ela aparecesse, mas também não tinha chegado. Eu estava morrendo de curiosidade de ver a cara delas, porque, na boa, estávamos gostosos pra caralho.

Olhei para os caras.

— Vocês sabem que vão ter que se comportar, certo?

— Eu não — Shane disse, malicioso.

— Vou ficar tranquilo — Carter falou, sincero. Assim como eu, ele tinha uma mulher que amava.

— Só quero ouvir música e perder meu dinheiro no cassino. — Yan abriu um sorriso honesto, e fiquei feliz por vê-lo um pouco alegre.

Uma noite sem você

— É, caras. Considerem isso a minha despedida de solteiro, porque uma festa assim, de novo, só se eu levar a Kizzie.

Yan me encarou, surpresa passando por seu semblante.

— Eu nasci pra ver esse dia.

— Inacreditável — Carter falou, também chocado.

— Já sabia que ia acontecer — disse Shane, bem tranquilo.

— Eu pedi ela em casamento, caras. Não devia chocar vocês o fato de eu amá-la.

— Amar quem? — Ouvi uma voz feminina e algo caiu no chão, um objeto que, sem dúvida, foi quebrado. — Meu Deus!

Olhei para trás, vendo Kizzie encarar nós quatro com choque no rosto. Ela levou a mãos aos lábios e suas bochechas ficaram vermelhas.

— Nossa... eu... *nossa*!

Abri um sorriso de canto. O celular dela tinha caído no chão e ela nem se deu conta.

— Oi, Marrentinha.

Ela me olhou, realmente me vendo, descendo aqueles pequenos pontos de mel por cada pedaço do meu corpo. Kizzie ficou ainda mais vermelha e foi inevitável soltar uma risada.

— Olha, sem querer ser chata, mas vocês vão sair *assim*? Quer dizer, as mulheres vão pular em cima de vocês no segundo em que virem, bem... meu Deus. — Ela levou as mãos aos olhos, escondendo-os. — Se as fãs de vocês vissem isso, iam desmaiar. Eu, que sou a pessoa mais controlada do universo, já estou com taquicardia.

— É? — Shane questionou, olhando para sua fantasia. Ele tinha aquele casaco amarelo de bombeiro aberto e o suspensório vermelho mostrando o peito nu embaixo da roupa. — Eu quero que elas se joguem em cima de mim. Já Carter, Yan e Zane vão ter que dizer vários nãos. Mas, pensa assim, Kizzie: para cada não que eles derem, eu posso dar um sim. E eu aguento todas as afirmativas que eu puder oferecer.

Kizzie tirou a mão do rosto e bufou.

— Você, Shane D'Auvray, trate de se comportar também! Não estou pedindo para ser santo, mas toma cuidado com quem você se envolve lá. Sei que é seguro, sei que Mark vai com vocês, mas, se alguma fã reconhecê-los e ligar os pontos sobre o fato de você estar junto da The M's, a notícia de que você é o novo baixista

Aline Sant'Ana

vai vazar e esse ainda não é o momento.

— Não tenho como controlar isso, mas vou tentar não beijar nenhuma fã nem ficar muito perto dos caras.

Kizzie suspirou, aliviada.

— Obrigada.

As portas metálicas se abriram e escutei os saltos da namorada do vocalista. Virei o rosto para vê-la e seus olhos imediatamente foram para Carter e a roupa que ele usava. Os óculos Ray-ban, que eu emprestei, o quepe policial e toda a fantasia.

— Meu Senhor Jesus — murmurou, depois me olhou e foi para Yan e Shane. — Santo Cristo. O que vocês... meu Deus! Isso parece um show do Magic Mike!

— Você já assistiu um show do Magic Mike? — Carter questionou, estreitando os olhos.

A ruiva ficou da cor dos seus cabelos.

— Não! Quer dizer, Lua já me obrigou a ir em um clube... De qualquer maneira, vocês estão muito bonitos.

Carter se aproximou dela e puxou-a pela cintura.

— Erin Price, você tem o direito de permanecer calada, tudo o que disser poderá ser usado contra você no tribunal... — murmurou e a beijou. Claro que eu desviei os olhos e olhei para Kizzie, enquanto Yan e Shane engatavam em uma conversa.

Cara, ela estava muito louca por mim naquele segundo. Não parava de estudar meu corpo, não conseguia ficar sem olhar para cada detalhe da fantasia. Parecia encantada e eu queria tanto, mas tanto, poder transar com Kizzie enquanto ela tinha essa espécie de adoração dançando em seu rosto.

Fui devagar até ela.

— Estou com ciúmes — confessou, passando as mãos no meu peito até chegar à barriga, me deixando arrepiado embaixo do seu toque. Com cautela, subiu os olhos para os meus e abriu um meio-sorriso. — Morrendo, na verdade, só de imaginar as mulheres que ainda vão te olhar e te desejar da mesma maneira que eu olho — subiu na ponta dos pés para alcançar minha boca —, que eu desejo.

— Do que adianta elas me olharem, do que adianta desejarem? — murmurei quando ela se afastou e peguei sua mão, encarando o anel de rubi que a fazia minha e girando-o. — Só você tem isso.

— Eu sei.

Uma noite sem você

Levei sua mão até a boca e beijei o anel.

— Tem certeza de que não quer ir comigo?

Ela titubeou e olhou além de mim. Acompanhei sua linha de visão e vi que estava observando Yan sorrindo.

— Ele precisa se lembrar de como pode se divertir com vocês. Isso não é um passeio de casal. Yan precisa dos amigos, Zane.

— É, mas...

— Vou ficar bem, é só por uma noite — garantiu.

Mas eu sentia que ela e Erin estavam inseguras. Cara, poderia aparecer a Katy Perry naquele cruzeiro que eu não ia ceder. Kizzie não compreendia, talvez não entendesse totalmente, que eu só tinha olhos para ela.

— E também vou sair com Erin. Acho que vamos para um clube, dançar e nos divertir. Não vamos ficar em casa entediadas.

Ergui a sobrancelha.

— E você vai se comportar?

— É claro que eu vou!

— Leve um segurança com você.

— Vou levar — prometeu, dando um beijo nos meus lábios.

Kizzie

Eu nunca pensei que fosse possível, mas sim... a The M's em peso, fantasiada dos desejos sexuais secretos de qualquer mulher, era complicado demais até para respirar. E não era apenas meu noivo, todos estavam impecáveis. Acabei pedindo para tirar uma foto com eles. Mesmo que não fosse o tipo de pessoa que gostava de me exibir, essa era a típica foto que não poderia perder a chance de tirar. Erin, aproveitando a deixa, também tirou. No entanto, a alegria de estar perto deles foi cessando quando a tarde foi chegando. Os meninos precisavam ir embora antes das duas da tarde, principalmente porque o cruzeiro estava ancorado muito longe e não podiam pegar trânsito.

Mark chegou na hora combinada, também fantasiado, o que foi um pouco chocante... mas me lembrei que ele não poderia ter acesso ao cruzeiro sem estar assim. Ver Mark de qualquer coisa senão o terno e gravata me fez abrir um sorriso.

Aline Sant'Ana

158

Ele estava vestido de Arqueiro Verde, com a máscara e tudo.

Me aproximei dele e toquei a roupa, percebendo que era dura como uma armadura mesmo.

— Caramba, Mark! Você caprichou.

— Eu já tinha essa fantasia em casa. — Sorriu.

— Então, posso pedir que cuide dos meninos? Eu acabei de derrubar o meu celular, então só vou poder ser encontrada no número da Erin. Qualquer dúvida que você tiver, qualquer coisa que precise, não hesite em me chamar, por favor.

— Eu vou te ligar de uma em uma hora para te dar uma atualização, tudo bem?

— Não precisa — garanti. — Só ligue se precisar de alguma coisa.

— Certo.

Os meninos começaram a se ajeitar para sair, além da equipe que os arrumou. Zane se aproximou, me deu um beijo que tirou meu fôlego e, quando eles foram embora, eu e Erin ficamos sozinhas. Ela se sentou no sofá do Zane, observou as guitarras na parede e me encarou.

— Quando o Carter precisa viajar para alguma coisa e não posso acompanhá-lo, sinto que um pedaço meu foi levado embora. Essa é a primeira vez que vai ficar longe do Zane desde que ficaram noivos, né?

Sentei ao lado dela e olhei além da varanda, para o céu muito azul sem qualquer nuvem.

— Sim. Eu nem sei como aconteceu, mas acabei me mudando para cá sem ver. Trouxe minhas roupas e Miska. — Olhei para a gata, que estava dormindo na caminha desde o almoço e nem se importou com a movimentação e a saída dos meninos. — Ainda precisamos ver o que vamos fazer, onde vamos morar, depois de casarmos.

— Vocês podem ficar aqui até terem uma ideia melhor — Erin sugeriu. — Eu fiz a mesma coisa com Carter, sabe? Lua também fez com Yan. Acabou que todo mundo ficou junto no mesmo prédio. Agora fico me perguntando se Shane pretende morar por aqui também.

— Ele ainda não começou a ver um lugar para morar, né? Ele precisa. Não pode mais ficar com os pais depois da fama.

— Sim, Carter me disse que Yan está vendo essas coisas com ele.

— Shane é uma boa distração para o Yan.

— Ele é. — Erin soltou um longo suspiro. — Lua me ligou ontem à noite.

Uma noite sem você

Carter estava do meu lado e ela parecia tão bem-humorada. Acredito que ela tente me mostrar que está tudo bem, mas eu consigo ouvir além da sua voz e do seu sarcasmo de sempre.

— Já tentou perguntar aos pais?

— É em vão. A mãe dela é um amor sempre, ela ama o Yan e até me perguntou como ele estava. Mas o pai da Lua... ele é esquisito às vezes.

— Tem alguma coisa mal contada nessa história.

— Mas vamos falar de coisas mais descomplicadas. Me conte como está o Zane com você.

Sem que pudesse conter, abri um sorriso.

— Ele é maravilhoso, Erin. Parece que tenta me compensar todos os dias, me provar a todo momento que só tem olhos para mim. Eu não sei, depois do Christopher, achei que não poderia ter fé em relacionamentos de novo, mas Zane... ele é perfeito.

— Quando eu tive um problema com o Carter, depois do cruzeiro, Zane foi me visitar para tentar fazer eu voltar com o amigo. Ele apareceu na minha casa, com aquele jeito dele todo errado, falando sobre o amor e a sorte que eu tinha de poder amar alguém. — Erin me olhou significativamente. — Zane pareceu acreditar que era mesmo incapaz de se apaixonar, Kizzie. Meu coração se partiu por ele, eu quis muito vê-lo apaixonado, porque ele tem quase trinta e nunca tinha sentido o amor. Nem uma primeira paixão? Não parecia justo, entende?

— Agora ele parece sentir tudo em dobro. É cuidadoso, mas não perde a essência de quem é.

— O sex appeal? — Erin ergueu a sobrancelha, me provocando.

— É como ter um amante e um noivo ao mesmo tempo.

Ela gargalhou.

— Eu imagino. É isso que faz o relacionamento de vocês ser tão incrível. Ano que vem, quando tivermos tempo, vamos começar os preparativos do casamento, não é?

— Sim... eu já decidi algumas coisas.

Acabei contando para Erin que sonhava em casar em um ambiente tranquilo, nas montanhas, algo calmo e em um campo, com muita grama aparada e flores coloridas. Ela me escutou com muita atenção, parecendo fazer anotações mentais. Acabou me falando que eu poderia decorar tudo em cores quentes, que combinam bem com a ideia de um casamento ao ar livre. Eu gostei de todas as

Aline Sant'Ana

dicas e a conversa foi tão longa que não vimos o tempo passar. Às seis da tarde, Erin deu um pulo e disse que precisávamos fazer a minha despedida de solteira.

— Mas eu não tinha pensado sobre isso... achei que íamos para um clube.

Erin sorriu.

— O seu noivo está em um cruzeiro erótico e você vai ficar numa balada sem graça? Precisamos ir para um ambiente diferenciado. A Lua me levou para um lugar uma vez e eu soube que eles fazem ótimas despedidas de solteira no novo clube que inaugurou. Talvez nós pudéssemos dar uma passadinha, como quem não quer nada...

— Será?

A ruiva corou antes de dizer:

— Com certeza.

CAPÍTULO 11

I don't wanna live forever
'Cause I know I'll be living in vain
And I don't wanna fit wherever
I just wanna keep calling your name
Until you come back home

— Taylor Swift feat Zayn, "I Don't Wanna Live Forever".

ZANE

O navio que fomos para a tal festa era ainda maior do que o da experiência que tivemos anteriormente. A entrada era pouco iluminada de propósito e a decoração variava entre tons escuros de roxo, detalhes em creme e preto. Peças de arte estavam dispostas na parede, todas tão caras que deveriam valer a porra da minha conta bancária. Não havia dúvida de que o dono da ideia era bilionário, que tinha uma vida confortável e que ninguém sabia quem o maldito cara era, mas, assim que fomos recepcionados por uma moça com um nome fantasia, eu percebi que o esquema todo era mesmo genial.

— Sejam bem-vindos à festa exclusiva do Heart On Fire, versão Deluxe, esperamos que aproveitem a experiência... — falou, assim que apresentamos o convite.

Ela disse tudo sobre como a festa seria, as pessoas que estavam lá, sem esconder que se tratava da classe mais alta da sociedade que já visitou a rede de cruzeiros. O Heart On Fire estava dividido pelos tipos de festa. Conforme o número no salão, você poderia identificar se era mais erótico ou não. Do número um ao cinco, a experiência era apenas musical, com dança e bebida, jogatinas de cassino e entretenimento. Do número seis ao dez, você já deixava a entender que estava ali para encontrar alguém que pudesse passar a noite, já que a sedução era liberada e beijos e outras coisas também. Nesses ambientes, existiam quartos, suítes temáticas, sendo que seria privativo o que quer que tivesse a intenção de ser feito. Já do número onze ao quinze, não era permitido entrar com qualquer roupa. Você entrava lá totalmente nu e se liberava para curtir a orgia que fosse, com quantas pessoas quisesse, da maneira que achasse mais interessante.

Ainda havia os clubes que eram chamados de X. Os clubes eram divididos por gênero: feminino e masculino. Só poderia entrar lá quem pertencesse ao gênero certo. A moça deixou bem claro que os clubes X eram para entretenimento

Aline Sant'Ana

162

específico. Mulheres dançavam nuas para os homens, no gênero masculino, e homens dançavam nus e faziam provavelmente uma performance tipo Magic Mike e aquela porra para as mulheres. A moça ainda disse que era permitido fazer sexo com qualquer dançarino ou dançarina que lhe atraísse. Se algum membro fosse homossexual, ia para os clubes chamados de Y, onde mulheres ficavam com mulheres e homens com homens. Afinal, o Heart On Fire era livre para todos os tipos de prazer adequados a você.

Não preciso dizer que o Shane queria ir para a festa X.

— Elas vão estar dançando — avisou ele, assim que passamos a porta de entrada. — Não precisa fazer nada com elas se não quiser.

— Cara...

— É despedida de solteiro, porra. Você tem que curtir — Shane insistiu.

Olhei para Carter, que deu de ombros, parecendo entediado. Yan estava neutro, como sempre. E Mark, que tinha se afastado de nós para olhar o ambiente, não estava por perto.

— Vocês querem ir?

— Vamos ao bar primeiro — Carter sugeriu. — Do número um ao cinco. Preciso de bebida.

— Esta noite eu vou beber — Shane avisou, me lançando um olhar. — Eu sei que bebida é foda, que eu não deveria, por causa das outras coisas que eu fiz, mas...

— Você não vai beber, Shane.

— E eu vou ficar curtindo isso aqui sem porra nenhuma no sangue?

— Bebida é porta de entrada, você sabe disso — rebati.

— Eu quero beber.

— Foda-se, você não vai. Vamos encontrar algo sem álcool.

— Cara, se eu não posso beber, o que eu vim fazer aqui?

Acabei perdendo a paciência. Coloquei Shane contra a parede, segurando-o pela roupa de bombeiro. Encarei os olhos do moleque que vi crescer, que vi quebrar, que me fez surtar como nunca antes na vida, e estreitei as pálpebras.

— Você é responsável pelas escolhas que faz na vida e optou por entrar na The M's. Quando assinou aquele maldito contrato, assinou também para se tornar um cara melhor. Bebida, para você, não é apenas bebida, é a porta de entrada para voltar a usar cocaína, para se perder naquela merda de limbo de novo. Enquanto eu estiver aqui, respirando e em pé, você não vai tocar em nada, Shane! Está me

Uma noite sem você

ouvindo, porra?

Mark se aproximou, pronto para interceder, mas Yan veio primeiro.

— Zane, relaxa. — Yan segurou meu braço e me afastou do Shane. Ele encarou o caçula dos D' Auvray e respirou fundo. — Você não precisa de bebida para ficar de pau duro, precisa?

Shane piscou, atordoado. Encarei Yan, pensando que ele tinha falado qualquer outra coisa além do que saiu dos seus lábios.

— Precisa, Shane?

— Não.

— Isso aqui é um cruzeiro erótico. Você quer transar, não quer?

— Sim...

— Não precisa de álcool. Seu pau é saudável. Agora, vamos para o bar.

Esperei Shane rebater Yan, mas ele ficou em silêncio e escutou o cara. Surpresa passou pelos meus olhos e Carter também encarou tudo com a mesma incredulidade. Mark, tão indiferente como sempre, só ousou piscar uma porção de vezes mais, como se tivesse sido surpreendido.

Yan sabia lidar com Shane, era inacreditável isso. O controle que exercia nas pessoas merecia ser estudado, porra.

Quando os ânimos se acalmaram, caminhamos pelo corredor até nos depararmos com uma escada de quatro divisões para os andares superiores. As pessoas estavam circulando com suas fantasias, indo e vindo em cada festa, conhecendo o lugar sem pressa. Os números direcionavam para as escadas e a parte inferior era do tal dos clubes X e Y. Por incrível que pudesse parecer, as músicas não se misturavam, porque no salão de entrada apenas uma música clássica tocava.

— Um ao cinco é por aqui — Mark ditou o caminho e nós o seguimos.

Fomos em direção à segunda porta. Abrimos e fechamos em nossas costas. Outro corredor apareceu e abrimos a única entrada disponível. Assim que o fizemos, um estrondo de música eletrônica vibrou por todo o meu corpo. E, cacete, que festa sensacional! Luzes multicoloridas pintavam as pessoas fantasiadas, que dançavam e pulavam ao som de um DJ famoso. Ninguém estava se beijando ou se pegando; a multidão sabia que ali não era o ambiente para isso, e as pessoas estavam provavelmente querendo imergir na ideia do cruzeiro e ficarem bêbadas.

No bar, os funcionários viravam as bebidas com maestria no ritmo da música. Porra, era muito foda. Sem que pudesse me conter, comecei a entrar na dança Yan

Aline Sant'Ana

abriu um sorriso e se aproximou da minha orelha para poder falar.

— Acho que aqui não tem cassino, mas deve ter em outra festa. Quer curtir aqui um pouco antes de perder até a porra da cueca no pôquer? — perguntou, sendo um pouco ele mesmo de novo.

— Vai se foder, você sabe que eu ganho.

— Você nunca ganha. Sempre sei quando está mentindo.

— Vamos ver, então.

— Cacete! — Shane gritou, virando-se para nós. — Isso aqui é o paraíso!

— É, cara. Aproveita — Carter falou bem alto para que pudéssemos ouvi-lo. — Vou para o bar. Vamos?

Fomos juntos, tendo que arrumar espaço na pista até chegarmos ao destino. Sentamos em cinco bancos de madeira ao lado um do outro e eu me inclinei para falar com o barman.

— Cara, você tem algo sem álcool aqui?

— Tem sim — ele respondeu. — Coquetéis. Quantos precisa?

— Um para aquele cara ali. Para mim, pode ser uma dose de uísque duplo com gelo. — Procurei Yan com o olhar. — O que você quer?

— Tequila.

— Mark?

— Não vou beber, Sr. D'Auvray.

— Carter?

— Cerveja.

O barman nos atendeu bem rápido, já que o bar estava vazio e as pessoas queriam mais era dançar e suar os corpos do que outra coisa. Provavelmente já tinham bebido todas, de qualquer forma.

— Então, preciso saber como você descobriu sobre isso aqui, Zane — Shane questionou, virando o coquetel. Ele enrugou o nariz, porque queria que fosse álcool, mas eu sequer dei importância.

— Foi em uma das festas que fui por aí. Encontrei um grupo bem maluco que tinha acabado de gravar um filme, ou algo assim. A porta-voz deles me disse que os astros de Hollywood vinham muito para o cruzeiro erótico e na hora eu pensei que seria a deixa perfeita para o Carter sair da fossa.

Ele me olhou sobre o copo de cerveja e sorriu.

Uma noite sem você

— Cara, isso aqui é mesmo fantástico. — Shane olhou para um grupo de meninas dançando e se esfregando umas nas outras. — Sabe que é o momento perfeito para eu estar aqui?

— Por quê?

— Terminei meu relacionamento com as três, entrei para a banda... — ele interrompeu o que ia dizer em seguida e franziu a sobrancelha.

— O que foi, Shane?

— Nada.

— Fala, porra.

— Nada, cara.

Me inclinei, mantendo a voz baixa, de modo que só ele pudesse ouvir.

— É a Roxanne?

Espanto surgiu em seu rosto.

— Por que você sempre leva as coisas para a minha amizade com a Querubim?

— Porque você é burro pra cacete e não assume que tá apaixonado por ela.

— Ela é a minha melhor amiga, porra!

— Então por que você tá tão estressado?

— Eu sei lá. Quero esquecer esse assunto hoje. Será que podemos?

Depois do que aconteceu com Shane, eu duvidava que ele fosse assumir o que sentia por Roxy. Que porra, cara. Por que sempre tem que haver um problema que impede as pessoas de seguirem em frente?

Olhei para Yan, que estava no terceiro *shot* de tequila, perdido em seu próprio mundo. Pensei que não era justo um cara tão legal ter se fodido devido a uma escolha errada, mas a vida é isso. Qualquer passo errado não é perdoado e a gente tem que viver com as consequências.

Eu não ia deixar o cara ficar na fossa, de qualquer maneira. Carter, que estava em um assunto com Mark, parou de bater papo e se meteu.

— Vamos dançar? — questionou, como se lesse a minha mente.

— Isso é meio suspeito, quatro caras dançando juntos — Shane falou.

— Cala a boca, cara. Olha quanta gente na pista. Vamos!

Aline Sant'Ana

Kizzie

Me arrumei com Erin de modo que nós duas parecêssemos uma dupla dinâmica pronta para o crime. Olhando no espelho, eu com um macaquinho preto e justo e ela, de vestido que beirava os joelhos, mas totalmente colado no corpo, azul-marinho, ninguém dizia que estávamos comprometidas com alguém, porque as roupas eram próprias para uma noite de festa em comemoração à solteirice. Na verdade, fazia bem para a autoestima se arrumar desse jeito; nunca pensei que pudesse ficar com os olhos tão marcados em um delineado pin-up e o batom vermelho chamativo que traçava bem cada parte do rosto. Erin arrumou meu cabelo e eu arrumei o dela. Em questão de duas horas, estávamos impecáveis. Oliver me ligou, perguntando o que eu estava fazendo. Consegui salvar ao menos o meu chip do celular e passei para o da Erin, que cabia dois chips. Graças ao choque de ver os meninos daquela maneira, quebrei a tela do celular.

— Despedida de solteira? — me perguntou ao telefone, não disfarçando a surpresa.

— Sim! Zane está na dele e eu vou para a minha.

— Caramba... mas... você quer que eu vá junto?

— Não, Olie. Trate de ficar por aí mesmo.

— E você vai sair só com a Erin? — perguntou, chocado.

— Noite das meninas, querido.

Desliguei o aparelho e entreguei para a Erin. Sem recebermos qualquer ligação do Mark, estávamos prontas, mas Erin quis passar em um lugar antes.

— Acho que podemos chamar Roxanne para ir com a gente — falou, virando a esquina do bairro da família dos D'Auvray.

— A amiga do Shane? Eu ainda não a conheço.

— A Roxy é um pouco tímida, mas um amor de menina. Eu quero que ela faça parte, que sinta que faz parte, entende? É importante para o Shane.

— Claro. Eu vou amar conhecê-la.

— Quer ligar para a equipe do Mark e pedir que um vá até a boate que pretendemos ir?

— Sim, é uma boa.

Enquanto fazia a ligação, Erin parou o carro na casa ao lado dos D' Auvray. Assim que ela saiu, eu olhei para fora e o que vi foi um anjo conversar com Erin.

Ela tinha cabelos loiros platinados e um rosto de boneca de porcelana. Parecia sorridente enquanto Erin falava e espiou sobre o ombro da ruiva para me ver no carro. Acenei e ela acenou de volta, mas estava vestida como se estivesse pronta para uma maratona de Netflix. Erin continuou falando com Roxanne, que assentiu uma porção de vezes e arregalou os olhos. Escutei uma gargalhada de Erin e, depois de mais alguns minutos, Roxanne disse algo que fez Erin retornar para o carro.

A ruiva abriu a porta e se jogou no banco do motorista.

— Ela vai se arrumar. Disse que nunca foi em um lugar assim, mas que pretende se divertir. Falou algo sobre avisar ao namorado e me pediu quinze minutos.

— Uau! Ela se arruma rápido.

— E não é? Ela parece um anjo, você percebeu?

— É linda, realmente. — Fiz uma pausa, pensando longe. — Ela e Shane... será que não há possibilidade?

— Ela namora, pelo que entendi. Está bem apaixonada.

— Ah, é uma pena.

Erin sorriu tristemente.

— Eu também acho.

Roxanne se arrumou no tempo previsto. Colocou uma calça jeans com vários rasgos, saltos altos e uma camiseta preta transparente, que exibia o sutiã da mesma cor. Os cabelos compridos e loiros estavam com certo volume e a menina caprichou na maquiagem dos olhos, deixando quase nada para os lábios delicados.

Assim que entrou no carro, se dirigiu a mim.

— Então, você é a responsável pelo Casanova sossegar?

— Casanova?

Ela riu.

— Não estou acostumada a falar sobre eles com os nomes mesmo, cada um tem um apelido — explicou jovialmente, sua timidez não transparecendo.

— É um prazer enorme conhecer você.

— Fico muito feliz em te conhecer também, Kizzie. Jamais pensei que fosse possível o Casano... Zane se apaixonar, mas os D'Auvray estão destinados ao amor, cedo ou tarde. Pelo menos, é o que a tia Charlotte sempre me diz.

Um sorriso doce se abriu em seu rosto de anjo ao falar da mãe dos meninos.

— Você é amiga da mãe deles, Roxanne?

Aline Sant'Ana

— Pode me chamar de Roxy. E sim, claro. Conheço-a desde sempre. — Soltou um suspiro. — Eu fico feliz de ir na sua despedida de solteira, obrigada pelo convite. Nunca fui a uma festa assim, meu namorado ficou enciumado.

— Contou *mesmo* para ele? — Erin questionou, com malícia na voz.

— Eu precisei contar.

— E qual é o nome do homem que roubou seu coração? — questionei.

Roxanne abriu os lábios para dizer, mas os fechou em seguida, como se precisasse pensar muito sobre isso.

— Gael Rocco — respondeu, por fim, corando.

— Nome forte — Erin elogiou.

— É... — Roxanne se acomodou melhor no banco traseiro. Não pude ver direito seu rosto, mas, mesmo assim, fiz questão de olhá-la. — Um nome bonito para o amor de uma vida.

— Uma vida? — Erin não entendeu o que Roxy quis dizer, mas eu sim.

Um nome bonito para o amor de uma vida; uma que não fosse a sua.

ZANE

Eu estava pingando de suor, dançando como nunca fiz na vida, como nunca pensei ser possível dançar, até porque eu só tinha gingado na cama; na pista, francamente, eu era um bêbado que não conseguia coordenar passos. Shane sempre foi o prodígio da família nessa área, o cara é tipo um amante latino na pista. Perdi a conta de quantas mulheres dançaram com ele e do quanto ri do seu poder de sedução, parecido com o meu. Shane não tinha pretensão de que era o homem mais foda dali, mesmo assim, agia como se tivesse o mundo na palma da mão. E eu, cara? Eu não dancei com mulher nenhuma, dancei sozinho, liberei meu corpo para fazer movimentos que sequer sabia. Na boa? Se eu treinasse essa porra direito, ia ficar bom. Afinal, a pista de dança não era tão diferente do sexo... encontrei muitas semelhanças, na verdade.

Yan se divertiu pra caralho também. Meu Deus, eu vi o cara gargalhar e tive esperança de que pudesse, finalmente, encontrar sua paz. Não ficou com ninguém — ali não era lugar para isso e eu sabia que seu coração pertencia à Lua Anderson —, mas dançou com as mulheres que se jogavam em seus braços. Não era difícil se jogar para um espartano, né? Sei lá, acho que elas tinham tara pela pouca roupa, mas ele dançou, respeitando espaços, sendo educado e gentil, controlador, como sempre era. Riu de alguns passos errados que fez, de algumas meninas que pisaram nos seus pés, e agiu com muito bom humor. Eu e Carter ficamos contentes por ele.

Assim como eu, Carter não dançou com ninguém, apenas sozinho, curtindo a vibe da música. O DJ sabia bem o que fazia, porque a batida era fantástica e te fazia dançar mesmo que não quisesse. Sequer vi quantas horas se passaram enquanto curtia, longe dos problemas e das preocupações. A única presença que faltava era das meninas, porra, eu me arrependia de morte de não ter trazido Kizzie. Dançar com ela no meio dessa gente toda ia ser espetacular.

Depois de muito cansar os pés, saímos da festa e fomos para o tal clube que o Shane queria. Nossa próxima parada, depois disso, era encontrar um ambiente com cassino, para eu mostrar ao Yan como se joga pôquer de verdade. Ele acreditava que eu não era bom — que idiota! —, mas mal sabia que sou fantástico nessa porra. Fazia tempo que competíamos com pôquer, ele perdia, mas não aceitava perder. Eu ia tirar uns bons milhões daquela conta gorda do baterista, ele ia ver.

Mark nos acompanhou no percurso. Ele não dançou durante a festa, mas foi muito assediado. Cara, ele não movia um músculo, era de um profissionalismo fora do comum. Quando os caras estavam indo na frente, prontos para entrar no clube X, eu segurei seu braço e o fiz olhar para mim.

— Eu sei que você tem essa pinta de guarda-costas, meio Arqueiro Verde e tal, mas você pode curtir.

— Não, Sr. D'Auvray. Se eu "curtir", vou acabar perdendo o bom senso e não é interessante. Preciso estar sóbrio e são para qualquer eventualidade. Apesar de estar fantasiado, não vim para me divertir.

— Cara, você está em um cruzeiro erótico!

Mark sorriu.

— Por mais tentador que seja, eu não posso.

— As mulheres estão caindo em cima de você.

— Eu sei, Sr. D'Auvray.

— Você está dizendo não para sexo, Mark.

— Entendo perfeitamente o que estou negando.

— Você é um santo.

Mark sorriu.

Aline Sant'Ana

170

— Sou tudo, Sr. D'Auvray, menos um santo.

— É, um dia vou tentar descobrir onde fica o botão que você liga e fica todo profissional. Cara, você tem que relaxar mais.

— Eu posso sair um dia com o senhor e esquecer a minha profissão — prometeu. — Mas só quando não houver perigo iminente de algo acontecer.

— Sempre tem, né?

— Um dia vocês vão ter paz, Sr. D'Auvray — me garantiu, antes de abrir a porta pela qual os caras já tinham passado.

— Mas que porra é essa? — questionei, abrindo os lábios.

— É, Sr. D'Auvray, acho que isso é o início da sua despedida de solteiro.

Havia mulheres nuas em todos os lugares, fazendo pole dance com seus corpos não cobertos por absolutamente nada. Estavam mascaradas, embora. Só éramos capazes de ver a cor dos olhos, o formato da boca e a cor dos cabelos. Não que os homens estivessem prestando muita atenção, porque... porra. Desviei os olhos e continuei a caminhar.

Shane travou no caminho e Yan, gargalhando, deu um tapa na nuca do garoto. Carter pareceu chocado, mas sequer deu muita bola. Mark, profissional como sempre, só foi protegendo nossas costas.

— Caralho, Kizzie ia cortar meu pau fora se me visse aqui — falei para Mark.

— Então é bom continuar andando, Sr. D'Auvray.

Sorri.

— Eu não seria capaz de traí-la, Mark. Já vi muitas mulheres nuas na vida e ninguém fez eu me sentir como Kizzie faz.

— Não duvido disso.

Shane parou e observou gêmeas dançando em um lugar só, dividindo o espaço. Os olhos dele ficaram arregalados, e elas sorriram em retorno.

— Oi — ele disse para elas e uma se abaixou para vê-lo. Ela tocou o rosto do meu irmão e ele ficou visivelmente excitado.

Ok, informação demais. Eu precisava de mais uísque.

— Yan, vem comigo.

— Eu não vou ficar sozinho aqui — Carter falou, observando quando uma dançarina pulou do lugar para vir até ele. — Caralho, não vou ficar mesmo.

— Então vem — falei para ele, gargalhando muito ao perceber o desespero por trás dos óculos estilo aviador que usava. Yan riu demais e Mark, que sempre

Uma noite sem você

tentava ser indiferente, não conteve a risada.

Fomos até o bar e escolhemos nossas doses. Shane ficou entretido com as dançarinas, que foram... cacete... criativas demais. Os homens todos estavam bem acompanhados, as meninas eram boas no que faziam, mas estava claro que o entretenimento era a dança. Elas só ultrapassavam um limite quando era interessante para elas.

Inclusive a dançarina que pulou atrás do Carter encontrou outro brinquedo divertido no caminho.

— São nove horas da noite ainda, acredita? — Carter falou, preocupado.

— É só dizer não, cara. Quando se aproximarem, diz que é comprometido e pronto — Yan aconselhou.

— Eu sei, a questão não é essa, parece que estar aqui já é errado — resmungou, virando mais uma cerveja.

Eu bebi um gole de uísque. Dessa vez, sem gelo.

— Eu te entendo.

— Se estivesse comprometido, provavelmente me sentiria assim, culpado. Mas só estou aqui, como em qualquer outra festa maluca que fomos, só que sem vontade de ultrapassar um limite, entende? — Yan murmurou.

— É só observar, caras — aconselhei. — A gente está aqui por uma noite. Ela tende a passar bem rápido.

Mas não parecia que ia passar nunca, na realidade.

Eu entendia o Carter.

— É mesmo só uma noite. — Carter suspirou.

No entanto, uma noite pode durar uma eternidade, quando não se está ao lado de quem a gente ama.

Kizzie

Bebidas, música alta, homens tirando a roupa: um clube só para mulheres. Eu nunca pensei que fosse me divertir tanto, mas não era por causa da parcial nudez dos caras. A diversão estava em Erin, Roxanne e as amigas que Erin encontrou lá da sua agência de modelos. Uma delas também estava comemorando a despedida de solteira, tinha até um véu pequeno na cabeça para mostrar ao mundo que dali

Aline Sant'Ana

172

ia caminhar para o altar.

Particularmente, eu já tinha bebido tanto vinho e misturado com algum coquetel interessante que com certeza tinha vodca, que o mundo poderia acabar dali a um segundo que eu acharia maravilhoso. Só ficaria melhor se fosse o Zane dançando naquela cadeira e tirando a fantasia de médico.

— Meu Deus, esse é tão gostooooooso! — uma das amigas da Erin, acho que se chamava Jenny, falou na roda de meninas.

— Ele é — a noiva disse. — Você acredita que eu não consigo parar de me sentir culpada por estar aqui? Mesmo depois de ter bebido não sei quantas tequilas?

— Larga de ser boba, você não está fazendo nada de errado além de olhar — a suposta Jenny, uma modelo lindíssima, a repreendeu.

— Charles está num clube também — Helena, de quem não conseguiria esquecer o nome, por ser a mais ousada do grupo, comentou. — Deixa de ser besta, Nadya. Olha lá, ele está se aproximando.

Nadya tampou os olhos quando o homem se sentou no colo dela e começou a rebolar.

Graças ao bom Deus eu não coloquei um daqueles véus de noiva.

— Ela é a noiva! Rebola mais, pelo amor de Cristo — Helena reclamou.

O cara pegou as mãos da Nadya e as passou em seu corpo. Nadya virou o rosto para a possível Jenny e gritou:

— Não estou fazendo nada além de olhar, né?

— Passar a mão não é beijar na boca!

O dançarino sorriu e puxou Nadya, de modo que ficasse de pé. Ele começou a fazer movimentos bem sensuais nela e o volume da cueca branca foi gritante. Nadya ficou com as bochechas coradas e Roxanne, que estava perto de mim, começou a rir.

— Eu acho que depois dessa festa consegui meu ticket gratuito para o inferno.

— Somos duas, Roxy.

— Eu bebi pouco perto do que estou vendo agora — Erin murmurou. — Quem quer mais álcool?

Bebemos tanto que vimos o médico dançar, tivemos um borrão do militar e acho que a Roxanne ficou bêbada de verdade no instante em que nos deparamos com um grupo de dançarinos. As fantasias temáticas eram muito interessantes,

Uma noite sem você

mas eu já estava vendo só um bolo de pessoas, sem conseguir focar nos rostos.

— Chega de bebida para mim — respondi. Erin e Roxanne concordaram.

É claro que, quando percebemos que o álcool fez efeito, já é tarde e só tende a piorar com o tempo. Meu corpo estava leve, a minha mente rodava, e eu só queria os braços de Zane, mas as meninas me puxavam para dançar aquela música boa, e tudo parecia bem de novo. Perdi a noção do tempo, estava quase certa de que dancei mais do que em, sei lá, dez anos. Fui sensual ao extremo e nem percebi quando um dançarino vestido de roqueiro — eu sei, quais as chances, né? — simplesmente me puxou para que eu acompanhasse a dança que ele era pago para fazer.

Eu sabia que ele não ia ultrapassar o limite, porque não podia, devia ser questão contratual ou algo do tipo. Só ficou dançando comigo, fingindo que sua guitarra servia para alguma coisa além de tampar a ereção inevitável, e eu não vi como era seu rosto, porque não conseguia vê-lo direito como um todo.

— Você é um borrão — eu falei, certa de que as palavras saíram erradas.

— Você bebeu muito — avisou, dançando em torno de mim. — Acho melhor se sentar.

Obedeci, e os planos do Roqueiro Impostor mudaram para dançar no meu colo, fazendo o quadril ir e vir. Eu não achei sexy, não achei absolutamente nada, e comecei a rir quando o rapaz jogou a guitarra para longe e segurou minhas mãos.

— Interessante. Você também é noiva.

— É anel de formatura — menti.

Ele gargalhou.

— Por que não acredito nisso?

— Você pode acreditar no que quiser.

— Então posso dançar para você?

— Minha cabeça vai parar de girar?

— Não enquanto você estiver acordada.

— Faça o que você tem que fazer, moço.

Roxanne e Erin estavam dançando que nem malucas e não perceberam quando fui sequestrada pelo Roqueiro Impostor. Não sei quanto tempo passou entre irmos ao bar e eu me tornar alvo de um dos dançarinos. Como elas me largaram?

Olhei para as duas e estiquei a mão.

Aline Sant'Ana

174

Estavam longe demais.

— Do que você precisa? — o rapaz questionou, continuando seus movimentos sensuais.

— Eu quero as minhas amigas.

— Quer que eu as chame pra você?

— Por favor.

Eu pisquei várias vezes, tentando coordenar o cérebro, porém ele parecia uma gelatina, incapaz de raciocinar com precisão. A minha sorte foi que o dançarino não foi um babaca, ele realmente chamou Erin e Roxanne, e, quando elas voltaram, prontas para me acudir, eu fiquei enjoada.

— A festa ainda não acabou! — uma das amigas da Erin, que estava por perto, gritou.

De algum modo, para mim tinha acabado sim, porque eu não conseguia ficar em pé. A cadeira era tão confortável que achei que poderia ficar ali para sempre.

— Eu acho que vou dormir — avisei Roxanne.

Ela segurou meu rosto e focou em meus olhos.

— Você tá mal, Kizzie.

— Vamos para o banheiro — Erin pediu. — Ela vai vomitar.

Não sei como ela soube antes de mim, no entanto, no instante em que cheguei na privada, toda a bebida saiu pela minha boca.

— Ah, Kizzie... Despedidas de solteira são assim mesmo, por isso eu nunca vou ter uma — Erin garantiu, segurando meus cabelos. Roxanne estava perto e eu, jogada no chão, com a cara perto do vaso.

— Isso é horrível — resmunguei.

— Vamos esperar você melhorar e depois vamos pra casa — Roxy disse.

— Pior é que eu combinei com a Helena que íamos com ela para outra festa — Erin murmurou, arrependida.

Levantei o rosto para olhá-la.

— Outra festa?

— Helena é dançarina nas horas vagas, porque dá muito dinheiro. Enfim, ela tem um convite de um lugar que disse que é maravilhoso, coisa de uma noite e nada mais, e me convidou no começo da despedida de solteira. Não imaginei que fôssemos beber tanto e passar mal. Ela conhece o dono do lugar e a dona também, enfim...

Uma noite sem você

— Você sabe que festa é essa? — Roxy questionou.

— Não sei onde é, mas combinei com ela sem falar com vocês. Desculpa, meninas. A gente espera você melhorar, Kizzie, e depois ficamos uns trinta minutos com a Helena na tal festa e vamos embora, só para não fazer desfeita. Ela é complicada, uma das modelos mais importantes da agência. Se eu decepcioná-la, posso acabar me dando mal. — Por mais que estivesse bêbada, pude perceber a culpa em cada palavra da minha amiga.

— Não tem problema — garanti, sentindo o estômago revirar. — Nós ficamos pouco tempo e vamos embora.

— Me desculpa mesmo — Erin pediu.

— Nós vamos dar um jeito. Estou um pouco bêbada, mas nada que beber água e comer algo não melhore. E você, Erin?

— Estou bem.

— Eu vou comprar água e um remédio para Kizzie. Conheço um infalível — Roxy se prontificou. — Ficamos com Kizzie no carro, fazemos ela comer um pouco de chocolate e vai dar tudo certo.

— Caramba, para quem não sai muito, você tem experiência — Erin observou.

Roxy deu um sorriso.

— Shane D'Auvray. — Foi sua resposta, antes de abrir a porta e sair.

Aline Sant'Ana

Uma noite sem você

CAPÍTULO 12

Oh, I've been shaking
I love it when you go crazy
You take all my inhibitions
Baby, there's nothing holdin' me back
You take me places that tear up my reputation
Manipulate my decisions
Baby, there's nothing holdin' me back

— Shawn Mendes, "There's Nothing Holdin' Me Back".

ZANE

Perdi meu irmão de vista. Ele deve ter se enfiado em um quarto com as gêmeas enquanto eu estava na sexta dose de uísque. De qualquer maneira, ele tinha meu número, podia me ligar para me encontrar. Senti o início da embriaguez no final do último copo e soube que estava na hora de parar de beber. Até que a festa não parecia tão ruim depois das bebidas; eu entendia porque Shane queria se perder nesse tipo de saída, o mundo parecia mais interessante, menos problemático, mais fácil.

Yan bebeu todas as doses de tequila possíveis, me acompanhando e me provocando para jogar pôquer com ele. Carter, com a cerveja, não tinha ficado bêbado, e Mark, o único totalmente sóbrio, ficou cuidando de nós como se fôssemos seus filhos, avisando que era hora de parar... *blá blá blá*, cara chato.

— Vou encontrar um negócio de cassino — falei para o Yan, me levantando. O chão de repente pareceu mais incerto do que o normal. — Wow!

— Calma, cara — Yan falou, rindo. — Meu Deus, você fica tão engraçado quando está bêbado.

— O que eu fiz?

Carter sorriu.

— Nada.

— Foda-se, eu vou para o pôquer — avisei. — Vem perder uns milhões, Sanders.

O baterista gargalhou antes de me acompanhar. Carter e Mark nos seguiram e fomos em busca de um cassino ideal. O foda é que o lugar estava cheio de festas

Aline Sant'Ana

178

e não dava para se guiar. Não até que Mark, muito inteligente, encontrou a merda de um mapa com as atrações. O mapa estava sobre uma mesa no salão central, nós que não tínhamos percebido.

— Agora a gente não se perde. — Yan tomou a dianteira, no controle, como era de costume.

O número cinco era o maior salão que já tínhamos visitado, percebi, assim que entrei, provavelmente, pelo espaçoso cassino, a grande área para dança e as mesas para quem quisesse jantar mais isolado na outra extremidade. Do lado oposto do bar, cinco homens sem camisa faziam malabarismos com fogo, entretendo quem jantava. Já na área da dança, meninas com perucas coloridas, corpos cobertos de tatuagens e máscaras performavam no pole dance. Aqui, a maneira que elas dançavam, não focadas no erótico, como era liberado no clube X, deixava claro que era um ambiente sensual, mas não sexual. Elas estavam vestidas também, e eu nem precisei pensar muito, mesmo alto da bebida, para compreender que essas eram intocáveis.

— Oi, pirata. — Escutei uma voz feminina e olhei para trás.

Era uma garota loira, com uma fantasia de enfermeira, me encarava como se eu tivesse algo que ela gostasse. Olhei para os caras, que ainda estavam comigo.

— E aí?

— Você está indo para o bar?

— Não pretendia. Vou para o cassino com os meus amigos.

Ela franziu as sobrancelhas.

— Vocês são tão... familiares.

Carter riu e eu dei uma cotovelada nele.

— É?

— Sim. — Ficou ainda mais confusa e olhou para o Mark. — Mas ele não me parece conhecido. Vocês são de Hollywood?

— Pode-se dizer que sim — respondi.

— Atores?

— Não.

— Interessante. O meu namorado estava por aqui, perdi ele de vista, e eu vi vocês e precisei pará-los. Na verdade, acho que conheço vocês, sim! The M's, certo?

— É — respondi, consciente de que seríamos reconhecidos cedo ou tarde.

Uma noite sem você

— Eu sou Meg. — Estendeu a mão, sorrindo. Eu a cumprimentei por educação. Em seguida, Carter, Yan e Mark. — Nossa, pirata, eu não me lembro do seu nome... Zander?

— Zane — corrigi.

Meg desceu os olhos por mim, pelo meu corpo, e depois abriu um sorriso malicioso.

— E o que você acha de encontrar um lugar melhor para conversarmos?

Franzi os lábios.

— Desculpa, o que disse?

— Você entendeu.

— E o seu namorado?

— Ah, temos um relacionamento muito aberto.

Caralho, então não era um relacionamento normal, era?

— Tentador, mas tenho que passar.

Tristeza apareceu em seu rosto.

— Por quê?

— Estou noivo — esclareci e depois sorri abertamente. Yan pigarreou. Acho que ele queria rir e precisou disfarçar. O maldito também estava com o sangue cheio de álcool, afinal.

— E cadê ela?

— Curtindo a noite como eu. Despedida de solteiro, sabe?

Sem que eu desse permissão, a tal Meg se aproximou. Ela colocou a mão no meu peito, e eu delicadamente a retirei.

— Ela não está aqui, então que mal há?

— Amor, Meg. O mal é o amor... ou bem, depende do ponto de vista.

— Amor é subestimado — ela resmungou e virou, procurando alguém com o olhar.

Assim que encontrou o que queria, apontou para o objeto da sua atenção. Era um cara, de cabelos escuros bagunçados, alto e vestido de Drácula. A mesma sensação de familiaridade que Meg demonstrou por mim eu tive por ele. Seu rosto, apesar de maquiado, era conhecido. Provavelmente era um ator, o que eu não duvidava, só me restava recordar qual filme dele eu vi.

— Aquele é o meu namorado, estou introduzindo-o, tentando, na verdade, à

Aline Sant'Ana

180

ideia de relacionamento aberto. Tenta isso, você vai ser bem mais feliz.

Ela se inclinou na ponta dos pés e roubou um beijo na minha bochecha. Saiu rebolando e o tal namorado me olhou como se pudesse me matar. Bem, se ela queria um relacionamento aberto, esse cara com certeza não estava na mesma página, porque ficou me encarando por um bom tempo, com o maxilar trincado, até ser envolvido por um beijo de Meg e esquecer da minha existência.

— Que maluquice. — Carter foi o primeiro a falar.

— Relacionamentos hollywoodianos, quem entende? — questionei.

— O cara é de lá?

— Eu acho que sim, tenho certeza que já vi um filme com ele, só não lembro qual.

Yan estalou os dedos, como se tivesse uma ideia.

— Alguma coisa Ryder — falou. — Ele fez um filme futurista e distópico que saiu faz um tempo. Só rola isso na internet.

— Ah... — murmurei, mas ainda não me lembrava se tinha visto esse filme ou outro. — Beleza, agora que temos isso resolvido, vamos torrar uma grana.

Mesmo que eu tivesse saído da parte principal da festa e depois ido para o pôquer, o tal Ryder continuou me encarando onde nos encontrávamos. Seu olhar já nem era ameaçador, mas sim de uma tristeza enorme. Fiquei pensando porque esse cara tinha se metido em um cruzeiro erótico, com uma namorada liberal, sendo que ele parecia tudo, menos o tipo de pessoa que curtia essas festas.

Acabei mantendo isso na cabeça por um longo tempo, até que sentei com Yan, esperando nossa vez no pôquer. A mesa estava cheia, ficamos na espera, e o Drácula se aproximou. Ele sentou ao meu lado, com um copo de uísque, e me lançou um olhar de lado.

— Eu percebi que te devo desculpas — ele disse.

— Deve?

— Te olhei como se quisesse te matar, mas a minha "namorada" foi a culpada pela aproximação.

Por que o termo namorada pareceu tão pejorativo em sua voz?

— Ah, relaxa. Eu estou noivo, não tenho interesse nenhum nela.

O cara soltou uma risada fraca.

— Mesmo se tivesse, não faria diferença.

— Como disse? — questionei, porque pensei ter escutado errado.

Uma noite sem você

181

— Chuck Ryder. — Estendeu a mão para me cumprimentar.

— Zane D'Auvray.

Dei uma boa olhada no cara. Ele não deveria passar dos trinta anos, tinha olhos claros, um cabelo meio bagunçado como se instigasse alguém a dizer que aquilo era errado. Seu rosto, de verdade, me era muito familiar. Só depois de alguns segundos o encarando com mais atenção, percebi que se tratava do cara do filme que Kizzie assistiu comigo. O tal sem camisa.

Ah, que porra. Hollywood é um mundo pequeno.

— The M's, certo?

— Você conhece?

— Todo mundo conhece.

— É, eu também te conheço. Na verdade, minha noiva ficou te olhando sem camisa em um dos seus filmes.

Chuck deu uma risada surpresa.

— Sério?

— É, acredite, foi terrível.

Riu mais uma vez.

— O que vocês estão fazendo aqui?

— Tentando deixar o meu amigo bem — falei e apontei para Yan, que estava engajado em uma conversa com Carter, sem prestar atenção. — E também, de alguma maneira, fazer a minha despedida de solteiro.

— Encontrou o amor?

— Sim — murmurei. — É real, palpável e sem dúvida, sabe?

O cara soltou um suspiro.

— Deve ser bom ter esse tipo de certeza.

— Você não tem?

— Nunca tive.

Continuei conversando com o ator de Hollywood, compartilhando algumas experiências. Ele me contou que as coisas com a namorada eram mais complicadas do que aparentavam ser, desabafou sobre estar inseguro em relação à carreira, e eu acabei escutando-o, até passar a hora de jogarmos pôquer e a nossa vez chegar de novo. Nesse meio-tempo, disse para ele também sobre o que eu sabia a respeito do amor e da carreira, sobre as experiências que tive com a Kizzie e a The M's. Chuck Ryder abriu um sorriso para mim, durante a conversa, e disse que

Aline Sant'Ana

realmente parece que as coisas acontecem em seu devido tempo.

No final, ele jogou pôquer com a The M's, cobrindo nossas apostas, apesar de sair de sua zona segura. Eu ganhei algumas centenas de milhares de dólares, claro, e Yan me zombou, dizendo que, na próxima vez, eu perderia até a porra da cueca. Chuck acabou rindo, esquecendo-se da namorada, mas, quando ela o encontrou, nosso bate-papo e jogatina tiveram que chegar ao fim.

— Foi um prazer imenso conhecer você, Zane — ele disse, apertando a minha mão.

Por mais que Kizzie tivesse babado um pouco no cara, tive de admitir que ele era mais legal do que eu esperava.

— Igualmente, Chuck.

Ryder deu as costas, sendo abraçado por Meg.

Nada nos dois parecia certo. E eu esperava que o cara encontrasse uma forma de sair daquele inferno em que havia se metido.

Kizzie

Erin não estava muito confiante de dirigir, então pedimos dois táxis e nos dividimos, liberando o segurança que Zane pediu para nos acompanhar. Roxanne foi do meu lado, conversando e me mantendo entretida. Ela também levou na bolsa um kit pequeno de maquiagem e me ajudou a retocar. Depois de ela ter comprado escova de dentes, pasta, remédio e doces, além das horas que foram passando, já me sentia bem mais confortável para caminhar nos saltos sem titubear. O problema era que o álcool ainda estava no meu organismo, então o mundo parecia mais alegre, apesar do tédio e da preferência por estar na cama.

O que elas topassem, o que quer que fosse, eu ia na delas.

Uma noite e nada mais, certo?

Encostei no ombro de Roxy quando percebi que íamos pegar uma pequena estrada até o local. Ela envolveu os braços finos ao meu redor e, como se estivesse acostumada a fazer isso a vida toda, acariciou meus cabelos, me trazendo tranquilidade.

Acordei com sua voz me avisando que tínhamos chegado. Sonolenta, saí do carro e vi que Erin pagou ao taxista, mas estava com tanto sono que não prestei atenção no local. Erin disse alguma coisa para Helena, algo sobre não entrar porque achava que eu precisava ir para casa, mas Helena insistiu. Quando

Uma noite sem você

finalmente consegui abrir os olhos direito, bocejando, percebi que o que estava na minha frente era o equivalente a um banho de água fria.

O transatlântico era imenso, eu nunca tinha visto algo tão enorme em toda a minha vida. As letras na parte de fora do navio, avisando do que se tratava, fizeram os pelos do meu braço se arrepiarem. Erin olhou para mim, pedindo ajuda em silêncio, já que não podia decepcionar a tal Helena, e eu fiquei parada, agarrada a Roxy, que, pelo que pude perceber, não fazia ideia do que estava acontecendo.

Era o Heart On Fire, o cruzeiro da despedida de solteiro dos meninos. Havia um milhão de motivos para eu não entrar, sendo o mais importante deles a invasão de privacidade. Eu não queria que Zane pensasse que o estava perseguindo, pelo amor de Deus, eu confiava no homem que colocou um anel no meu dedo.

— Vocês vão entrar comigo como dançarinas. — Helena riu, puxando Erin pela mão. O som das ondas batendo no porto, o vento frio da madrugada e o cúmulo da coincidência me fizeram estremecer. — Fui contratada para as festas de número um a cinco, não tem pornografia, é só fazer pole dance e pronto! Dez mil na conta. Eu não entendo como o homem pode pagar tanto, mas, se é só para balançar a bunda, eu faria isso em qualquer festa. Imagina por dez mil, né?

— Dez mil? — Erin ficou surpresa.

— Se vocês entrarem comigo, podem ganhar.

— Mas... — Roxanne começou. — Eu não tinha isso em mente.

— Não precisa dançar, se não quiser. Pode entrar comigo e me fazer companhia, assistir ao show. A gente entra pela área dos funcionários e não precisa estar fantasiado, como pede no convite. — Helena balançou os convites que tinha, cerca de cinco iguais aos que Lua recebeu. — Vamos, meninas. É muito divertido!

Eu precisava abrir o jogo com Helena. Me aproximei dela e encarei seus olhos escuros.

— Helena, por uma coincidência muito absurda, que nem sei como explicar, você está me levando para o último lugar que eu poderia estar. Na verdade, é aí que está acontecendo a despedida de solteiro do meu noivo e eu não quero atrapalhar as coisas, porque ele tem um amigo... — Decidi parar. — Olha, eu adoraria te ver dançar e até dançar com você, mas não posso mesmo.

Helena foi processando tudo que eu disse. Quando, por fim, entendeu, abriu a boca em choque.

— Está me dizendo que seu noivo foi para uma despedida de solteiro em um cruzeiro erótico?

Aline Sant'Ana

184

— Sim.

— E você deixou?

— Completamente. — Suspirei. — Eu confio nele.

Ela me mediu de cima a baixo.

— Meu Deus, ele deve ser um santo para você confiar tanto assim!

Abri um sorriso.

— Não é, mas confio no sentimento dele. De qualquer forma, entende o motivo de eu não poder entrar?

— Está falando sério que você não pensou em uma ideia muito melhor do que deixar seu noivo curtindo essa despedida? Eu tive uma bem sensacional.

— Eu... não...

— Escuta, Kizzie. — Helena me segurou pelos ombros, abrindo bem os olhos como se quisesse me hipnotizar. — Eu sou dançarina, vou entrar lá e eles vão colocar tatuagens falsas no meu corpo, que são como decalque. Depois, vou vestir uma peruca colorida e colocar uma máscara. Parece ridículo, mas não é. O negócio é lindo, você não tem ideia. E sabe o que mais? Vou fazer pole dance para centenas de pessoas em uma festa e muita gente vai ficar em torno de mim, assistindo.

— Hum, eu acho ótimo.

— Sim, é. O que você acha de entrar lá comigo, pedir para Erin ou Roxanne tentarem encontrar uma maneira de levar o seu noivo para a festa em que vou estar, e você subir no palco ao meu lado, dançar e mostrar para ele do que é feita, hein? Já imaginou a surpresa, isso se ele te reconhecer com tantas mudanças, quando compreender o que você planejou? Além do mais, estamos em um cruzeiro erótico! — Helena sorriu maliciosamente. — Você pode fazer a sua despedida de solteira nos braços do seu noivo, em uma noite inesquecível.

Senti minhas bochechas ficando quentes, o calor vindo por baixo do macacão.

— Eu não acho que seria capaz de fazer isso, estou ainda um pouco bêbada e meu corpo inteiro dói... Além disso, os donos disso aqui não vão permitir...

— Isso é bobagem. Quando você ouvir a música alta, vai se deixar levar. Eu vi a maneira que você dança sozinha na pista, Kizzie. É uma ideia genial poder dançar para o seu noivo, brincar um pouco com a imaginação dele. Se ele te ama realmente, o pobre coitado deve estar entediado aí dentro. E eu conheço duas pessoas que podem nos ajudar. Vou apresentar vocês a eles.

A ideia parecia maluca, totalmente fora de nexo, mas, se eu fosse entrar nesse cruzeiro, não seria tão ruim surpreender o Zane. É claro que a melhor

Uma noite sem você

opção era cair fora e não fazer joguinhos; eu estava certa de que ele reconheceria as curvas do meu corpo com ou sem tatuagens falsas, peruca e máscara, mas... se havia chance de a noite dele estar tão horrível quanto a minha, se Zane estivesse sentindo minha falta, seria tão ruim assim aproveitar o Heart On Fire com ele?

— O que você acha, Erin? — perguntei, olhando-a.

Ela tinha um sorriso diabólico no rosto e Roxanne estava feliz também.

— Por mais que eu tenha pensado por um momento que essa ideia é louca, confesso que seria muito interessante você entrar lá, dançar, fazer Zane babar em você e depois curtir o Heart On Fire. É maravilhoso, Kizzie. Tem tanta coisa para fazer e ainda temos mais de doze horas para aproveitar. Eu também posso curtir com Carter e a Roxanne pode levar os meninos, Yan, Mark e Shane para dançar, ir na piscina. Há muitas atividades não-sexuais, é diversão isso aqui, de qualquer maneira.

— Eu totalmente iria para uma piscina com eles — Roxy concordou.

— Acho que você pode apimentar as coisas com seu noivo — Helena continuou falando. — Ele não está esperando que você apareça aqui, que dance para ele, que curta as atividades do cruzeiro. Uma vez aqui, Kizzie, o céu é o limite.

— Já ouvi isso em algum lugar — Erin murmurou.

A primeira coisa que me veio à mente foi a ideia de Zane reconhecer o anel. Se eu precisava fazer tudo isso, tinha que ser do jeito mais certo possível. Soltei um suspiro, encarei Erin e comecei a puxar a aliança de noivado do dedo.

— Pode cuidar disso aqui para mim?

Ela imediatamente pegou e me encarou.

— Claro — respondeu, já guardando a joia.

Eu devia estar muito mais bêbada do que eu pensava quando, sem que pudesse conter um misto de euforia e medo no coração, disse:

— Eu topo, Helena.

Zane

Eu estava oficialmente há uma noite sem ela.

— A gente já fez tudo o que podia fazer aqui, estou ficando entediado — resmunguei. — Cadê o porra do Shane, hein?

Aline Sant'Ana

186

— Ele deve estar aproveitando com as gêmeas — Carter falou.

— Todo esse tempo?

— Também acho que já passou tempo demais. Ele não ligou? — Yan questionou.

— Eu posso ir atrás dele, se vocês quiserem — Mark garantiu, com a expressão séria.

— Vamos dar mais um tempo. Depois você vai, Mark — pedi.

— Tranquilo — respondeu.

— Meu celular está tocando, já volto — avisou Mark.

Não queria mais beber, não queria mais dançar nem curtir. O ambiente estava sem graça. Carter também queria ir embora e Yan, apesar de ter se divertido com a gente, acho que também queria descansar.

— Acho que tô ficando velho — Carter falou, bebendo um pouco mais de cerveja. Ele olhou para as meninas dançando e não demonstrou expressão alguma além de tédio.

— Não estamos velhos, só não vemos graça em algo que fazíamos quando éramos... quando vocês eram solteiros — Yan corrigiu.

— Se fôssemos velhos, não íamos gostar de fazer shows e não aguentaríamos mais as turnês — falei para Carter. — Temos muito gás para dar na banda, só que agora...

— Temos alguém para voltar pra casa — Carter pensou alto.

— Caras — Yan nos chamou e passou as mãos pelo cabelo, jogando-o para trás. — Erin conversou com a Lua. Estão sabendo?

Carter buscou meu olhar e pigarreou.

— Sim — ele respondeu.

— Eu só queria dizer para vocês que eu não vou desistir de consertar as coisas. — Virou o último shot de tequila que estava sobre a mesa. — Não sei como vou fazer para ter a Lua de volta, não sei se é possível, porém, não vou dar pra trás, leve o tempo que for.

Apoiei os cotovelos na mesa e encarei os olhos cinzentos do meu amigo.

— Você entende o que está dizendo, Yan?

Ele sequer titubeou ao me olhar de volta.

— Sim, entendo perfeitamente.

Uma noite sem você

— Ela pode nunca mais pisar em Miami — Carter disse, com a voz branda. — Eu não sei o que houve com a Lua. Acho que sua foto beijando a menina na festa e tudo que aconteceu com vocês não é motivo suficiente para ela sumir. Só que, independente da razão, você tem que continuar, Yan. Entendo que seja difícil, que ainda a ame, mas...

Yan baixou a cabeça e começou a brincar com o copo pequeno e vazio do shot. Carter decidiu parar de falar; era melhor manter silêncio.

— Esse é um motivo ainda maior para que eu não desista, Carter. O fato de parecer ter um motivo além do que podemos enxergar. Só queria avisá-los para que entendessem a razão de eu continuar com o detetive. Não vou parar até encontrá-la, não vou parar até que eu possa conversar com a Lua pessoalmente.

— Tem certeza? — questionei.

Yan assentiu.

— Absoluta.

O relógio bateu quatro e meia da manhã quando a música do ambiente parou de tocar. Olhei para as caixas de som e percebi que estavam sem problemas, embora o DJ tivesse abandonado a sua cabine para dar vez a uma garota de *dreads* verdes e óculos escuros. O palco, que antes era dos caras que estavam fazendo malabarismos com fogo, se uniu ao outro palco das meninas do pole dance. Achei que não era possível aquele cruzeiro fazer mais dessas coisas surpreendentes, mas era sim. As pessoas ficaram todas boquiabertas, esperando o que viria.

Algo me disse que essa era a atração principal desse evento.

— Você consegue ver alguma coisa? — Carter questionou.

— Não, o palco está escuro — respondi.

— Vou pegar mais bebidas para nós — Yan falou.

— Eu já estou legal — avisei. — Me traz um suco de laranja, se tiver.

— Beleza.

A DJ pegou o microfone e, como sua cabine era muito alta, ela tinha a visão de todos. Abriu um sorriso, que foi iluminado pelos holofotes.

— Boa noite — testou sua voz, que ecoou muito bem pelo ambiente. — Sou a DJ Fênix e fui convidada especialmente para tocar a música favorita do responsável pelo cruzeiro Heart On Fire. Vocês vão escutar *Illusion*, do aclamado DJ Offer Nissim. Eu sei, surpreendente, mas ela será estendida para que vocês vejam a performance das meninas que convidamos. Elas são maravilhosas, então, aproveitem o show.

Aline Sant'Ana

188

Com a iluminação mudando da DJ para o palco, estreitei os olhos para ver com mais clareza.

Mark retornou, com um sorriso esperto no rosto.

— O que houve, Mark?

— Nada — ele respondeu, mas ainda sorria.

— Se deu bem com alguma menina? — questionei, curioso.

— Na verdade, não. — Mark apontou para o palco. — Aproveite o show. Ouvi dizer que vai ser fantástico.

— Sério?

— Sim, Sr. D'Auvray. Agora, vou para o bar, para ter uma visão melhor, mas aproveite.

A música começou com uma batida sensual demais. Eu não a conhecia, mas a voz da cantora era boa e o toque do DJ era perfeito para criar uma energia sexy no ambiente. Fiquei olhando para o palco quando uma menina usando uma peruca rosa entrou. Ela era magra, como se fosse modelo, e, assim que agarrou o pole, começou a fazer suaves movimentos no ritmo da música.

Ao seu lado, outro holofote acendeu, exibindo uma moça com tatuagens em todo o corpo. Ela vestia um short curto de couro preto, do tamanho de uma cueca boxer, e uma blusa azul-escura que chegava até o umbigo, solta e de crochê, mostrando o sutiã preto. Saltos altos e brilhantes a deixavam mais alta. Seu cabelo, em uma evidente peruca, era curto e azul royal, minha cor favorita. Nos olhos, uma máscara de renda negra, que cobria da testa até o nariz, me impedia de ver seu rosto com clareza. Os olhos estavam pintados, a boca, bem rosa.

Senti uma coisa estranha no segundo em que a olhei com mais atenção, como se já a tivesse visto em algum lugar, embora fosse impossível.

Eu me lembraria das tatuagens.

Mas aquele corpo...

Era no formato do de Kizzie. Pequeno, seios grandes, cintura violão, quadril largo e bunda gostosa. Era como se eu a estivesse vendo, modificada, em frente aos meus olhos. Eu devia ainda estar louco da bebida ou a ausência dela estava me causando uma alucinação.

Toquei o braço do Carter, chamando sua atenção.

— Não parece a Kizzie?

Ele me olhou, como se eu estivesse ficando louco, e deu uma gargalhada.

Uma noite sem você

— Não, Zane! — Carter focou na dançarina. — Com certeza não.

Kizzie

Erin conseguiu conversar com Mark. Por sorte, eles tinham ido para a área mais tranquila do cruzeiro, onde não rolava beijos nem assédio. Não fazia ideia de como ficaria aliviada, só me dei conta quando soltei um suspiro imenso. Que droga, né? Por mais que eu quisesse passar uma segurança enorme, ainda temia que Zane pudesse machucar meu coração. Isso era para provar o quanto era tola e que, sim, podia confiar mesmo no homem que amava.

Agora ia fazer uma loucura por ele.

Meu Deus, ainda bem que havia álcool no meu sangue.

— Vamos, Kizzie. Você precisa se vestir. Vou chamar meus dois conhecidos para te apresentar.

— Eu vou com ela — Roxanne avisou. — Só quero arrumá-la.

— Tudo bem. — Helena puxou nós duas e Erin garantiu que ficaria bem e que nos encontraria na hora certa.

Meu coração estava batendo forte, e eu não era capaz de formar uma frase, então nem falei com as meninas. No instante em que me deparei com um camarim enorme, cheio de moças seminuas, se trocando e se arrumando para ir embora e outras para começar a noite, tentei esconder a surpresa.

Antes que pudesse pensar mais sobre a loucura, Helena voltou rapidamente com um casal ao seu lado. Primeiro, foquei na moça. Ela tinha cabelos curtos e escuros e usava uma roupa despojada: short jeans, camiseta preta e coturnos. Seus olhos azuis eram joviais. Era muito bonita, de um modo angelical, mas suas roupas eram opostas ao seu rosto em formato de boneca. Quando olhei para o seu companheiro, que estava protetoramente com a mão apoiada na base de suas costas, Zane que me perdoe, mas perdi um pouco o ar.

Um homem vestido com a roupa oficial, demonstrando que era o capitão do navio, me surpreendeu de uma maneira inimaginável. O quepe branco não conseguia esconder seu rosto, além disso, o deixava ainda mais sedutor, com um formato marcado e linhas firmes, como se tivesse sido desenhado a mão à perfeição. Seus olhos eram de um tom mel-esverdeado, contrastando com a pele bronzeada do sol e as sobrancelhas escuras. Lábios cheios, maxilar quadrado, sorriso branco com os dentes certinhos, além de duas covinhas, como as de Shane,

Aline Sant'Ana

190

marcadas profundamente em suas bochechas. Ele estendeu a mão para mim, que engoliu a minha quando aceitei-a. Mesmo com a farda azul-marinho, eu poderia imaginar que havia muitos músculos embaixo daquela roupa impressionante.

Uau.

— Sou o Capitão do Heart On Fire. Prazer, Keziah. Ouvi várias coisas sobre você, enquanto caminhávamos para cá. Essa é a minha esposa, Courtney. Somos os donos dessa loucura erótica. — Seu sorriso ficou ainda maior.

Courtney me puxou para abraçá-la, enquanto eu ainda processava que estava frente a frente com os donos do cruzeiro. Engoli em seco devagar, anotando mentalmente as coisas, curiosa sobre como a história do Heart On Fire surgiu.

— É um prazer conhecê-los. Essa é a minha amiga, Roxanne Taylor. A minha outra amiga, que está lá fora, é a Erin Price. Não sei se a viram.

O Capitão umedeceu a boca e sorriu de novo.

— Eu conversei alguns minutos com ela. Erin Price era minha vizinha. Acho que ela ficou chocada ao saber que o dono do Heart On Fire morava na casa ao lado da dela, mas me reconheceu bem rápido.

Roxanne riu.

— É sério? — questionou, surpresa.

E eu entendia. Erin reencontrou o homem da sua vida em um empreendimento do seu ex-vizinho. Eu procurei muito na internet sobre os donos do cruzeiro, e não encontrei. Eles eram ocultados dentro da ideia de uma empresa, chamada Majestic.

Meu Deus.

Era insanidade demais para uma noite!

— Erin era sua vizinha?

— Pois é. Nos cumprimentávamos toda vez que nos víamos, mas era difícil isso acontecer. Erin sempre estava viajando e eu era da marinha antes de começar esse empreendimento.

— Ah, posso imaginar.

— Preciso dizer que estou entusiasmadíssima que vocês estão aqui — Courtney disse, sorrindo de orelha a orelha. — Sou fã da The M's desde o começo, de verdade. Assim que a Helena me disse que você queria surpreender um deles, porque está noiva, eu arrastei meu marido para cá, sem nem pensar duas vezes. Me conta, em que podemos ajudá-la?

Helena acabou contando tudo para Courtney e o Capitão. Eles ouviram

Uma noite sem você

atentamente e, em seguida, deram sinal verde para que eu fizesse o que bem entendesse, que o Heart On Fire pertencia a mim naquela noite.

— Podem aproveitar todas as festas — o Capitão disse. — Você tem carta branca para subir no palco e fazer a performance que quiser.

— Muito obrigada. Ainda estou insegura em relação a essa loucura — falei, e Courtney riu de forma jovial.

— Querida, para prendermos esses homens bonitos, precisamos ser criativas — ela murmurou e estendeu um cartão para mim. Seu telefone, assim como o número do Capitão, estava lá. O nome dele era Jude Wolf. Predador, claro. — Qualquer coisa que precisar, estamos nesse número. Me liga para combinarmos alguma coisa! Eu quero conhecer a The M's. Hoje não vou atrapalhar vocês, mas adoraria uma foto e um autógrafo qualquer dia.

Inevitavelmente, acabei sorrindo.

— Sou a empresária deles. No próximo show, queremos vocês dois lá. Terão acesso a tudo! É uma forma de retribuir o que estão fazendo aqui por mim.

— Isso é foda — Capitão Jude falou e se aproximou para uma despedida mais apropriada. — Obrigado, Keziah.

Ele me deu dois beijos na bochecha, assim como sua esposa, que me desejou sorte e muito sucesso com o plano. Beijaram Roxy também, e Jude prometeu que iria se despedir de Erin no caminho.

Não deu tempo de processar a visita dos donos do Heart On Fire. As meninas sequer me questionaram, apenas me jogaram uma peruca em corte chanel, na cor azul royal — a favorita do Zane —, e uma roupa minúscula que eu não tinha certeza se ia caber. Roxanne me garantiu que sim, então comecei a me vestir apressadamente.

Roxy me maquiou de forma sensacional. A melhor amiga do Shane me fez parecer pronta para dez músicas e cinco doses de tequila, como se não tivesse passado mal com álcool, como se ficasse, de repente, pronta para outra. Ela me pediu para fazer algo com os lábios, e o negócio sugou minha boca, deixando-a mais cheia que o normal, apesar de ser bem sutil.

— Ele não pode reconhecer seus lábios — Roxanne esclareceu, passando um batom rosa na minha boca. — Assim ele não vai ligar os pontos.

— É, verdade.

— Ela precisa colocar os adesivos de tatuagem — Helena me disse. — Tessa, vem aqui!

Como aqueles adesivos de chiclete, só que em uma versão maior, fui sendo

Aline Sant'Ana

192

guiada por Tessa, que finalizava as marcações que faltava com uma espécie de tinta em pincel. Eu nem questionei, deixei que ela fizesse o que quisesse comigo.

Quando perguntou se eu queria algo especial, Roxanne mordeu o lábio e levantou a mão.

— Hum, não seria legal você ter um Z marcado em algum lugar? Para quando Zane ver, ficar um pouco mais impressionado do que ficaria normalmente?

— Ah...

— Eu posso fazer um Z bem grande na lateral da sua cintura. Bem aqui. — Tessa me mostrou. Ia da parte de baixo da blusa e terminava no começo do short.

— Pode fazer — permiti.

A tinta gelada tocou minha pele e eu fechei os olhos, criando coragem. Escutei Helena se apressando, avisando que não teríamos mais do que quinze minutos para começar. Eu estava nervosa, tremendo, porque nunca fui de surpreender um homem ao dançar, muito menos em público. Mas, se eu estava aqui, na loucura toda, precisava fazer valer cada segundo.

— Pronto — Tessa me liberou e assoprou onde pintara, para secar a tinta.

Roxanne me virou de frente para ela.

— Irreconhecível. — Sorriu.

— Estou nervosa.

— As melhores coisas dessa vida são as que vêm com um friozinho na barriga, vai por mim. É a despedida de solteiro do homem que ama e você pode fazer algo histórico ao surpreendê-lo — Roxanne me animou. — Aproveite uma noite inesquecível com ele, Kizzie.

Ele fez a loucura de me pedir em casamento depois de um relacionamento relâmpago.

Zane se expôs por toda a mídia quando decidiu ficar ao lado da mulher que escolheu.

Eu precisava fazer isso acontecer.

— Dois minutos.

Helena me puxou, desvencilhando-me de Roxy. Ela piscou para mim, garantindo que tudo ficaria bem, e foi atrás de Erin. Eu vi o palco a menos de meio metro de mim, as cortinas impedindo-me de ver além. Podia escutar o burburinho das pessoas, a música cessando e a DJ se apresentando. Meu coração bateu em um ritmo frenético e eu nem estava certa de que podia sentir meus próprios pés quando, depois de Helena entrar, escutei o sinal de que era a minha vez.

Uma noite sem você

Fui passo a passo, me acostumando com a claridade do holofote sobre mim. Olhei para as pessoas, procurando o motivo da minha atitude impulsiva. Ele estava sentado de frente para o palco, ainda como um pirata, lindo ao lado de Carter. Zane olhou para mim no segundo em que segurei o pole, e a música sensual tocava à medida que Helena se movia com ela.

Encarei Zane, ansiosa, pensando que ele me reconheceria no segundo seguinte. Ele fitou minhas curvas, cada pedaço do meu corpo, chamou Carter e, depois de conversar com ele, voltou a me olhar com um misto de curiosidade e um pouco de pavor.

Abri o melhor dos meus sorrisos.

E fiz o meu corpo ondular ao som de *Illusion*.

Aline Sant'Ana

Uma noite sem você

CAPÍTULO 13

Y bailé hasta que me cansé
Hasta que me cansé, bailé
Y me ena-na-namoré
Nos enamoramos

— Shakira, "Me Enamoré".

ZANE

Eu não conseguia tirar os olhos dela.

A música começou a entrar numa batida dançante e ela fez algo com o corpo que tudo em mim se arrepiou. Eu me senti tão mal por estar encarando aquela mulher do cabelo azul que tentei desviar o foco, tentei olhar para qualquer outra pessoa, mas fui incapaz.

Pensei em Kizzie, no amor que sentia por ela. Não importava o quanto aquela mulher dançasse, eu precisava pensar na minha noiva.

Caralho, o que estava acontecendo comigo?

Eu nunca desejaria ninguém além de Kizzie, tinha certeza disso. Então, por que meu sangue começou a correr mais rápido, porra? Meu corpo foi respondendo conforme o quadril dela quebrava de um lado para o outro. Ela ficou em frente ao poste e colocou as mãos para trás, sobre a cabeça. Com a bunda indo e vindo, seus joelhos foram se dobrando, até que a bunda bateu na parte de trás do calcanhar. A dançarina abriu as pernas quando chegou ao chão e as fechou no segundo em que levantou.

You wanna know what it takes to love you, babe
It's only lies that I'm telling to myself
You never think you never care about me babe
It's only me who's thinking of us every day

Meu Deus, eu precisava sair dali.

— Carter?

196

Ele também estava olhando a performance da menina de cabelo azul, mas sem nenhum semblante de pânico, como eu com certeza tinha em meu rosto.

— Hum?

— Preciso sai daqui.

— Como? Sair? O Yan nem chegou com as bebidas ainda.

Porra!

Agora, de costas para o público, a dançarina me fez ter uma visão privilegiada da sua bunda. Se não houvesse dois laços tatuados na parte superior das coxas, eu teria certeza de que era a minha Kizzie.

Mas que merda! Era por isso que meu corpo estava respondendo?

Esperava que sim, porque, cacete, eu não podia desejar outra mulher dessa forma; eu nunca iria me perdoar.

Ela se inclinou para a frente e começou a fazer o quadril ir e vir. Eu me remexi na cadeira, desconfortável, e puxei a calça de cima do pau, porque começou a ficar apertada. Soltei um suspiro, tirei o chapéu e o coloquei sobre a mesa. Nesse instante, fui salvo por Yan, que apareceu com as bebidas e um copo enorme de suco de laranja.

— Aqui está a sua... *wow*! — soltou, quando puxei o copo da sua mão e bebi tudo em longos goles. — Tá legal, que sede é essa?

— Ele está vendo a Kizzie naquela dançarina — Carter murmurou, apontando para ela.

It's an illusion

I can not escape the confusion

It's an illusion

I can't give myself no solution

It's an illusion

I can not escape the confusion

It's an illusion

Illusion...

Illusion...

— Caramba, o que foi aquilo que ela fez com a bunda? — Yan indagou, chocado.

Uma noite sem você

— Cala a boca, Yan — grunhi.

Ele riu.

— Parece o corpo da Kizzie, sim. Mas é claro que não é ela.

Tentei prestar atenção na menina de peruca rosa, mas as coisas que a outra dançarina estava fazendo...

— Foda-se — resmunguei.

Soltei um gemido de tesão misturado com frustração. Se eu levantasse, todos veriam a ereção, e eu não queria parecer um adolescente. Ainda tinha a culpa, me corroendo como se eu já estivesse na entrada do inferno, pronto para ser abraçado pelo capeta.

Que merda, cara, o que eu fui fazer da minha vida?

Por que vim para esse cruzeiro mesmo?

A DJ deixou a música mais lenta e a dançarina de peruca rosa saiu do palco para vir até as pessoas. Ela começou a dançar em torno das mesas, puxando os homens, provocando até as mulheres. Eu engoli em seco, pensando na possibilidade...

Não!

Puta que pariu.

Me levantei com um sobressalto e dei alguns passos além da mesa, enfiando o chapéu na cabeça de novo.

A menina da peruca azul saiu do palco, dançando, vindo diretamente para mim, balançando o quadril como se me desafiasse a pará-la. Eu desviei da fixação, olhei para os caras, pedindo ajuda, mas nenhum deles pareceu me acudir. Exceto Yan, que estava desconfiado de alguma coisa.

— Vou sair daqui — avisei aos caras.

Covarde pra cacete, mas quem estava ligando, não é mesmo?

— Zane... — ele murmurou, soando surpreso.

— O que foi?

— Eu acho que...

Virei o rosto no segundo em que senti mãos sobre mim. Tive um vislumbre do rosto dela, mas logo fechei os olhos para não cometer o crime de encará-la por muito tempo. Segurei seus pulsos com delicadeza, implorando para que não me tocasse, e ela colou seu corpo no meu. Subiu e desceu em mim, deixando cada centímetro pairar no meu calor, inclusive deve ter sentido a ereção, porque ouvi

Aline Sant'Ana

198

uma risada sarcástica.

— Eu preciso que você pare.

Ela não respondeu. Continuou dançando e a música se tornou agitada novamente. Com cuidado, se desfez do meu aperto e pegou minhas mãos nas suas. Eu não ia abrir os olhos, isso não estava acontecendo. Por que eu não tinha forças para me afastar? Meu coração bateu como um louco. Eu queria que ela fosse embora, queria que Kizzie estivesse aqui e eu pudesse me ajoelhar e pedir que me perdoasse por ser tão fraco.

Que porra!

— Eu preciso...

— Shhh. — Foi tudo que ela disse.

Finalmente abri os olhos e ela virou de costas para mim, me dando um vislumbre da peruca. Segurou minhas mãos e me fez passá-las em sua cintura. Olhei para baixo, onde meus dedos estavam tocando, e me deparei com um detalhe que fez o resto da bebida que existia no meu sangue subir direto para o cérebro. Um Z enorme estava pintado em seu corpo, abraçando a pele bronzeada do sol. Quais as chances? Seu nome começava com Z? O nome de algum cara que ela se envolveu? Meu pau endureceu completamente, eu gemi e a dançarina colou a bunda no meu quadril.

O holofote nos iluminou e as pessoas começaram a bater palmas no ritmo da música, me incentivando a dançar com ela. Yan estava rindo e Carter tinha a mesma expressão de choque que o baterista tivera minutos antes. Eles estavam vendo o rosto dela, vendo-a completamente, o que era tão chocante e engraçado?

— Dança, Zane! — Yan gritou, sorrindo para a dançarina.

Ela continuou se movimentando, e minhas mãos foram para o seu quadril. As pessoas ainda estavam batendo palmas na batida, e eu comecei a mexer o meu corpo com o dela, quebrando nossos quadris com a batida, para um lado e para o outro, de modo que podíamos subir e descer como se fôssemos um só.

Não sei se foi o tesão ou a bebida que ainda estava em mim, mas fui fraco pra cacete.

Eu dancei com ela.

Não sei por quantos minutos, e a música foi se estendendo até a parte mais importante começar. Eu dancei em seu corpo, inspirei seu cheiro de suor limpo e bebida alcóolica, me perdi e saí de órbita por tempo bastante para que aquilo fosse errado... muito errado.

Uma noite sem você

I'm just telling to myself there's no way to be

Just imagining the moment that you stay with me

And I know you can't be faithful you could never be

So I'm letting all my fantasied escape from me

Fechei os olhos ao prestar atenção na letra. Era no ponto de vista de uma mulher que se deixou entrar na fantasia de um relacionamento que ela sabia que era errado, tendo consciência de que o cara nunca mudaria por ela e continuaria sendo infiel.

Uma ilusão.

Meu corpo ficou congelado, eu afastei as mãos do quadril da dançarina e dei um passo para trás. O foco do holofote foi para a moça da peruca rosa, que estava dançando com dois caras ao mesmo tempo, finalizando a música que parecia ter mais de uma eternidade.

A menina de azul, no entanto, ainda de costas para mim, dançando com aquela bunda de um lado para o outro, foi puxando lentamente a peruca da cabeça. Ela pegou a peça e jogou em cima da mesa que eu, Carter e Yan estávamos sentados anteriormente. Em seguida, se desfez da rede que mantinha o cabelo naturalmente escuro escondido, colocando-a sobre a peruca. Movendo seus braços no ritmo da música, seu corpo inteiro, como se fosse uma odalisca, ela se virou lentamente para mim.

Eu vi a máscara de renda sobre as maçãs rosadas, os lábios volumosos, os olhos amarelados, evidentes agora que não estava tão longe no palco. O cabelo escuro e cheio, caindo em cascatas, emoldurando o formato de boneca, me fez perder o ar dos pulmões. Ouvi meu coração perder o ritmo, que deve ter tropeçado assim como meus pés fizeram, quase me deixando cair de bunda no chão, quando me atrapalhei em um par de passos para trás.

Encarei-a por tempo demais, admirando o sorriso que via todas as manhãs desde que disse sim para mim, o corpo que eu sabia que pertencia a ela, exceto pelas tatuagens, que ainda me mantinham confuso. O alívio por ser ela, a dúvida sobre o que estava fazendo aqui, a culpa por saber que eu não conseguiria resistir se fosse outra pessoa. O misto de emoções me deixaram mudo, enquanto assistia Keziah Hastings ainda dançar, com mais afinco agora que eu reconheci que era ela, me encarando como se não houvesse mais ninguém, além de nós dois.

— Caralho... — sussurrei.

Colou seu corpo no meu, ainda dançando, e me fez agarrá-la. Eu estava

Aline Sant'Ana

incerto do que fazer, mas a segurei com toda a urgência que tinha. Apertei-a no quadril, na bunda, agarrei sua cintura depois e fui apalpando-a com veemência até chegar, de forma branda agora, em seu rosto.

Desfiz o laço sutil da máscara, deixando-a cair no carpete. Tracei seu rosto com os olhos, com os dedos, para ter certeza de que, assim como a música, ela não era uma ilusão criada pela minha mente.

— Você quer me enlouquecer? — perguntei, murmurando quente e fraco contra seus lábios.

Kizzie

Ri em sua boca, ciente de que tinha mesmo enlouquecido Zane um pouquinho. Nunca pensei que pudesse dançar dessa forma, quebrar a timidez do mesmo modo que pude me livrar do lado da minha personalidade que me impedia de fazer loucuras.

Talvez amar alguém fosse isso mesmo: ultrapassar limites, pular bem alto. Talvez amar fosse ser quem você não é, e descobrir que isso pode ser fantástico; ser quem você adoraria ser e entender que podemos trabalhar em busca da melhor versão de nós mesmos; ser quem a outra pessoa precisa, sem que isso anule parte da sua alma. Surpreendentemente, reconhecemos que amar é se encaixar a alguém e tudo bem se você tiver que fazer certas insanidades para ser feliz, como mudar o cabelo, dançar em público, roubar um beijo.

Quando a falta da coragem surge, é melhor que sobre a loucura.

— Você não tem ideia de como foi que consegui chegar aqui — falei.

— Tenho certeza de que é uma história ótima para contar. — Zane estava praticamente ronronando ao invés de falar, excitação levando-o para outro nível.

— Quer ir para um lugar diferente?

— Foda-se, eu quero. — Desviou os olhos dos meus e encarou Carter e Yan. — Estou com o celular. Liguem a qualquer momento se encontrarem o Shane.

— Vai se divertir, cara — Carter respondeu.

Sabia que Erin já estava aqui com Roxanne, então segurei Zane por um segundo antes de partirmos. Eu podia ver a expressão desolada do vocalista da The M's, por não estar com Erin. Procurei-a com o olhar e, quando a achei, fui recepcionada com um sorriso tímido.

Cutuquei o braço de Carter.

Uma noite sem você

— Você soube quem veio te ver? — Apontei para a sua direita.

O rosto confuso deu lugar ao reconhecimento e Carter saiu da cadeira mais depressa do que já o vi se mover. Ele pegou Erin em seus braços e beijou a boca dela diversas vezes, antes de se dar conta de que Roxanne estava ao lado da namorada.

— Toma conta da Roxy pra mim, Yan? — pedi a ele.

O baterista assentiu.

— Agora vamos. — Zane pegou algo de cima da mesa e me puxou pela mão por entre as pessoas, até encontrarmos a porta e nos depararmos com um salão imenso, com inúmeras escadas.

Ele tinha um mapa do cruzeiro, com todas as atrações e os lugares que poderíamos ir. Pela sua pressa, Zane tinha a intenção de me mostrar pelo menos um pouco de cada coisa. Eu não sabia como o cruzeiro funcionava, mas estava claro que era de alto luxo e, pelo que pude entender, dividido em áreas de acordo com o que as pessoas desejavam. Muito organizado e bem-feito, eu tinha que dar o braço a torcer. Não era apenas um cruzeiro erótico, era entretenimento para adultos.

— Festa dos Cinco Sentidos, Festa Dionisíaca, Festa dos Sabores... A partir do número seis, as coisas ficam interessantes — Zane disse, franzindo os olhos. Ele se virou para mim e segurou minha cintura. — Esse cruzeiro tem algumas atividades que incitam o casal. Eu quero curtir com você e aproveitar que está aqui para fazer cada coisa que imaginei desde que botei meus pés aqui dentro, Kizzie.

— Você queria mesmo que eu viesse, né?

Tocou meu queixo, segurando-o entre o polegar e o indicador, me obrigando a olhá-lo.

— Caralho, eu te desejei aqui o tempo inteiro. E sabe o que é mais louco? Quando estava dançando para mim, meu corpo sabia que era você, embora minha mente não conseguisse processar, não tivesse a capacidade de te reconhecer. E me senti tão culpado, achei que estivesse te traindo. Foi maluco, sinceramente. — Ele me encarou, respirando fundo, precisando de uma pausa. — Mulher, você me enlouqueceu!

Comecei a rir.

— Foi proposital.

— Então mata a minha curiosidade e me fala como você chegou aqui.

Fiz um resumo da minha noite para o Zane. Ele ficou enciumado pra caramba

Aline Sant'Ana

quando falei dos dançarinos e do Rockstar Impostor. Preocupação passou por seu rosto quando deixei claro que a bebida tinha me feito mal e que ainda não estava em pleno controle de mim mesma. Perguntou se eu queria ir embora, mas eu jamais deixaria a oportunidade de ficar com ele, em um ambiente desses, escapar. Também contei sobre os donos do cruzeiro e o fato de que a esposa do Capitão é fã da The M's.

— Às vezes, eu acho que o destino fica brincando com as nossas vidas, como se pudesse se divertir às nossas custas — concluí, sobre a coincidência de ir parar justo no cruzeiro, em uma noite que não era para eu estar ali.

— Ainda bem. — Pairou seu rosto sobre o meu. — Porque você aqui foi a melhor armadilha que ele já preparou.

Zane raspou os lábios nos meus, arrepiando-me. Ele pediu passagem com a língua, que eu cedi com muita vontade. Sua roupa de pirata colou na de dançarina e eu inspirei forte quando o cheiro de uísque que exalava da pele do Zane invadiu meu nariz. Somado a isso, havia aquele perfume picante e almiscarado, com um toque de mel e menta, da sua própria essência, me deixando tonta.

— Abre essa boca, deixa eu chupar sua língua — pediu, tomando-a para si, para depois morder de leve meu lábio inferior.

Suas mãos foram parar na minha bunda e, assim como álcool, meu sangue começou a ficar mais quente, os membros, moles, o coração, acelerado. Eu queria tanto tirar cada camada de roupa do Zane, beijar a pele bronzeada e me perder no seu calor...

— Vem. — Se afastou de repente, entrelaçando nossas mãos e me levando para longe dali.

— Para onde vamos?

— Festa dos Sabores.

Por mais que eu não pudesse ver seu rosto todo, tive o vislumbre do sorriso provocativo no canto daquela boca linda.

Zane

Não sei quanto tempo duraria a minha sanidade com Kizzie vestida daquela maneira, mas eu precisava curtir a festa ao lado dela, e não havia a menor possibilidade de eu fazer isso beijando-a do modo que queria, tocando-a como sonhava.

203

Porra, eu precisava me recompor.

Puxei-a pelo salão, caminhando em direção à festa de número oito. Lá era a tal da Festa dos Sabores. Eu não fazia ideia do que ia encontrar, talvez fosse algo absurdo, já que estávamos em um cruzeiro erótico, mas torcia para que não... ou, ao menos, não muito.

Kizzie parou ao meu lado e eu toquei sua cintura para demonstrar para todos que ela era minha. Empurrei a grande porta dupla, invadindo o lugar.

Me deparei com um ambiente em luz baixa, separado por cores e mesas com diversos tipos de comida. A música que tocava ao fundo era um jazz sensual. As pessoas ainda estavam vestidas, porra, graças a Deus, mas o clima estava longe de ser apenas um encontro de casais em uma balada qualquer. Pessoas se beijando, passando a mão uma na outra... Ainda assim, ninguém ultrapassava o limite, não havia sexo explícito.

Pegada forte, e era o máximo.

Ao menos, foi o que pensei.

— Sejam bem-vindos à Festa dos Sabores — um rapaz mascarado nos abordou. Ele estendeu duas vendas, cinco cartas e uma chave. — Sintam-se à vontade.

— Essa chave é pra quê? — Kizzie indagou, confusa.

O cara sorriu de um jeito malicioso para ela, o que me fez odiá-lo imediatamente.

— Para os quartos no segundo andar.

Kizzie corou.

— Ah, certo...

— Pode deixar que eu comando daqui. — Encarei-o, possessivo pra caralho.

— Sim, mas antes preciso dizer que a festa está dividida por sensações. Só há uma regra: tem que experimentar dois sabores de cada no corpo do parceiro, antes de ir para os quartos. O último sabor, os dois experimentam um no outro. Bem, cada sabor que você experimenta no corpo da pessoa é uma peça da roupa dela e sua que sai. — Sorriu, apontando para as pessoas. Só então reparei que tinha mesmo algumas mulheres só de calcinha e sutiã e alguns caras sem camisa, só de cueca.

Senti um pequeno pavor ao imaginar que teria que tirar a roupa de Kizzie. Olhei-a, pensando que havia o sutiã, o short e a blusa. Ela não parecia estar usando calcinha. Não tinha mais nada! Caralho, poucas peças e ela estaria nua! Olhei para minha fantasia de pirata: calça, chapéu, meia, boxer, casaco e camisa

Aline Sant'Ana

204

leve e folgada embaixo disso tudo.

Seis peças.

Pensei rápido.

A regra era tirar, mas não dizia nada sobre emprestar uma das roupas a alguém.

Como se Kizzie conseguisse pensar só agora que ficaria nua na frente de várias pessoas, suas bochechas adquiram um tom rosado.

— Estou sem calcinha — confirmou minhas suspeitas, quando nos afastamos.

Eu abri um sorriso para ela.

— Não se preocupe.

— O que a gente vai fazer?

— Confia em mim? — sussurrei.

— Óbvio — garantiu, sem pensar duas vezes.

— Então vamos começar — sussurrei ao pé do ouvido dela.

Dividida por ambientes, a festa tinha cinco colorações diferentes, para diferenciar os cinco sabores que a língua era capaz de sentir. Placas com os dizeres: amargo, ácido, salgado, doce e umami separavam os padrões. Enquanto alguns casais já tinham experimentado tudo no corpo um do outro, eu e Kizzie fomos para o início. A música quente que tocava ao fundo não permitia que fôssemos qualquer coisa além de ousados. E, sinceramente... como se *eu* pudesse ser qualquer outra coisa ao lado dessa mulher.

Aproveitando que a bebida a deixou um pouco mais desinibida, guiei-a pela cintura até o amargo, porque tive um relance dos cartões e sabia que esse era para o cara fazer. Kizzie observou a mesa posta, repleta de coisas, mas eu não queria que ela pensasse que íamos fazer isso do modo mais automático possível.

Eu precisava deixá-la no clima.

Me aproximei, colocando-a contra a mesa. Os olhos dela escureceram e eu tracei seu rosto delicadamente com o polegar. Kizzie respondia muito fácil a mim, e eu amava como isso acontecia. Desci o nariz até o dela e, perto o suficiente para beijá-la, deixei-a na vontade. Raspei nossos lábios e acariciei sua cintura nua com a outra mão, meu polegar na parte da frente e os quatro dedos na de trás. Fiz círculos suaves ali, sentindo sua pele ficar um pouco mais áspera, pelo arrepio. Cacete! Desviei da sua boca e fui até o pescoço, inspirando forte o perfume dela. Kizzie se arrepiou ainda mais, sem que eu a estivesse beijando, apenas tocando sutilmente. Ela levou os lábios até a minha orelha e murmurou:

Uma noite sem você

— Tem tanta gente aqui.

— Esqueça as pessoas — respondi baixo, com a voz grave.

Continuei a acariciar sua cintura e a prensar seu corpo contra o meu conforme puxava do bolso da calça, com a outra mão, os cartões. Encontrei um que estava escrito: "Ele — Amargo", que era exatamente o que precisava agora e o que eu tive um vislumbre. Tirei o cartão, longe dos olhos de Kizzie, para ler.

O primeiro sabor da festa: Amargo.
Parece péssimo, mas é só porque você ainda não experimentou
algo assim no corpo da sua companheira. ;)
Vá até o chocolate amargo derretido e coloque sobre o decote dela,
sem deixar que caia nos seios.
E tire tudo, claro, com a língua. Se divirta!

Joguei o cartão longe, guardei os outros e segurei sua cintura. Beijei sua boca sem avisá-la antes, sentindo seu gemido de surpresa ser engolido por meus lábios. A Marrentinha tremeu junto a mim quando mordi seu lábio inferior e a coloquei sobre o pequeno espaço que havia na mesa, para que ela ficasse sentada e os seios exatamente onde eu precisava que eles estivessem. Choque e um pouco de receio preencheram seu semblante e eu me afastei, com o corpo quente e louco de vontade.

— O que você está fazendo? — perguntou, quando peguei um pequeno pote vazio e coloquei o chocolate amargo dentro. Me aproximei dela, com um sorriso safado na cara. — Zane?

— Uma peça vai embora antes de eu completar o que tem no cartão — anunciei, segurando a borda da sua blusa curtinha. — E eu quero que essa aqui saia.

Kizzie franziu as sobrancelhas e olhou ao redor para ver se tinha alguém a assistindo. Como percebeu que as pessoas estavam mais preocupadas consigo mesmas, segurou a pequena peça e a tirou.

Desci os olhos lentamente para aqueles peitos que eu estava acostumado a beijar, morder, me perder em cada parte deles, mas havia uma aura sexual tão grande me envolvendo que parecia que eu nunca os tinha visto na vida. Observei como o sutiã preto os mantinha bem para cima, a suave linha que os separava apenas um pouco, o volume mal cabendo na taça da lingerie, além de um pequeno pedaço da auréola, mostrando que o sutiã era apertado demais e... que porra, cara!

Meu pau se incitou embaixo da calça.

Aline Sant'Ana

Como se eu já não soubesse que todo o meu corpo desejava o dela.

— Eu quero que você tire a camisa de baixo e fique só com o casaco de pirata — ela pediu, sorrindo um pouco.

Deixei o pequeno recipiente com o chocolate em cima da mesa e me afastei. Fitando seus olhos, tirei o casaco dos ombros e ele caiu no chão. Em seguida, me desfiz do chapéu e segurei a barra da camisa. Tirei-a com lentidão, dando um show para a minha noiva. Kizzie me admirou tão devagar que tive a impressão de que ela poderia me tocar com os olhos.

Me abaixei somente para colocar o casaco de novo. Por fim, enfiei o chapéu de pirata na cabeça.

— Nunca um pirata foi tão sexy. — Observou minha pele e barriga, se demorando mais na área abaixo do meu umbigo.

— Você acha?

— Tenho certeza.

Vendo seus cabelos bagunçados, a boca bem rosa, os olhos escuros como a noite, sem demora, enfiei o indicador no chocolate, encarando suas pupilas. Kizzie não ousou desviar dos meus olhos, nem quando eu passei o dedo em cima dos seus seios, assistindo o chocolate escorrer e alcançar o tecido do sutiã. Baixei o rosto e coloquei a ponta da língua lá, para depois corrê-la por onde o chocolate havia passado. O sabor amargo de puro cacau se misturou com a pele dela e minha língua áspera a fez ofegar e agarrar meus ombros enquanto eu a provava, como se fosse uma sobremesa.

Quanto mais a lambia, mais chocolate eu colocava. Quanto mais o sabor ficava na minha língua, mais Kizzie correspondia sem se conter. A música alta abafava seus sons eróticos, meu pau golpeou na calça e enviei uma mensagem para que essa porra se contivesse, porque eu tinha mais quatro sabores para prová-la, enquanto Kizzie ainda tinha cinco para mim.

— Você gosta? — perguntei, subindo o chocolate para o seu pescoço. Ela apertou meus ombros com a unha. — Responde, Kizzie.

— A verdade?

— Nada além dela.

— Eu quero tanto transar com você — sussurrou.

— Ah, eu sei. — Me lambuzei em seu corpo, sabendo que não poderia ser diferente. Kizzie apertou as pernas em torno de mim e eu soube que ela estava no limite.

Passei a língua, mesmo assim, mais uma vez.

Uma noite sem você

E ela não aguentou.

Suas mãos atacaram minha nuca e ela procurou minha boca e a beijou punitivamente. Mordeu meu lábio e fez sua língua rodar em torno da minha de forma voraz, me tornando, dessa vez, o incontido, já que praticamente grunhi em algum momento. Kizzie derrubou o chapéu da minha cabeça e eu escutei o som da mesa bambeando pela força que agarrei a lateral das suas coxas, trazendo-a para mim.

— Zane... — Suspirou e se afastou.

Sua boca estava suja de chocolate por causa da minha. Porra, que mulher!

— É a minha vez agora, né? — questionou.

Sem que eu tivesse tempo de responder, Kizzie sacou os cartões do meu bolso e, com um olhar cheio de malícia, abriu o envelope.

Tentei ver o que estava escrito, porém ela tirou do meu alcance.

Rindo um pouco, Kizzie escondeu o pedido atrás das costas e me fez focar em seus olhos quando segurou meu queixo.

— Você vai pagar por todos os seus pecados, Zane D' Auvray.

Kizzie

Eu estava muito determinada a fazer exatamente isso, porque o cartão pedia que eu bebesse pelo menos uma dose de qualquer uma das garrafas da mesa, desde que chupasse o limão em seguida, para a interpretação do sabor azedo. Claro que eu escolheria algo sem álcool, tendo em vista todo o trauma no decorrer da noite, mas isso não significa que seria menos interessante. Beber qualquer coisa sobre a barriga do Zane... Ah, parecia o paraíso.

Ele me encarou com curiosidade, esperando o próximo passo, e eu sorri. Entrelacei nossas mãos e fui até a área verde-escura, referente ao azedo. Diversos alimentos, bebidas e tipos diferentes de receitas estavam dispostos sobre a mesa, mas o que eu precisava mesmo era encontrar algo que me fizesse arrepiar.

E usar a barriga do meu noivo de superfície.

Zane ficaria maluco, já que era muito sensível ali e toda vez que eu o beijava... seu corpo ficava mais tenso e com mais tesão, se possível. Eu já era capaz de ver o volume em sua calça e seria mais evidente ainda depois que eu chupasse um limão no umbigo dele.

— Sua cara de pervertida me diz que vem coisa boa — com o sotaque bem acentuado, ele falou rouco.

Aline Sant'Ana

208

Me virei para admirá-lo.

A roupa de pirata, já torta em seu corpo perfeito, era magnífica. O casaco sobre nada além da pele o deixava completamente selvagem. E, somado a isso tudo, os olhos de Zane estavam pintados com lápis preto, que tornava seu rosto sedutor demais para o meu próprio bem. Ele era um pirata desenhado em sua pele bronzeada do sol, o cabelo comprido e os olhos cor de uísque.

Afastados do público, havia uns divãs que seriam perfeitos para o que eu tinha em mente. Guiei Zane para lá e ele me obedeceu, ainda que estivesse curioso demais e querendo me questionar todo o tempo sobre o que eu estava fazendo. Deitei-o e pedi que ficasse parado. Havia as vendas, que eu poderia usar, mas eu queria olhar em seus olhos enquanto o provocava. Ah, eu queria ver o fogo naquela íris hipnótica.

— Para onde você vai?

— Buscar uma coisa.

Ele elevou a sobrancelha.

— Vou ter que ficar deitado aqui?

— Sim, senhor.

Ele riu e jogou a cabeça para trás, só com a bandana vermelha de pirata na cabeça. Fui até a mesa, peguei o limão e também uma espécie de coquetel sem álcool verde, como uma bebida de maçã verde. Assim que decidi, caminhei até Zane, e ele ficou encarando as coisas que eu trouxera na mão, com um sorriso no rosto.

Fiquei de joelhos e coloquei cada item sobre a mesa, depois, me aproximei dos seus lábios e o beijei intensamente.

A boca de Zane era maravilhosa, ele tinha uma maneira única de fazer acontecer, de me deixar arrepiada. Me lembrei que ele não poderia tomar controle agora, que eu precisava estar sã para que não perdesse a chance de provocá-lo. O guitarrista da The M's sempre me tomou da maneira que bem entendia, causando reações no meu corpo da forma que pretendia. Dessa vez, eu teria a liberdade de fazer o que quisesse com ele.

— Kizzie?

— Shh...

Coloquei um pouco da bebida em sua barriga. A pequena quantidade de líquido derramou em uma linha que ia para a lateral da sua cintura. Encarei os olhos de Zane e passei a língua por sua pele bem devagar, de modo que eu pudesse sentir sua respiração se alterando. O sabor azedo invadiu minha boca,

Uma noite sem você

mas ele não era tão insuportável quanto eu previra, era até agradável.

Fiz a bebida derramar mais uma vez em seu corpo e, dessa vez, montei nele. Zane me olhou surpreso, mas suas pálpebras estavam pesadas de excitação. Prendi o cabelo e o beijei ainda mais intensamente, mordendo de leve a pele, chupando-a. A respiração acelerada do homem que eu amava se uniu à ereção em formação. Provocativa, quase como se me desafiasse a ir além.

Mas eu ia.

Peguei o limão cortado e o apoiei em Zane. Desci de modo que minha bunda ficasse em seus pés. Ele agarrou o divã, como se necessitasse de apoio, e soltou um gemido quando me viu sugar a fruta bem sobre a borda da calça, perto da ereção. O azedo fez os pelos do meu corpo se arrepiarem e Zane ficou me examinando chupar o limão, sabendo bem que eu queria ter outra coisa na boca.

Ele molhou os lábios com a ponta da língua, abrindo um sorriso safado.

— Não sei como vai ser passar o resto da vida com você. — Suspirou pesado. — Mas eu reconheço que vou amar cada segundo.

— Eu acho que sei como vai ser, sabia? — Lambi a bebida restante, embaixo do seu umbigo, na trilha da felicidade. Zane estremeceu, e a ereção ficou mais evidente. — Vamos ser cúmplices um do outro, vamos conversar sobre o trabalho, sem querer, em um final de semana que prometemos que não falaríamos da banda. — Lambi mais uma vez, e Zane jogou a cabeça para trás. — Como também vamos fugir no meio de uma reunião para fazer sexo gostoso na sala vazia do prédio.

Sorri, porque ele estava enlouquecendo.

Continuei provocando-o.

— Vamos ser muito ativos no sexo, porque nossa química não vai acabar nos primeiros três anos, nem nos próximos trinta. Da mesma forma que sei que vou poder contar todos os meus problemas para você, e vice-versa, que a gente vai se apoiar independentemente da loucura que vamos desejar cometer. — Mordi o limão e, dessa vez, ele estava bem em cima do sexo dele. Zane soltou um palavrão. — Acho que vamos desbravar o mundo juntos, conhecer lugares lindos, vamos nos apaixonar um pouco mais um pelo outro a cada aventura que fizermos. Mas também sinto que passaremos por provações, não em relação a nós dois, talvez pelos outros. De qualquer forma, vamos tirar de letra. Sabe por quê?

Chupei sua barriga e Zane segurou meus cabelos, como fazia quando eu começava um oral nele.

— Não sei — a voz grave, muito rouca, regada a sexo, murmurou. — Me diz.

— Porque, juntos, somos invencíveis. — Sorri contra sua calça.

Aline Sant'Ana

— Você acha? — questionou, fazendo sua cabeça virar, olhando intensamente para mim. Por um segundo, Zane pareceu esquecer como o seu corpo o controlava.

— Acredito no poder do que sinto.

— E do que eu sinto?

— Também — respondi.

Zane sorriu, feliz com a minha resposta. Se sentou, de modo que os limões caíram entre nós e a bebida amarga acabou derramando sobre mim. Ignorei isso tudo, porque aqueles olhos escuros estavam me admirando, me puxando para um oceano de mel e sedução.

Suas mãos foram para a minha cintura.

Seu corpo colou no meu.

A respiração bateu na minha boca.

— Acredite no que eu sinto, não tenha dúvida nem por um segundo. Eu posso ter cometido todos os erros no passado, mas agora tenho total controle do meu presente. Eu quero você nele, e o futuro, também do teu lado. Porra, eu não faço ideia de como vai ser passar o resto da vida com alguém me enlouquecendo assim, como você faz. — Zane agarrou minha mão com delicadeza e a levou até a sua ereção sobre a calça. Quando toquei, suas pupilas tomaram quase todo o olho. Depois, Zane levou com calma a minha palma até seu peito, percorrendo todo o seu corpo durante o trajeto. No destino final, eu senti as batidas fortes do seu coração. — É o meu corpo inteiro maluco por você, faz ideia?

— Faço.

— Kizzie...

Minha respiração falhou, e ele apertou a minha cintura com mais força.

— Eu amo você pra caralho.

— Também te amo.

Zane deixou sua boca pairar sobre a minha, puxando meu lábio, rodando a língua em torno da minha, me transformando em nada. Eu nunca enjoaria do seu beijo, do seu toque, da maneira fogosa que ele me tirava do chão. Nunca me esqueceria, também, da forma como nós dois nos encaixávamos, como se tivesse que ser assim, de uma forma ou de outra.

Descobri, assim, que a melhor parte do que foi reservado para mim, em vida, foi Zane D'Auvray.

Meu Deus, que sorte a nossa.

Uma noite sem você

CAPÍTULO 14

**She makes the hairs on the back of my neck stand up
With just one touch and I erupt
Like a volcano and cover her with my love
Baby girl you make me say**

— Ne-Yo, "Sexy Love".

ZANE

— Abra as pernas — pedi, encarando-a.

— Sério? — Kizzie duvidou.

Já tinha passado pelo sabor salgado e Kizzie, pelo doce, agora era a vez do tal do umami, que, segundo o cartão, era uma coisa que a gente considerasse deliciosa, que atiçasse o céu da boca e o caralho, mas com uma série de características, que, francamente, não liguei; eu ia fazer aquilo do meu jeito.

A excitação estava bem elevada àquela altura. Eu tinha perdido o casaco no salgado e a bandana no doce. Estava apenas com as botas e a calça. Kizzie, no entanto, era uma tentação à parte. Pensei que ela fosse recuar quando tinha, sem alternativa, perdido o sutiã no doce, porque dali não havia nada além do seu short sem a calcinha.

Só que a minha noiva não recuou.

Cacete, acho que nunca fiquei tão excitado em toda a minha vida. Nem quando a vi nua pela primeira vez, no sexo incrível que fizemos na piscina. O olhar de Kizzie, quando tirou o sutiã, pouco se importando com as pessoas em torno de nós, me fez perceber o quanto ela estava ousada. Por isso, quebrando todas as regras, eu não me importava nem um pouco com o último sabor, o tal umami. Peguei alguma coisa da mesa, mas só para deixar claro que eu ia fazer a atividade, porém, meu sabor mais gostoso era a pele da minha morena... e eu queria experimentar cada pedaço dela.

— É sério, Kizzie. Abra as pernas — pedi, observando seu corpo. Umedeci os lábios.

Estávamos em uma área mais reservada, nos divãs, mas não havia portas ali de qualquer forma. E embora as pessoas estivessem entretidas umas com as outras, elas podiam nos ver. Kizzie não se importou, ela fez o que eu pedi.

Aline Sant'Ana

Olhei para o spray na minha mão: chantili. Sorri com malícia, observando o corpo com tinta de Kizzie, imitando tatuagens. Eu teria que ir nos locais onde não tinham colocado adesivo nela, então só me restavam os pontos ainda mais interessantes.

— Esse Z que você fez de mentira... — Tracei a tatuagem falsa com o dedo. Os bicos de Kizzie ficaram duros com o toque e ela mordeu a boca. — Tá me deixando maluco, sabia?

— É?

— Esse Z me causa um sentimento de posse tão grande, que não sei explicar. Porra, meu corpo inteiro responde ao fato de que a primeira letra do meu nome está pintada na sua pele.

Kizzie se inclinou, deixando seus peitos gostosos pra cacete tocarem meu peitoral nu. Eu estava deitado sobre ela, no divã, e Kizzie passou as pernas em torno de mim para se apoiar melhor.

— Seu corpo responde? Eu estou toda molhada aqui, Zane. Fico assim só de te observar com tesão. Tudo o que você faz, desde o jeito que me toca, até a maneira que me olha, me deixa ensandecida. — A voz dela estava rouca, sexy e quente como o inferno.

— A bebida te deixou tão soltinha. — Ri.

Kizzie sorriu.

— O efeito já passou. O que está me deixando solta é você.

Coloquei um pouco de chantili no seu pescoço e caí de boca. Agarrei um dos seios de Kizzie com a mão livre, apertando e instigando, meu corpo inteiro querendo estar dentro dela, mas precisando se conter. Saí de cima de Kizzie e fiquei de joelhos no chão. Virei-a para mim e abri suas pernas, de modo que pudesse colocar chantili nas coxas.

— Oh... — ela ofegou.

— Uhum. — Desci os lábios e apontei a língua no chantili.

Kizzie agarrou meus cabelos.

— Ai, Zane. Se você chegar perto...

— O quê?

— Eu...

Lambi o chantili, e Kizzie soltou um palavrão, enquanto eu deixava uma risada rouca escapar. Fiz o trajeto todo da parte superior das coxas para a parte interna, parando somente quando o short me delimitava. Cada vez que chegava

Uma noite sem você

perto, Kizzie gemia; cada vez que me afastava, ela praguejava. Por mais que não pudesse transar em público, o que era lógico, eu deixei meus dedos curiosos irem de encontro à sua boceta, por cima do short mesmo, enquanto eu beijava e sugava cada lambança que fiz na sua pele.

— Z... Zane... o... que... ah, caramba... que delícia...

Comecei apenas com o polegar, fazendo suaves círculos por cima do short, sentindo o calor que vinha dali. Pela forma que o short dançava fácil, eu sabia que ela estava muito molhada, pronta para o meu pau... ou a minha boca.

— Que vontade de chupar essa boceta, Kizzie. — Mordi sua coxa e ela fechou os olhos, os músculos sofrendo espasmos à medida que ela ficava mais perto de gozar.

Eu estava prestes a afastar o short, para sentir o sabor da sua excitação misturada ao chantili, perdendo totalmente a porra da cabeça, quando Kizzie apertou meus ombros e começou a gemer muito alto. Eu precisei me levantar um pouco, colocando um joelho no divã, de forma que minha perna apoiada ficasse entre as suas. Meio em pé, meio ajoelhado, não parei de tocá-la por cima daquela maldita peça de roupa. Os planos de fazer sexo oral em público foram pelos ares, ainda bem, e comecei a beijar sua boca para que ela ficasse bem quietinha enquanto gozava.

Acelerei, usando vários dedos, girando bem em cima de onde já havia memorizado que estava o seu clitóris. Kizzie gritou e eu enfiei a língua na sua boca, beijando-a e sendo mordido durante a onda maluca de prazer que a consumiu.

Eu ri contra a sua boca quando se acalmou.

— Vamos para o quarto? — perguntou, com as pálpebras entreabertas, totalmente rendida a mim.

Era esse momento que eu mais gostava, quando Kizzie se entregava por completo, quando ela esquecia da porra do mundo e só queria meu corpo sobre o dela dando prazer até seus músculos terem câimbras. E, cacete, como eu poderia não a ter escolhido para ser minha? Como eu poderia fugir desse encantamento? Eu pensava em Kizzie como um veneno, mas um de uma magia doce, que havia se impregnado em cada pedaço do meu ser, impulsionando-me a fazer tudo o que ela quisesse.

Era maluco, mas eu nunca conseguiria pará-la.

— Tudo o que você quiser, Keziah — garanti, descendo para a sua boca.

Aline Sant'Ana

214

Kizzie

Eu acho que eles colocavam alguma coisa no ar-condicionado, uma espécie de gás tóxico que desinibia as pessoas, que permitia fazer coisas que costumeiramente ninguém teria coragem. Jamais pensei que pudesse ter um orgasmo em público, meu Deus! Ou ficar com os seios de fora sem que isso fosse um problema. Aliás, lista de coisas que posso riscar da lista "Nunca Vou Fazer Isso Na Vida". Pois é, eu fiz tudo. E não tinha nada a ver com a bebida, mas sim como o jeito que Zane agia em torno de mim.

Ele era tesão desfreado, pura testosterona, um homem cheio de vontade.

Que estava me levando ao abismo.

Mas era uma queda maravilhosa.

Vestida agora com a camiseta do Zane, caminhamos de mãos dadas até o segundo andar da festa. A batida no ambiente me arrepiou, mas também devia ser por causa da expectativa de passar essa noite incrível com ele. Nossos corpos estavam cheios de beijos e coisas que experimentamos um no outro, e eu o queria tanto como jamais o quis sexualmente.

— Você está com a chave? — questionei quando chegamos à porta com nosso número.

— Sim. — Zane a enfiou na fechadura e a porta abriu.

O quarto era imenso, muito maior do que eu esperava. Tinha vista para o lado de fora do navio, com direito a uma sacada. As luzes brincavam em um tom de azul, combinando com a decoração romântica royal. A cama redonda, bem no centro, estava coberta de pétalas de rosas azul-claras por todo o lençol de seda escuro. Havia um banheiro com abertura para o quarto, sem portas, com uma enorme banheira de hidromassagem. Sobre a banheira, uma pequena cascata, imitando uma piscina, caía sem parar sobre as pedras lisas.

Observei tudo, tentando compreender o luxo do Heart On Fire; era coisa demais para assimilar, inclusive os espelhos no quarto, em toda a volta, à meia-luz, que pairavam sobre o carpete peludo e cinza. Um divã completava a decoração, e havia uma televisão de tela plana na parede, que eu duvidava que alguém usasse.

— Tem um bilhete sobre a cama — Zane avisou, caminhando pelo quarto.

Com pouca iluminação, a voz rouca e sem camisa, ele parecia ainda mais tentador.

— Quer ver o que diz?

— Sim — respondeu e pegou o envelope. — Vou ler em voz alta.

— Por favor.

Uma noite sem você

215

Ele pigarreou e, com um sorriso sacana, começou a ler.

— Se chegaram até aqui, significa que conheceram o corpo um do outro de uma maneira que nunca haviam pensado antes. Os sabores auxiliaram na descoberta, mas é claro que a criatividade conta muito. Esperamos que vocês tenham se divertido o bastante para virem parar aqui e degustarem o prato principal. — Zane soltou uma risada e me olhou de esguelha, cheio de significado. Olhou para cada parte do meu corpo e mordeu o lábio inferior antes de continuar a ler a carta. — O quarto foi decorado exclusivamente para um casal por vez; é importante para nós a exclusividade de cada momento. No frigobar, vocês vão encontrar champanhe, vinho e taças. Também algumas frutas e guloseimas, caso queiram se alimentar em qualquer pausa. Usem e abusem de tudo sem moderação. Torcemos para que essa noite seja inesquecível, porém, isso vai depender somente de vocês. Atenciosamente, Equipe Magestic.

— Uau. — Suspirei.

Zane jogou a carta no chão e veio até mim.

— É, *uau* mesmo. — Desceu o olhar para a minha boca.

Eu estava tonta por ele, cada parte do meu corpo querendo o que não podíamos controlar.

— Vem aqui. — Ele me puxou.

A primeira coisa que fez foi tirar a sua camiseta de mim, me deixando apenas com o short. Seus braços me rodearam no segundo em que me trouxe de volta para ele e meus seios tocaram seu peito nu e quente, resultando em um choque estático entre nós. Gemi contra seus lábios quando Zane colou a boca na minha. Levei os dedos ansiosos para seu peito, acariciando os pequenos piercings que me tiravam do sério, e foi a vez dele de grunhir baixinho.

Zane enfiou os polegares no meu short e puxou-o para baixo, com dificuldade, porque era de couro e se agarrava em cada centímetro da minha pele. Assim que a peça caiu aos meus pés, comecei a trabalhar em abrir seu cinto, me livrando de todos os acessórios e fazendo-os cair em um baque surdo sobre o carpete.

— Olhe para mim enquanto tira a minha roupa — Zane pediu, me surpreendendo. Ergui os olhos para os seus e meus dedos trabalharam no botão da calça. — Isso, eu preciso ver essa chama toda de tesão queimando por mim, Keziah.

Abri o botão e puxei a braguilha para baixo. A ereção de Zane bateu em minha pele assim que foi liberada, e a cueca e a calça caíram no chão. Fiquei encarando Zane, por mais que a vontade de olhar para o seu corpo excitado por mim fosse enorme. A respiração dele estava ofegante, seus lábios, molhados e entreabertos,

Aline Sant'Ana

seu corpo melado das coisas que experimentei nele durante a festa.

Deixei um suspiro escapar, era muito sacrifício manter a sanidade.

Com as mãos grandes e calejadas da guitarra, Zane segurou meu rosto e estudou-o, vendo resplandecer a paixão ardente por ele. Sorriu satisfeito, umedeceu os lábios e fez a respiração quente bater na minha boca.

— Tá sentindo isso entre nós? — questionou.

— Amor?

— Isso também. — Gargalhou, malicioso da cabeça aos pés.

— O quê, então?

— Eu estava falando do pau bem quente tocando sua barriga, Kizzie — disse rouco, intenso.

— Ah, *isso*...

— Tá vendo como meu corpo te quer? Como ele vai sempre te querer?

Fechei as pálpebras.

— Olhe para mim — Zane demandou.

Fiz o que ele pediu. Seu rosto era puro tormento. Sua pele inteira quente, as bochechas coradas, escondidas pela barba por fazer. Todo ele completamente em chamas por mim.

— Nunca vou me cansar de foder você, de fazer amor com você, de beijar seu corpo, de estar dentro dele. Porra, você é o meu melhor lugar, Kizzie.

Minhas mãos escorregaram do seu peitoral para a barriga, os gominhos ondulando sob meu toque, o arrepio dele me fazendo senti-lo embaixo da minha mão.

— Então vem ficar dentro de mim — murmurei.

Zane grunhiu.

— Cacete, eu vou. — Me beijou duro e voraz, cheio de promessas. — Eu vou ficar o resto da porra da minha vida dentro de você. O que vai ser o paraíso, lugar que não mereço, mas quero muito estar.

Me afastei dele, caminhei de costas para a cama e me sentei.

Ele esperou, parado perto da porta, ofegando.

— Não sei se sou um paraíso, Zane. — Abri as pernas, ele desceu os olhos e mordeu a boca bem forte. Soltou um palavrão e eu sorri. — Posso ser um inferno de quente, mas você tem que vir descobrir.

Uma noite sem você

Zane não esperou sequer um segundo.

Ele veio para cima de mim como uma avalanche sem chance de contenção. Sua boca na minha, seu sexo deixando rastros quentes entre as minhas coxas, sua respiração me aquecendo em todos os lugares. As mãos ansiosas dele, mas muito experientes, vieram de encontro à parte lateral das minhas pernas, separando-as para que ele coubesse no meio delas. Eu permiti tudo, sentindo na pele a experiência de ter Zane tão entregue; ele era maravilhoso quando se perdia de tesão.

Me beijou com vontade e acariciou meus seios, prendendo-os em seus dedos longos e ásperos. Eu gemi de prazer, escutando os movimentos dos nossos corpos se misturarem à queda d'água da banheira. Enlacei as pernas em torno dele e encarei os olhos intensos, sua boca vermelha, os cabelos compridos caindo entre nós.

— Ah, amor... — resfolguei, quando seus dedos desceram pela minha barriga, encontrando a intimidade molhada.

— Tão lisinha, tão gostosa — elogiou, puxando meu lábio inferior em uma mordida, brincando com seus dedos no meu clitóris e abertura. — Cacete, vou te beijar toda, Kizzie.

E cumpriu a promessa.

Desceu a boca volumosa por cada parte, perdendo tempo nos bicos dos seios, mordiscando de leve, me transformando em uma fogueira incandescente. O raspar de dentes era a minha morte, eu podia sentir o clitóris piscar como uma placa de aviso de alta tensão, me alertando de que a qualquer segundo eu seria capaz de gozar tão intensamente quanto da primeira vez que Zane me tocou.

Até ele ir para o meio das minhas pernas, apontar a língua onde eu mais precisava do seu corpo, me fazendo gritar e perder a cabeça quando agarrei seus cabelos. Zane sorriu contra minha intimidade e chupou-a, sugando-a, fazendo a língua entrar em um lugar proibido. O calor que veio do seu contato me fez apertá-lo ainda com mais força, minha barriga começou a formar ondas de vontade, meu corpo inteiro tremendo pelo que Zane estava fazendo comigo.

Sua língua subiu para o clitóris, vibrando o ponto pulsante, e seu dedo entrou decidido, me bombeando de leve. Eu gemi bem alto, perdida no labirinto de sensações, quase prestes a ter um orgasmo. Só que Zane tinha planos, ele queria que eu gozasse com ele dentro de mim e, francamente, eu também queria. Precisava dele me preenchendo, precisava de todo aquele homem me possuindo, me fazendo sua pela milésima vez.

Nossas bocas se encontraram, pegando fogo, e seu pau automaticamente

Aline Sant'Ana

foi encontrando um caminho para o meu corpo. Eu pensei que ele ia transar comigo, no estilo tradicional, porém, Zane se afastou, sem entrar ainda em mim, e ajoelhou na cama.

— Fica de lado, Kizzie — pediu, a voz muito baixa.

— De lado?

— Sim, deita de lado, como se estivesse indo dormir.

Fiz o que ele pediu, me deitando de lado, de modo que minha bunda ficasse todinha à mostra para Zane. Ele a apalpou, abaixou-se para mordê-la uma única vez, e voltou para sua posição. Com um sorriso sem-vergonha, segurou o pau imponente e, com a outra mão, afastou uma das minhas nádegas, para ter uma visão melhor.

— Olha para mim — pediu, porque eu estava analisando demais aquele corpo, aquelas coxas, o sexo rosado e inchado de prazer... Meu Deus, como era grande.

— Hum?

Ele riu baixinho.

— Aqui, Kizzie — falou, a voz falha de tão grave. — Nos meus olhos.

Obedeci, tendo a chance, pela visão periférica, de ver seu corpo entrando devagar no meu. Agarrei o travesseiro com força, sem perder contato visual. Deslizando com cautela, notei seu rosto se transformar de controlado para fora de foco. Os lábios abriram, e ele emitiu um som animalesco e gostoso assim que colocou cada centímetro dentro.

Uma estocada, uma vez apenas que seu quadril veio em direção ao meu, e meu corpo já correspondeu como se houvesse uma magia sexual que me impediria de senti-lo sem ter um orgasmo precoce.

— Zane...

Ele desnuviou os pensamentos e voltou a me notar.

Seu corpo me preenchendo.

Sua alma me completando.

Ele me tornando tão amada quanto jamais poderia ser.

— Não adia o inevitável — falei. — Eu quero você por inteiro.

O sorriso mais bonito do universo se abriu para mim.

E ele foi meu por completo.

Uma noite sem você

Zane

Fiz meu quadril ir e vir, uma porção de vezes, bem rápido, enquanto sua boceta apertada me sugava. Era tão quente, tão molhada, tão pequena. Caralho, meu pau, se tivesse voz, estaria declarando seu amor por ela.

Meu corpo inteiro, toda a minha alma, cada pedaço amava Kizzie.

Então, nesse momento, eu precisava amá-la durante o sexo.

O que não era nada difícil para mim, modéstia à parte.

Sorri, enfiando fundo, assistindo Kizzie me olhar, tão perto de gozar, que sentia seu corpo perdendo controle. Me afastei, porque esse quarto era cheio das coisas e eu não ia ficar sem brincar com ela naquela pequena cachoeira da hidromassagem. Puxando-a mole para os meus braços, avisei para onde íamos. Kizzie respondeu com um choramingo, porque queria chegar ali, mas tínhamos o final da madrugada e o início da manhã para curtirmos várias vezes.

Ela não sairia desse quarto sem gozar umas dez vezes, porra!

— Será que a água tá quente? — ela perguntou, assim que a coloquei de pé.

— Vamos ver. — Toquei lentamente a água, indo para frente e para trás, sentindo-a morna na ponta dos dedos. — Sim, está.

— Amor... — Kizzie murmurou, encarando meu corpo, e, depois, desviou o olhar para a cachoeira de artificial.

— Sim?

— Entra aí para eu fazer uma coisa.

Ergui a sobrancelha.

— Como assim?

— Senta na beirada da banheira e deixa as costas viradas para a cachoeira, de modo que a queda d'água fique sobre você. — Kizzie mordeu o lábio inferior. — Sobre o seu corpo.

— Você me quer sentado ali? — Apontei. Ela assentiu. — Onde você vai ficar? — questionei, embora soubesse bem o que minha noiva queria fazer comigo.

— Ajoelhada... na banheira — sussurrou, os olhos brilhando de vontade.

— Cacete, Kizzie...

Aline Sant'Ana

220

— Eu sei. — Riu.

Peguei seu corpo pequeno, nem dando tempo de ela perder a risada, e o uni ao meu. Eu tinha acabado de fodê-la, Kizzie não tinha gozado, mas queria encontrar uma maneira de me dar prazer de uma forma que fosse bem gostosa para mim.

Eu podia saber todas as posições sexuais do Kama sutra? Claro que sim.

Mas não entendia muito da arte de curtir uma pessoa, estava aprendendo isso com Kizzie.

Então, eu fiz o que ela me pediu. Me sentei na borda da banheira, quase sobre a pequena amurada de madeira, que dava continuidade como a beirada de uma piscina. Encostado nas pedras que a cachoeira derrubava água, fiquei molhado em questão de segundos, experimentando a sensação gostosa e relaxante de a queda encharcar meus cabelos, peito e coxas.

Assim que abri os olhos, vi Kizzie encarando a cena como se estivesse em um parque de diversões. Porra, a forma de me encarar era sexy pra cacete, me fazendo querer sair dali e parar com esse jogo, só porque desejava muito sentir aquele corpo pequeno mais uma vez.

— Você não faz ideia do quão gostoso fica embaixo d'água.

— Mais do que já sou? — brinquei.

Ela riu.

— Um pouco mais.

Kizzie se ajoelhou na banheira e estendeu as mãos para passá-las por mim. A ponta dos dedos acariciou meu rosto, depois o pescoço, descendo em direção aos ombros. Por mais que meu pau estivesse dolorido de tesão, deixei que ela o fizesse. Assisti aos cabelos escuros caídos em torno do rosto, a maquiagem borrada, os lábios judiados dos beijos. Tudo em Kizzie remetia a sexo, de qualidade inquestionável, e eu a queria tanto, porra.

Fui um pouco mais para a frente, deixando a água cair na nuca ao invés de na cabeça, quando Kizzie acariciou meu peito, tocando de leve nos piercings. Me tirando um rosnado, minha noiva curtiu a reação, porque foi mais para o sul, na barriga, quase tocando a ereção. Kizzie não fez isso, embora. Agarrou minhas coxas com as unhas, meu pau ficando mais quente e pedinte, e, quando pensei que fosse implorar para ela me chupar, seus olhos se estreitaram.

Ela desceu sua linda boca para o meu sexo duro.

— Caralho! — soltei o som quente de dentro da garganta, perdido quando seus lábios o tocaram. A água parecia me deixar mais sensível, todos os pelos do

Uma noite sem você

meu corpo se erguendo, o arrepio me engolindo.

Passei as mãos pelo cabelo dela, segurando-o para que não a atrapalhasse. Observei como seu rosto descia e subia, a expressão de luxúria enquanto o sugava.

— Que delícia, porra — gemi forte assim que a glande bateu na sua garganta. Kizzie foi ainda mais fundo, colocando-o lá dentro.

Fiquei incapaz de falar.

Ela acariciou minhas coxas, as bolas, enquanto fazia o melhor sexo oral que já recebi na vida. Todo o meu corpo queria que eu gozasse, mas eu precisava me segurar apenas mais um pouco. Kizzie acelerou as sugadas, alternando entre puxá-lo para a sua boca e lamber a cabeça. Eu quis morrer quando ela fez isso olhando para mim, me provocando a agir de qualquer outra maneira que não fosse obedecê-la e ficar preso à sua magia.

— Vem aqui — eu pedi, fazendo carinho nos seus cabelos.

Ela negou.

— Vem, Kizzie — murmurei. — Vou gozar na sua boca se continuar me chupando assim.

Os olhos dela brilharam quando afastou o pau dos lábios cheios.

— Eu queria que você gozasse na minha boca.

Existem coisas que um homem fica maluco ao escutar.

Essa, com certeza, é uma delas.

— Vai ser mais gostoso se você gozar comigo.

Fiz ela ficar em pé na banheira e pedi que sentasse no meu colo. Kizzie se ajoelhou sobre mim, na madeira que servia como assento em torno da banheira, e espaçou as pernas, para descer com a linda boceta onde eu queria que ela se perdesse. O cabelo de Kizzie ficou molhado, seu corpo inteiro recebendo uma enxurrada da queda, as gotas se agarrando a cada curva dela, antes de cair sem destino.

Eu também não estava diferente, a água passava por mim constantemente, espirrando para todos os lados, caindo além do limite. Quando Kizzie se ajoelhou, antes de se encaixar em mim, seus seios ficaram na altura do meu rosto, e eu comecei a chupá-los. Ela agarrou o cabelo da minha nuca, puxando-o com a força, e finalmente me deixou completá-la.

A sensação desse corpo gostoso no meu era foda pra cacete, eu queria Kizzie o tempo todo.

Segurei seus quadris e fui colocando lentamente. Quando chegou à base,

Aline Sant'Ana

222

levantei-a e a abaixei, repetindo o movimento com constância, força e malícia. Eu era capaz de escutar nossas peles batendo, como se ela estivesse apanhando na bunda, além do som alto da cachoeira artificial, assim como os gemidos de Kizzie que foram se tornando agudos a cada segundo. Os cabelos dela caíram sobre os seios, os olhos estreitos de prazer.

Desci o olhar para o ponto onde estávamos conectados; a cena erótica era demais para eu aguentar. Senti quando meu pau ficou no limite da sua rigidez, intenso e adorando as quicadas de Kizzie auxiliada pelas minhas mãos ágeis. O formigamento nas bolas foi subindo, eu todo quente de vontade, minha garganta emitindo sons inteligíveis...

— Vou mais rápido — ela avisou, a voz lânguida. — Tô tão perto.

Segurando sua cintura, a fiz ir ainda mais rápido, de forma tão veloz e superficial que a bunda dela não batia nas minhas coxas. Kizzie se apoiou nos meus ombros, jogou a cabeça para trás, e os seios ficaram completamente no meu campo de visão. Desci os olhos. Os seios dela estavam com os bicos bem duros, a pele brilhando da água, sua barriga lisa com o Z de mentira e, em seguida, a boceta rosada que me enlouquecia.

Eu queria mordê-la por inteiro, queria beijá-la, queria guardá-la nos meus braços.

Eu queria a eternidade.

— Ah, Zane! — Kizzie gritou e, com os espasmos em seu corpo, apertando meu pau, eu sabia que ela estava gozando. O gemido longo e sofrido me fez ir mais devagar, prolongando o prazer sensível dela.

Assim que voltou do orgasmo, foi a minha vez de buscar o prazer. Acelerei seu corpo com tudo de mim. Kizzie abriu os lábios, um tanto chocada pela minha força, mas deu um sorriso gostoso e deixou sua boca cair sobre a minha. Não pudemos nos beijar, pela velocidade do sexo, mas eu pude olhá-la significativamente.

Então, a onda veio. Me engolindo em um orgasmo bom pra caralho, que me fez fechar as pálpebras e abrir os lábios, buscando ar. Fiquei um tempo infinito sentindo meu pau bombear dentro de Kizzie, suas mãos delicadas acariciando meu rosto, traçando os lábios, me analisando enquanto estava naquele pico máximo de prazer.

Tomei fôlego.

Abri os olhos.

Kizzie estava sorrindo.

— Você é lindo — murmurou.

Uma noite sem você

Ainda cansado, tracei suas costas com a ponta dos dedos, Kizzie ainda montada em mim.

— Eu sei, amor — intensifiquei a voz.

Ela deu um tapa leve no meu braço, como se estivesse me dando bronca, porém gargalhava.

— Para com esse ego enorme!

— É brincadeira... em parte. — Pisquei, provocando. Trouxe-a mais para perto de mim, seus lábios de encontro aos meus. — Vamos tomar banho?

— Sim, por favor.

— E depois... — Desviei do beijo, indo para sua orelha. Segurei o lóbulo entre os dentes, bem devagar, em promessa. — Depois você vai ser minha de novo, até que não tenhamos mais forças para levantar da cama.

Kizzie riu baixinho.

— Então vamos tomar logo esse banho.

Kizzie

O dia havia amanhecido e, com ele, mais duas sessões de sexo com Zane, até que o sol estivesse mesmo a pino lá fora. Me esqueci do mundo, me desliguei de tudo, até porque não seria louca de não aproveitar isso aqui com o meu noivo.

Abri os lábios e mordi o morango que Zane estava me dando na boca. Segundo ele, eu tinha que me acostumar com essas coisas, já que estaríamos casados dali a um tempo e ele teria a liberdade de transformar qualquer atividade em um ato *quase* sexual. Eu ri quando o guitarrista da The M's falou isso, mas havia tanta certeza em seus olhos que percebi que não era brincadeira.

Estava começando a ficar ansiosa com os preparativos do casamento. A cada dia, a certeza e a vontade de ser a senhora D'Auvray cresciam em meu coração. Eu queria começar a planejar, pelo menos ir pesquisando preços em uma agência de casamentos, porém também desejava Lua de volta, que Yan consertasse seu coração e que Shane se adaptasse na banda. Talvez, se tivesse que esperar tudo isso acontecer, demoraria mais do que o previsto e eu tinha que pensar na minha felicidade com Zane, na vontade que eu tinha de juntar nossas roupas — mais do que já estavam juntas — e de oficializar cada uma das palavras que foram ditas.

— Ainda está com fome? — ele me questionou, encarando meus lábios.

Aline Sant'Ana

224

— Já consegui recuperar as energias. — Sorri.

— O suficiente para um próximo round?

O sol estava entrando pela janela, iluminando algumas partes da cama, principalmente o rosto do Zane. Seus olhos brilhavam na cor caramelo pela luz e seu rosto estava bem expressivo devido à pergunta.

— Eu acho que a gente pode pensar nisso.

Zane mudou nossas posições na cama, fazendo a pequena cesta de morangos espalhar as frutas pela cama. Eu gargalhei quando ele subiu em mim, seus cabelos compridos fazendo cócegas nas minhas bochechas.

— Você não está dolorida? — questionou, sondando meu rosto, como se buscasse a verdade.

— Um pouquinho — respondi, ainda rindo.

Zane esticou um meio-sorriso.

— Pouquinho?

— Pode ser que, se tentarmos mais uma vez, eu vá ficar um tanto assada.

— Cacete, Kizzie — rosnou, bravo. — Então não podemos! Como me diz que é só um pouquinho?

Eu sorri pelo seu nervosismo, sabendo que era em prol da minha saúde, e segurei as laterais do seu rosto.

— Pobre do meu noivo, tão insaciável.

— Você tem que ser sincera comigo quando fica machucada.

— Eu vou ser.

— Prometa.

— Eu prometo.

Zane se afastou do meu corpo, olhando-o enquanto se levantava da cama.

— Preciso te alimentar com outra coisa além de frutas. Você tem que comer algo salgado. Será que já está na hora do almoço?

Olhei para cima da cômoda, procurando o celular do Zane para ver as horas. Não estava lá. Me levantei, me espreguiçando nua pelo quarto. Zane ficou olhando minhas curvas, como se fosse uma novidade, e eu dei um tapa em sua bunda quando passei por ele.

Assim que alcancei o celular, vi que eram dez da manhã e nós nem tínhamos dormido.

Uma noite sem você

— Ainda não, mas eu imagino que possamos ir em algum restaurante e comer.

— Tenta ligar para os caras para ver onde se meteram.

— Tudo bem.

Liguei para o celular do Carter, e ele me atendeu no segundo toque. Estava animado, pelo visto, sua noite fora boa. Me contou que já estava reunido com Yan, Roxanne e Shane, e que estava tudo bem com eles. Eu suspirei aliviada, porque estava curiosa para saber o que tinha acontecido com todos eles.

Pelo visto, pela maneira que Carter falou comigo, milagrosamente tudo estava em ordem.

Desliguei o telefone e fui correndo para o banho com Zane. No meio das espumas, o som da queda d'água e seu sorriso usualmente malicioso, eu comecei a pensar sobre nosso casamento, não conseguindo tirar aquilo da cabeça. Nossas pernas estavam entre uma e outra, de modo que Zane ficou encostado na ponta oposta da que eu estava, de frente para mim. A cachoeira estava ao meu lado, caindo insistentemente em minhas costas e nuca.

Era uma delícia, mas não o bastante para conter as batidas fortes do meu coração.

Comecei a imaginar, como se uma fonte de inspiração tivesse sido ativada no meu cérebro, toda a organização do nosso dia. Imaginei a dança, o sabor do bolo, o gosto do champanhe, a festa sendo encerrada somente ao luar. Sonhei acordada com nossa noite de núpcias e um futuro que prometia ser tudo aquilo que nós merecíamos. Eu queria muito, do fundo do coração, poder dizer os votos para ele, queria também oficializar o nosso momento; eu queria acelerar o processo.

— O que houve? — Zane pegou meu pé, apoiou-o em seu peito e começou a massagear os calcanhares. — Parece tão feliz.

— E estou — garanti, erguendo a sobrancelha.

— É? — Ele continuou massageando, bem tranquilo, com os olhos semicerrados enquanto me admirava. — Compartilha os seus pensamentos comigo, então.

— Quer mesmo saber?

— Sim.

— Minha mente está criando o nosso casamento e eu prevejo que vai ser lindo, Zane. Eu sei que quero a decoração em vinho e creme. Quero um vestido bonito, mas não posso entrar em detalhes, porque senão você vai imaginá-lo. Quero meu pai me levando ao altar e não desejo seguir a tradição americana,

Aline Sant'Ana

quero ter só um padrinho e uma madrinha, assim como quero que você tenha isso também — comecei a falar, com o coração batendo na boca. Zane ficou estático, me olhando, atento a cada detalhe. — Quero me casar em um lugar com montanhas, grama verde, um chalé elegante, mas nada muito sofisticado, como já te disse. Quero que você cante no dia, quero dançar com você ao som de *My Girl* e desejo, do fundo do coração, ouvir o discurso que você vai fazer quando recitar os votos do nosso casamento. Quero que seus pais contem a história da sua família em um discurso, quero nossas fotos aparecendo em um telão, quero tanta coisa. Mas, principalmente... — Levantei a mão que estava embaixo d'água, o rubi vermelho em direção aos olhos de Zane. — Quero dar o primeiro passo em direção à nossa felicidade.

O pomo de Adão de Zane desceu e subiu bem devagar, seus olhos adotando um carinho muito especial, que nunca vi antes. Ele colocou uma mecha do seu cabelo atrás da orelha e mordeu o lábio inferior, sem desviar a atenção de mim, voltando a massagear meus pés com cuidado.

— Pensei que você quisesse esperar um pouco e tal.

— Quero planejar assim que as coisas estiverem acertadas, Zane. Nada de pressa, mas nada de lentidão.

Ele fez uma pausa e seu semblante suavizou.

— Sabe o quanto fico feliz com isso? Cara, por um segundo, achei que você quisesse esse tempo de planejamento do casamento apenas porque estava insegura sobre a escolha que fez, sobre o sim que me deu. Chegou a passar isso pela minha cabeça, Kizzie. Eu tive medo, insegurança; foi tão bizarro.

— Não tenho dúvidas e quero pensar em nós. Quero muito esse casamento, Zane. Você é a melhor coisa que me aconteceu.

Ele se mexeu na banheira, se aproximando. Veio tão perto que nos embolamos ainda mais. Ele me pegou pela cintura e me colou em seu corpo, sem qualquer teor sexual, apenas para estar perto. Nem ereção ele tinha, estava relaxado e concentrado na conversa.

— Eu não pedi para ser minha em uma medida desesperada — falou pausadamente. — Sabe disso, não é?

— Sei.

— Seria insuportável viver sem você e a constatação desse fato me enlouqueceu, porra. Eu precisava ter você para mim por completo.

— Eu sou sua por completo.

Zane abriu um sorriso, que me deixou tonta ao saber que o amava tanto.

Uma noite sem você

— Então, planeja esse casamento, Keziah. Da maneira que você sonha, do jeito que quiser. Você vai ter todos os recursos das minhas contas disponíveis, você vai ter o céu e a terra e tudo o que sonhar.

— Zane, eu não quero din...

— Shh. Me escuta — ele continuou. — Eu quero que você faça da maneira que quiser. Porra, eu quero tudo o que você quiser, Kiz. Desde que suba naquele altar e prometa, na frente de todos, que vai me amar para sempre.

— Eu vou dizer que sim, vou prometer olhando em seus olhos. Já me entreguei de corpo inteiro a você, amor. Agora vai ser de corpo e alma.

— Eu quero tudo o que você puder me dar.

— E eu quero te proporcionar tudo o que você merece ter.

— É você — Zane murmurou, sua voz um pouco emocionada. — Não sei se te mereço, Kizzie. Mas sei que é de você que eu preciso.

Sorri e segurei seu rosto, sentindo a barba por fazer espetar minha palma.

Naquele segundo, Zane parecia um menino, animado com a expectativa de levar a garota pela qual se apaixonou à primeira vista para o baile. E essa era uma das coisas mais bonitas sobre ele: por nunca ter amado dessa forma, seu sentimento tinha um lado inocente e doce, que nenhum homem jamais demonstrou sentir por mim.

Eu sabia que, ao entregar meu coração para Zane, seria como viver uma história de amor que nunca teria fim.

O sentimento era infinito.

E, por isso, todo perfeito.

Carter

Enquanto isso...

— Caralho, Carter. Essa despedida de solteiro foi do Zane ou sua? — Shane indagou, me provocando, durante o café da manhã.

Levantei a sobrancelha e mordi o bacon.

Erin corou.

— Cara, eu estava aqui... aproveitei da forma que pude com a minha Fada.

— Lancei um olhar para Roxanne, sentindo alguma coisa no ar. Troquei olhares com Yan, que assentiu para mim, lendo meus pensamentos. — E você, Shane? O que fez? Roxy saiu louca atrás de você e depois me ligou, dizendo que estava tudo bem.

Shane não respondeu. Surpreendentemente, deu uma fome absurda no caçula dos D'Auvray. Assisti-o enfiar dois pedaços de bacon na boca, mastigando ruidosamente.

— Somos só amigos — Roxanne garantiu. — Fiquei com ele durante a noite, porque estava preocupada com a possibilidade de Shane usar... qualquer tipo de... — Ela parou de falar.

— Certo, Roxy. — Decidi não forçar o assunto.

— Somos só amigos — Shane falou, repetindo o que a amiga disse. Ele encarou Roxy com uma intensidade nova. — Certo, Querubim?

— Caralho, vocês vão deixar qualquer um louco — resmungou Yan.

Sorri para um dos meus melhores amigos, me compadecendo da situação.

Yan não estava legal ainda, mas, cara, só de saber que ele aproveitou devidamente esse cruzeiro fez toda a loucura de nos enfiarmos nele mais uma vez valer a pena.

Soube que Yan passou a noite jogando com Mark, os dois solteiros não aproveitaram nada além das jogatinas do navio. Eu, bem, passei com a minha Fada, mas algo a respeito de Shane e Roxanne, e a maneira que ambos estavam a uma distância absurda um do outro, me fez pensar.

Balancei a cabeça.

Quanta água ia passar por baixo dessa ponte?

Ao menos Zane e Kizzie estavam bem.

Enlacei meus dedos nos da Fada embaixo da mesa.

Seus olhos azuis brilharam.

Sim, algumas coisas estavam mesmo bem.

Uma noite sem você

EPÍLOGO

Vocês querem mais um pouquinho desses dois?
Fiquem agora com o futuro de Zane e Kizzie.
Com todo o meu amor,
Aline.

Uma noite sem você

E ELES VIVERAM...

> You are my love
> No one before you
> All that I am
> Points to you
> And I was made by you
> I was made for you
>
> — United Pursuit feat Brandon Hampton, "Since Your Love".

Zane

Quando via meus pais falarem sobre o amor, não fazia ideia de como era. Eu sabia que poderia ser mágico, intenso, insano, mas sentir isso na pele é totalmente diferente. É se doar, se preencher, viver com outra pessoa para que ambas sejam felizes. É se dividir e se multiplicar. Caralho, é mesmo uma porra muito maluca.

Tentei não pirar com o dia de hoje. Juro que tentei. Quer dizer, eu fiquei tocando guitarra na sala privada, encarando o relógio, vendo os segundos se arrastando como se fossem minutos e as horas simplesmente não andando. Era como se o tempo estivesse brincando com a minha cara, quando tudo o que eu mais queria era ver Kizzie pegar meu sobrenome.

A porta se abriu.

— Caralho, você se arrumou mesmo! — disse Shane, surpreso.

— Porra, Zane. É assim que se veste! — completou Yan, com um sorriso orgulhoso.

Eu levantei o olhar e vi os dois caras também vestidos formalmente.

— Todos nós estamos bem.

Eu vestia um conjunto de terno cinza-chumbo com colete e todas as coisas que Carter disse que seriam interessantes para o noivo. Como meu padrinho, eu tive que deixar o cara me ajudar pelo menos com a roupa que eu ia vestir, o que foi claramente auxiliado pelo metódico baterista da banda também. Segui o conselho de ambos e amarrei o cabelo rebelde em um coque meio bagunçado no alto da cabeça. Eu estava impecável, mas queria muito que Kizzie desarrumasse tudo isso.

— Kizzie deve entrar em trinta minutos — Shane me avisou. — Carter já está a postos do lado de Roxanne. Erin está ao lado de Oliver. Lua está ajudando Kizzie. Enfim, todos prontos. Você pode aparecer, noivo.

— Meu, isso é tão louco — confessei.

Shane e Yan riram.

Dei uma boa encarada no meu irmão e no Yan. Decidi deixar a Fender de lado para abraçá-los.

— Estou nervoso pra cacete — murmurei, ouvindo a risada de Shane perto do meu ombro.

Depois, fui para o Yan. Ele me abraçou com força, expressando todo o carinho que sentia por mim ali.

— O amor faz isso com as pessoas. — Shane falou.

— Posso te dar um spoiler? — emendou Yan.

— Qual?

Yan se afastou e me encarou bem nos olhos.

— Kizzie está tão linda que é capaz de você desmaiar.

Porra.

— É verdade — Shane endossou.

— Caralho.

Soltei um suspiro longo, me afastei dos caras e me encarei no espelho de corpo inteiro do chalé que havíamos alugado para a cerimônia. Eu estava muito arrumado, perfumado e pronto para dar o primeiro passo do resto de nossas vidas.

A porta se abriu de novo e minha mãe, segurando um lencinho embaixo dos olhos, tentou controlar a emoção ao me ver. Mas as lágrimas são traiçoeiras e, mesmo que ela tenha tentado bastante, não conseguiu contê-las.

— Ah, meu filho! — Suspirou e veio me abraçar. Beijou as minhas bochechas, ainda chorando. Meu coração apertou, e precisei piscar um pouco para não deixar as lágrimas caírem ao vê-la assim. Mamãe segurou os dois lados do meu rosto e sorriu. — Você está tão lindo quanto o seu pai no dia em que me casei com ele. Estou orgulhosa do homem que você é hoje, do homem que você lutou para ser e do homem que sei que será para a Kizzie. Vocês dois se merecem, o destino quis assim.

— Porra, mãe... não fala essas coisas...

— Olha o palavreado, Zane! — implicou. Mesmo assim, sorriu de novo. —

Uma noite sem você

Vou te levar ao altar. Todo mundo está esperando você chegar.

— E eu só quero a Kizzie dizendo sim.

Mamãe beijou meu rosto novamente.

— E é isso que você vai ter, querido.

Em seguida, ela puxou Yan e Shane pela mão, como se fossem duas crianças. A cena me fez soltar uma risada, que quase aliviou o meu coração.

Quase, porra.

Kizzie

Minhas mãos estavam trêmulas, agarradas ao buquê de rosas vermelhas, enquanto minhas pernas pareciam gelatina em cima daqueles saltos brancos, delicados e com rendas, assim como o meu vestido. Observando-me pelo reflexo da janela, vi o penteado: o coque cebola cheio e com uma joia em torno dele, repleto de pequenos diamantes e rubis, combinando com a minha aliança de noivado. O vestido branco justo no corpo inteiro, como uma segunda pele, brincava entre a transparência, docilidade e decência. Estilo sereia, apenas se abria quando passava dos meus joelhos. A maquiagem era de um suave toque nos olhos, mas um vinho forte nos lábios, combinando com a decoração que planejamos com tanto afinco vinho e creme.

O chalé que alugamos não poderia ser mais perfeito. Era afastado de Miami, com uma arquitetura misturada de vidro e madeira na medida certa, tão grande que não tive a oportunidade de contar quantos quartos tinha. Somado a isso, estávamos na primavera, e as árvores em torno do caminho que eu passaria estavam floridas, de todas as tonalidades que a natureza poderia oferecer. As pedras, lisas e delicadas, dariam certo com meus saltos agulha. E um lago, do lado direito do local da cerimônia, límpido e combinando com o céu azul sem nuvens. Tudo estava perfeito, todas as pessoas que eu amava estavam lá, porém, o frio na barriga era incontrolável.

— Querida, eu preciso ver se as flores estão perfeitas. Me empresta rapidinho?

Olhei para Lua, abrindo um sorriso para ela. Deixei que ela fizesse sua avaliação e, como se soubesse bem o que estava fazendo, reposicionou as flores e o buquê, deixando-o ainda mais impecável.

— Como você fez isso? — questionei, surpresa.

Aline Sant'Ana

234

Ela se aproximou, deu um beijo rapidinho no meu rosto e piscou um olho para mim.

— Tenho meus truques. E o seu pai vai entrar. Está preparada?

— Não — respondi honestamente.

Lua apenas sorriu para mim. Um sorriso sábio, de uma vida inteira, que foi capaz, por mágica, de acalmar os meus nervos. Em seguida, fechou a porta. Não demorou nem meio minuto para ser aberta novamente.

Meu pai.

Não preciso mentir. Norman Hastings chorou como se fosse uma criança no instante em que colocou os olhos em mim. Me deu de presente de casamento algo que eu nunca poderia esperar: uma carta da minha mãe, escrita para o meu pai, no dia em que eles se casaram.

— Pai...

— Eu gostaria que você lesse antes de entrar.

Eu já estava emocionada por tudo. Como seria ao ler essa carta?

Assenti para ele, tentando controlar as batidas fortes do meu coração.

Norman,

Hoje é o dia em que me faço sua.

Meu corpo e alma, sem intenção de retorno, irão pertencer a você.

Assim como meus sorrisos, as lágrimas que vamos dividir, os momentos bons e ruins que iremos passar.

Mas nada disso importa, desde que você seja o homem que estará ao meu lado.

Hoje eu me sinto pronta para ser a Sra. Norman Hastings.

Não só aos finais de semana, ou nas idas ao cinema, jantares românticos...

Hoje é toda a parte boa e a ruim de ser quem eu sou. De ser quem nós somos.

Posso te contar um segredo?

Amo até os seus defeitos, tanto quanto amo suas qualidades.

Uma noite sem você

Isso me fez querer dizer sim e caminhar pelo altar da igreja mais bonita de Miami.

Nos vemos do outro lado.

Para sermos um só.

Sempre sua,

Agatha Jackson Hastings

Precisei me sentar por cinco minutos. Aquela declaração de amor fragilizou todos os meus nervos. Era uma das coisas mais bonitas que já tive a oportunidade de ler e a mais real e sincera. Eu me sentia assim com o Zane, e era assim que o amor deveria ser. Apesar das lágrimas que caíram dos meus olhos serem de emoção, eram também de certeza. Amávamos do jeito certo, era assim, não poderia ser de outra forma.

Encarei meu pai e pulei em seu pescoço. Ele me abraçou com tanta força e emoção que foi como se nossas almas se colassem. O laço paternal era inexplicável e maravilhoso. Papai, por algum motivo, sabia que eu precisava ler aquilo. Não por não ter certeza em relação a Zane, mas para ter certeza absoluta de que o amor de verdade funcionava assim.

Ele delicadamente pegou o lenço do bolso e secou minhas lágrimas, me avisando que a maquiagem era ótima, pois não tinha borrado. Isso me tirou uma risada, antes de nos levantarmos e nossos braços estarem unidos. Deixei um suspiro escapar, o buquê tremulando em minhas mãos. *Thinking Out Loud*, em uma versão apenas tocada por piano e violino, começou a soar quando dei o primeiro passo rumo à grande entrada.

Meu coração pulou.

Minha respiração prendeu.

Meus pés flutuaram.

Eu era capaz de ver todos os convidados pela visão periférica, porém não pude olhá-los direito. Zane estava impecável de tão lindo, deixando o peso ir de um pé para o outro, ansioso e com o lábio inferior preso entre os dentes. Assim que me viu, seu sorriso foi completo, seus olhos ficaram vermelhos e lágrimas desceram pelo seu rosto, parando na barba rala. Eu sorri para ele, cada vez mais perto do seu contato, andando a passos lentos, quando queria apressá-los. Meu pai estava me mantendo em pé, quando meus joelhos fraquejavam. Abri um sorriso para Zane, mesmo que eu soubesse que lágrimas estivessem escorrendo igualmente pelo meu rosto.

Aline Sant'Ana

No momento em que meu pai colocou minha mão sobre a de Zane, eu precisei morder o lábio, porque seu rosto se tornou ainda mais emocionado.

— Entrego a minha vida em suas mãos — meu pai disse a Zane, puxando-o para um abraço, antes de dar um beijo casto na minha testa, sorrir e me deixar ir.

Frente a frente com Zane, a inacreditável emoção passando por nós, nunca me senti tão realizada e feliz na vida. Parecia que estava sobre nuvens, sem poder conter a flutuação do meu corpo, a sensação de amor preenchendo cada veia que me mantinha viva.

— Yan tinha me avisado, mas você... não, não chega perto do que ele disse. Eu te amo pra cacete, Kizzie — sussurrou baixo, em respeito ao padre.

— Eu te amo muito, Zane.

— Pelo resto da vida — garantiu, antes de a cerimônia começar.

Confesso que eu queria manter meus olhos no padre, mas roubava olhares para Zane, ignorando todos ao nosso redor. Naquele instante, eu não podia me concentrar em nada a não ser no homem que tinha me provado de todas as maneiras que o amor é capaz de vencer tudo. E quando ele roubava olhares para mim, nós dois sorríamos, porque era isso.

Toda a felicidade, sem precisar ser dita.

Resumindo-se aos sorrisos mais sinceros desse mundo.

Zane

Não era papo de noivo apaixonado, não. Era realmente a verdade. Ela estava indescritível, toda pronta para ser minha, carregar meu sobrenome, meus sonhos e nosso futuro. Quando o padre disse que poderíamos citar os votos antes de colocar as alianças, eu soube que esse era o momento de prometer a ela tudo o que eu poderia, dentro do que seria capaz, de acordo com o que ela merecia.

Viramos de frente um para o outro. Emoções transpareceram por nossos olhos. Caralho, que mulher linda!

— O amor era utópico, um sonho distante, antes de você aparecer e bagunçar o meu coração. Me lembro do dia em que te vi pela primeira vez, do dia em que te vi pela segunda vez e todos os dias que se seguiram, os meses, antes de viajarmos para a Europa. Me recordo do medo que senti quando o amor apareceu, mas você sabe, Kizzie, eu sou um pouco louco, um pouco impulsivo, e o medo não foi mais forte do que a vontade de estar ao seu lado pelo resto dos meus dias. Assim que percebi que seria insuportável estar sem você, não por um motivo egoísta, mas sim porque a vida não teria a mesma cor para nós dois, eu precisei me ajoelhar e pedir a sua mão. Não havia nada mais, naquele momento, que eu desejasse. Nada além de você.

Ela mordeu o lábio inferior, emocionada.

— Descobri que as coisas mais importantes das nossas vidas vêm na surpresa, que o destino não tem hora nem lugar para começar a agir e que, quando acontece, você só tem que aceitar e se deixar ir. Eu aceitei você durante cada dia, cada hora, cada instante. Aceitei seus defeitos, suas qualidades, suas motivações, suas perfeições e imperfeições. Aceitei a mulher que você é, porque ela me completa como a melodia de uma música. Você é a minha composição mais perfeita, a única que se encaixa na canção que eu criei. Vê? — Apontei para mim. — Isso é seu. Desde esse dia em diante, eu prometo que vou honrar o fato de você me permitir te amar. Eu prometo que vou te fazer rir mesmo nos dias ruins, que vou estar com você em cada subida e descida da montanha-russa que é a vida. Prometo te respeitar pra cacet... te respeitar, ser fiel, prometo que nunca vou magoar o seu coração, ser irresponsável em relação a nós dois. Prometo te ouvir, mesmo quando não concordar, prometo ser paciente, prometo que vou ser tudo aquilo que você precisa que eu seja, Keziah. Eu pertenço ao seu destino e quero adicionar na sua vida todo o amor que eu puder oferecer. — Fiz uma pausa. — Você é o meu primeiro e último amor. Eu amo você, cada parte de você, com tudo que há dentro de mim.

Escutei Roxanne se emocionar, Carter pigarrear por algum motivo e Erin chorar pra valer, além de Oliver ficar visivelmente surpreso. Entreguei o microfone para Kizzie. Suas pequenas mãos agarraram-no e, mesmo com os olhos molhados, sua voz soou firme.

Forte.

Linda.

Dona da porra toda.

— É muito difícil uma alma machucada se entregar novamente a outra. Eu tinha certeza, estava convicta, de que o certo era me manter afastada de você. Mas, uma vez, falando no telefone com meu pai, ele disse: "Você não pode fazer promessas com o cérebro para cumprir com o coração. Um órgão anula o outro, meu amor". Meu cérebro me alertou que você era um perigo, meu coração queria se jogar de um prédio por você. Eu não sei em qual momento o coração ganhou. — Suspirou. — Todavia, fico muito feliz com essa vitória. Eu estava errada, Zane. Errada sobre o homem que você é, e você me provou todos os dias o quanto é capaz de me fazer feliz. Pequenas coisas, grandes atitudes, desde o básico ao

Aline Sant'Ana

imenso, meu coração sabia que era você. Cada batida errada, cada suspiro mais forte, cada segundo em que estava do seu lado, a minha alma me avisou que Zane D'Auvray era o homem que eu poderia, deveria e queria passar o resto da minha vida. Quando você ficou de joelhos, tive tanto medo, por te amar tanto há pouco tempo, mas você lembra o que eu disse?

Ah, caralho! Essa mulher ia acabar comigo!

Assenti.

— "Eu não poderia dizer sim para qualquer outra pessoa senão você, Zane". Quando disse sim, eu disse sim para a vida que quero com você. Todas as promessas, todos os desafios, todos os medos e as vitórias. Eu disse sim para o amor incontrolável, inacreditável e estupendo que sinto por você, que você sente por mim, porque não há dúvida. — Kizzie mordiscou o lábio inferior. — O amor precisa ser assim para ser o certo e é tão certo com você, que a resposta é sim, sempre será sim. Pela promessa da fidelidade, pela promessa do respeito, na saúde e na doença, durante cada segundo em que eu respirar, a resposta é sim. Sou sua. Minha alma machucada e quebrada encontrou a cura. Acho que você estava certo em relação aos seus superpoderes. — Ergueu a sobrancelha em desafio, me provocando. Eu ri. — Só quero passar todos os segundos que me restam ao seu lado. Eu te amo com tudo de mim, Zane D'Auvray.

Carter me entregou as alianças. A peça dourada com um pequeno rubi no centro, combinando com o anel de noivado de Kizzie, tendo meu nome e o seu gravados na parte interna, assim como a data do nosso casamento, foi para o dedo de Kizzie, enquanto eu me comprometia a cumprir cada palavra que meu coração dizia. Depois, ela deslizou pelo meu anelar a aliança grossa, com uma linha vermelha no centro também em rubi, combinando o amor imenso e vermelho, que pulsava, em cada parte dos nossos corpos, um pelo outro.

Assinamos os papéis, meu sobrenome passando a ser dela e, quando tudo estava terminado, escutamos finalmente:

— Pode beijar a noiva!

Eu me aproximei da mulher que agora era minha. Seus lábios vermelhos, seu rosto um pouco inchado de tanto chorar, e mergulhei em seu sabor que me completaria dali por toda a eternidade. Ouvi aplausos, senti os flashes dos fotógrafos e curvei Kizzie na posição clássica dos noivos, beijando-a pra valer quando meu corpo se inclinou sobre o seu. Me demorei em sua boca e, quando me dei por vencido, me afastei dos seus lábios, encarei seus olhos e sussurrei:

— Minha D'Auvray.

Ela riu, feliz e emocionada.

Uma noite sem você

— Sua. — Foi sua resposta, antes de nos beijarmos de novo e sairmos de mãos dadas, com todos a nossa volta desejando toda a felicidade do mundo.

Que besteira, cara.

Toda a felicidade do mundo já estava ao meu lado.

Kizzie

A festa foi como eu sonhei. Comemos, rimos e dançamos até a lua apontar no céu. Não só Zane, como toda a The M's, cantou *My Girl* especialmente para mim, levando-me às lágrimas. Dancei com minhas amigas, beijei meu marido infinitas vezes, e, quando estávamos cansados, bêbados e desejando privacidade para curtir nosso momento, Zane me puxou para longe da festa e me levou até o lago afastado da imensa cabana que passaríamos a noite.

Rindo, ofegantes, como dois adolescentes, arrancamos os nossos sapatos e corremos pela grama bem aparada. Assim que alcançamos o lago e nossos pés molharam, apoiamos as mãos nos joelhos e tomamos fôlego. Zane me encarou, com o terno ainda surpreendentemente bem alinhado, embora seu cabelo tivesse se desfeito do coque bagunçado do início da cerimônia.

Apenas com a luz da noite refletindo em seus olhos castanhos, o sorriso malicioso na boca, eu sabia qual era a intenção do Zane antes mesmo que ele começasse a puxar o nó da gravata. Desfez-se do prendedor que mantinha a peça no lugar e, depois, terminou de puxar o nó e jogou tudo para longe.

— Zane?

Ainda sorrindo, começou a desabotoar o colete bem devagar. Eu abri os lábios em choque, vendo-o se despir, pouco se importando que a alguns metros os convidados estavam comemorando e bebendo em nosso casamento.

— Zane!

O colete foi embora.

Ele começou a desprender os botões da camisa.

— Minha empresária me jogou no Google e, sem dúvida alguma, me viu nu em um lago.

Tentei argumentar, mas ele fez um *shhh* sonoro enquanto puxava o zíper da calça.

— Ela não falou que me viu nu no lago na reunião, porque era... hum...

Aline Sant'Ana

240

depravado demais. Eu me lembro até da foto, bem engraçada, minha linda bunda gostosa e meu rosto de choque. Enfim, ela viu essa foto.

— Ah, Zane — murmurei e segurei a risada.

— Essa mesma empresária me aconselhou a não fazer coisas loucas como essa que estou fazendo agora... tão pervertidas! — Ergueu a sobrancelha sugestivamente, o sotaque britânico brincando na língua, e sorriu como uma criança que acaba de ganhar um doce.

A calça saiu.

Apenas de boxer preta, tomei um tempo encarando aquele homem, meu homem, que deixou a minha vida de ponta-cabeça desde o instante em que apareceu nela. Era tão típico do Zane, que não sei como ele ainda me surpreendia.

Talvez por causa do álcool que bebi ou apenas pela felicidade de ser esposa dessa criatura maliciosa, eu abri um sorriso e entrei na dança.

— Essa empresária parece ser muito durona.

Zane gargalhou e, enquanto a risada sumia, seus passos chegavam perto. Bem perto. Sua respiração bateu na minha boca, elevando um arrepio da coluna à minha nuca.

Os dedos ágeis começaram a desprender os botões perolados do vestido de noiva, em minhas costas.

Um a um.

— A empresária provavelmente me aconselharia a não cometer um ato impensado, como nadar nu com a minha adorada esposa em uma festa onde existem fotógrafos presentes. Na festa do casamento, pelo amor de Deus!

— Nossa, isso parece profundamente sensato... e chato.

Ele riu de novo.

Meu Deus, por que até sua risada era sexy?

— Como a minha empresária não está aqui, adorada esposa, o que acha de fazermos isso sem ela saber? — cochichou em meus lábios, chegando ao último botão. O vestido se abriu nos meus ombros, caindo como duas pétalas de rosas recém-abertas desistindo de se manterem em pé.

Não havia sutiã nesse vestido, ele tinha um bojo próprio, então, fiquei nua da cintura para cima. Zane não pareceu surpreso, apenas excitado, umedecendo a boca como se quisesse me provar.

— Eu apoio a ideia. — Minha voz saiu rouca, um pouco ofegante.

Uma noite sem você

Zane puxou o vestido para o chão.

Ele encarou a minha microcalcinha fio dental branca, de renda transparente, pensada especialmente para a hora em que ele tirasse esse vestido e tivesse seu prêmio. O homem me admirou como se um vulcão tivesse acabado de entrar em erupção dentro do seu corpo e tomou minha boca como se precisasse dela para sobreviver. Eu agarrei seus ombros e deixei minha língua encontrar a sua, enquanto suas mãos desciam por mim, apertando tudo o que encontrava, até parar na bunda e agarrá-la com força.

Zane enfiou os polegares nas laterais da calcinha e foi descendo beijos por meu corpo enquanto a lingerie descia pelas minhas pernas. Arrepiada, excitada, alterada do álcool, eu fiquei com tanto desejo que meus joelhos fraquejaram. Ele se levantou a tempo de me pegar em seus braços.

Sorrindo, deu um beijo estalado na minha boca antes de semicerrar os olhos diabolicamente.

— Você tá pronta?

— Para quê?

Antes que pudesse processar, Zane me pegou no colo e se jogou comigo no lago fundo e gelado, me deixando incapaz de respirar, embora eu quisesse muito rir ou bater nele. Assim que voltamos à superfície, arfei de surpresa e joguei água em seu rosto, e ele parecia tão endiabrado e quente que desisti de bater em alguma parte daquele corpo maravilhoso.

— Esqueci de tirar uma coisa — ele disse, se remexendo embaixo d'água, somente com o queixo acima da superfície.

A cueca boxer de Zane boiou até alcançar nossos rostos.

Ele a pegou e estendeu a peça para mim.

No elástico da borda, onde geralmente estava a marca da cueca, havia outra coisa bordada.

PROPRIEDADE DE KEZIAH D'AUVRAY

Comecei a gargalhar tão alto, mas tão alto, que não consegui me conter. Zane me puxou pela cintura, enquanto eu ainda ria, nossos corpos gelados pela temperatura da água, mas se acostumando com o frio súbito que sentiram. Com todos os pedaços de pele colados um no outro, seu nariz rondou em torno do meu, e a risada cessou.

Aline Sant'Ana

242

— Você nunca vai parar de me surpreender, não é? — sussurrei.

— Nunca — prometeu, mais sério dessa vez. — A vida comigo vai ser assim, Keziah: surpresa, intensidade, loucura, sexo e amor.

— Não preciso de mais nada — garanti, admirando seus olhos provocativos.

Zane suspirou, segurou minha nuca, aproximou sua boca da minha e, antes de me beijar profundamente, sussurrou:

— Nem eu.

Uma noite sem você

... FELIZES

You're the sound of redemption
The faith that I've lost
The answers I'm seeking no matter the cost
You opened the window
Now I can see
And you taught me forgiveness
By giving your love back to me

— Goo Goo Dolls, "All That You Are".

Um casamento D'Auvray, um casamento McDevitt,
um bebê ruivinho e mais algum tempinho depois...

ZANE

Se eu posso contar uma coisa a vocês é: tivemos instantes loucos e alguns maravilhosos, dos quais em noventa por cento deles eu perdi o fôlego.

Kizzie não era somente uma mulher perfeita, ela era tudo que desejei por toda uma vida, mesmo que não soubesse disso quando solteiro.

Durante o nosso noivado, assistia-a planejar o casamento ao lado das garotas, mesmo que tivesse que ser feito à distância, por ninguém estar em Miami, somente eu e Kizzie. De qualquer maneira, foi o ano mais conturbado de nossas vidas, mas tivemos momentos bons, apesar de todas as reviravoltas que aconteceram conosco e com quem amamos. No final do que pareceu ser uma guerra, estávamos bem.

Em seguida, vivemos o começo do sonho, pois me casei com a mulher que eu amava em um chalé afastado da cidade, na primavera, com o chão estava coberto de flores coloridas e todos que nós amamos presentes. Seu pai trouxe a minha garota completamente de branco, com um vestido de tirar o fôlego. Vocês já viram essa parte. Eu recitei palavras bonitas e nós dissemos sim como se toda a nossa vida dependesse disso.

Depois, a decisão de onde íamos morar e como iríamos dividir a nossa vida pessoal e profissional acabou nos rendendo algumas brigas. Tínhamos personalidades parecidas e, às vezes, batíamos de frente. A discussão mais importante delas foi o fato de Kizzie não querer fazer do meu apartamento a nossa casa mesmo, a oficial. Miska, sua gatinha, gostava tanto da minha casa,

Aline Sant'Ana

mas sua dona parecia não aceitar. Com muita relutância, deixei Kizzie vencer e comprei uma casa em frente à praia, local onde sabia que Carter e Erin tinham uma espécie de sonho de morar.

Nós fomos todos juntos para o mesmo bairro.

Mas faltava alguma coisa.

Eu e Kizzie não sabíamos o que era. Nós nos amávamos, tudo estava certo. As brigas terminaram, os problemas também, transávamos com a mesma frequência louca do começo e tudo parecia bem. Porém, nossa casa era silenciosa, até Miska estava um pouco deprimida, e nem as ondas do mar pareciam trazer felicidade para a minha esposa.

Foi em uma ligação de Erin para Kizzie que nós descobrimos.

A noiva do Carter disse, em meio a soluços, que estava grávida e tinha acabado de contar para o vocalista da banda assim que chegamos de viagem. Kizzie sorriu ao telefone, se emocionou pela amiga — ambas estavam muito ligadas depois de todo esse tempo —, mas foi só a ligação terminar que as lágrimas de Kizzie se tornaram um choro incansável.

Abraçou-me tão forte que tirou meu ar. Pediu-me desculpas por não conseguir ser mãe e nos dar um futuro. Acariciei suas costas e disse que não me importava, desde que estivesse sempre perto dela, mas Kizzie estava arrasada. Ela queria ser mãe, merda, nunca superou a perda do bebê, e eu sabia que para ela era muito mais do que apenas um sonho, era uma meta de vida.

Nós fomos ao médico juntos e sua explicação foi clara: poderíamos tentar, mas a chance de ela sofrer abortos por repetição seria grande. Kizzie não poderia passar por isso novamente, ela não aguentaria sofrer outro aborto, porra!

Então, ficamos em silêncio.

O tempo passou, e Kizzie continuou tomando anticoncepcionais e, por mais que não abordássemos o assunto, a vontade de ser pai veio para mim com grande força depois de ver o bebê da Erin e do Carter nascer. Lennox McDevitt tinha os traços do Carter como nariz e olhos verdes, mas o cabelo ruivo e os lábios da mãe.

Tinha uma personalidade um pouco indeterminada e, em seu aniversário de um ano, percebemos que possuía muito ciúme da mãe. Era um tanto genioso e isso não podia ser característica de outra pessoa senão Carter. Porra, perdi a conta de quanto tempo passei com esse menino nos braços, dizendo que ele provavelmente ia sofrer no futuro por causa de uma garota. Se fosse ciumento como a banda The M's era com suas respectivas mulheres, o problema estava feito.

Uma noite sem você

— Lennox anda me dando tanto trabalho, nem parece que fez dois anos mês passado — Erin comentou, com todos nós na mesa. Lennox estava sentado em seu colo, com os grandes olhos verdes colados em mim.

Esbocei um sorriso para ele e o vi dar uma risada infantil.

Cara, esse garoto era lindo.

— Deve ter puxado à alma de rockstar do pai — comentou Kizzie, sorrindo para o neném.

— Ele adora me ouvir cantando e tem uma predileção especial pelo violão. — Carter estava apaixonado por ele. Não havia dúvida alguma nisso.

O assunto do violão me trouxe de volta à realidade; reviver tudo o que passei com Kizzie nesses anos todos era natural, já que estávamos comemorando hoje o nosso aniversário de casamento.

Dia onze, já que havíamos passado onze noites inesquecíveis.

Esse número agora era especial para nós.

Observando a mesa cheia de gente, inclusive as conversas paralelas de Yan e meu irmão Shane, com suas respectivas, acabei me perdendo um pouco, mas voltei a minha atenção para o que Kizzie estava conversando com o casal Carter e Erin.

Observei os traços da minha esposa, vendo que não mudara absolutamente nada. Continuava com as mesmas curvas maravilhosas, o sorriso de tirar a porra do meu fôlego, os olhos amarelados e a boca cor de cereja.

Lennox fez um barulhinho que atraiu todos. Ele chamou a titia, pedindo atenção para Kizzie, e estendeu os braços para ela. Erin deixou que seu menino fosse e, quando ele deitou no colo dela, olhando-a como se estivesse apaixonado, eu me vi naquele garoto.

Tive que soltar uma risada.

— Será que você vai concorrer comigo, Lennox?

Isso atraiu a atenção dele, fazendo o menino rir, embora talvez não soubesse o que a palavra "concorrer" significava.

— Zazzie!

Ele misturava o meu nome com o de Kizzie. Eu adorava isso, adorava a forma como soava. Ele não nos via separados e nos comparava a uma pessoa só.

Eu era mesmo um homem incompleto sem ela.

— Zazzie é a coisa mais bonita que esse bebê já inventou — brincou a garota

Aline Sant'Ana

do Yan, observando Lennox com uma atenção redobrada.

— Olha a cara que ele faz. — Yan riu, bebericando do copo e olhando para nós dois.

— Lennox, não me olha com essa cara — corrigi o menino, vendo-o arregalar os olhos. — Seu pai faz o mesmo e eu nunca caí nessa mer... coisa.

Erin não queria que falássemos palavrões na frente do bebê McDevitt. Então, eu respeitava.

— Titia Zazzie.

— Oi, meu amor — Kizzie respondeu.

— Mamãe falou que tem presente.

Kizzie olhou para Lennox e depois para Erin. Vi a mulher do Carter soltar um suspiro e Lennox olhou para a mãe como se estivesse anos-luz à frente dela.

— Você tinha que contar antes, Lennox?

Lennox fingiu que não ouviu a mãe e começou a apertar os braços de Kizzie.

— Contar o quê? — Kizzie perguntou, parecendo atrapalhada ao ser esmagada pelo bebê.

Kizzie olhou para Lennox e depois para Erin. Vi a mulher do Carter soltar um suspiro e Lennox olhou para a mãe como se estivesse anos-luz à frente dela.

— Você tinha que contar antes, Lennox?

Lennox fingiu que não ouviu a mãe e começou a apertar os braços de Kizzie.

— Contar o quê? — Kizzie perguntou, parecendo atrapalhada ao ser esmagada pelo bebê.

— Lennox deve ter me escutado falar tanto que acabou pegando a referência. — Erin se levantou, deixando todos nós atentos a ela. — Hoje vocês fazem aniversário e sei que o dia onze é especial para vocês. Então, acho que nada mais certo do que abrirmos os presentes! Zane, você começa.

— Oi, Marrentinha.

Seus olhos amarelos me fitaram com atenção. Lennox puxou um pedaço do cabelo de Kizzie e começou a enrolar no dedo gordinho.

A chama que me encarava em seus olhos me fez ver que poderia passar décadas, mas sempre seríamos como fogo e gasolina.

— Você sabe qual é o meu presente para você, nessa data tão especial?

Lennox prestava atenção em tudo. Estava grande, sabia andar, mas ainda assim adorava um colo.

Uma noite sem você

— O quê?

Tirei do bolso da calça duas passagens e coloquei sobre a mesa. Kizzie abriu os olhos e Lennox automaticamente tocou-as. Ela tirou o papel de suas mãos e Erin, percebendo que o bebê estava danado, tirou-o do nosso meio, beijando-o e o adulando como se fosse sua preciosidade.

Eu sabia que era.

— Essas passagens são para nós dois. Eu e você, mais ninguém. Onze noites na Europa. Comprei primeiro para Paris, porque sei que ama lá. Depois, nós podemos fazer nosso próprio itinerário. O que acha?

Minha mulher brilhou.

— Só nós dois?

— Sim. Sem telefones, sem compromissos, sem The M's. Só eu e você.

Ela automaticamente me puxou para um beijo. Sua boca acariciou a minha, fazendo todos os pelos do meu corpo se arrepiarem. Porra, essa mulher... ela era a dose perfeita para que eu visse estrelas, para que a minha mente ficasse insana, para que eu me apaixonasse a cada segundo mais por seus beijos e seu carinho.

— E você sabe qual é o meu presente? — ela cochichou, contra a minha orelha.

— Qual?

— Eu vou te mostrar no quarto.

Fechei os olhos quando ela disse que eu teria que tirar suas roupas para descobrir.

Não havia melhor caminho a percorrer do que a minha boca em todas as suas curvas.

Kizzie

Ser esposa de Zane é estar em uma montanha-russa, na qual, mesmo que você vivencie os altos e baixos, sempre estará na mais plena alegria e com aquele friozinho na barriga da primeira vez. Zane era a minha dose de felicidade e, a cada ano que passávamos juntos, eu estava mais apaixonada por ele. Seu sorriso, seu perfume, seu toque. Ele me transformava na mulher mais bela, no seu orgulho mais perfeito; nos completávamos de uma maneira única.

Porém, mesmo que estivéssemos no auge do nosso relacionamento, eu sabia

Aline Sant'Ana

que ainda faltava algo, uma coisa que nós ainda não tivéramos coragem de dizer em voz alta.

Um bebê.

Conversei com ele sobre adoção uma vez e Zane disse que estava pronto para começar a correr atrás disso, mas nós simplesmente não abordamos mais o assunto. Eu queria tanto uma criança nessa casa quanto o meu coração queria Zane, para poder viver em paz. Sabia que isso mudaria a nossa vida, sabia que ditaria muitas coisas sobre nós, mas, cada vez que eu sonhava com um bercinho, o cheirinho de bebê, assistir Zane carregando nosso filho ou filha nos braços, meu coração começava a acelerar como um louco.

Eu queria muito, eu precisava disso.

E pela maneira doce e carinhosa que ele olhava para Lennox, eu sabia que Zane também queria.

Estava disposta a apresentar para ele algumas alternativas quando passássemos um tempo pela Europa. Só nós dois, sem compromissos e trabalho, seria mais fácil tomarmos uma decisão.

Eu precisava de um tempo com ele.

Precisava de um tempo para nós.

Me afastei do seu toque quando Erin bateu numa taça de champanhe para provavelmente fazer um discurso emocionante como era seu costume. O sorriso da minha amiga, com os olhos azuis brilhantes, me disse que o que ela preparava, com toda certeza, ia me emocionar.

— Bem, eu tenho um presente, como Lennox mencionou, e quero entregá-lo de uma forma especial.

Erin teve a atenção de todos.

— Quando conheci Kizzie, senti uma profunda conexão com ela. Foi exatamente a mesma conexão que tive quando vi Lua, pequena e loirinha, dividindo a lancheira comigo, quando éramos crianças. Percebi, durante a viagem pela Europa, anos atrás, que Zane e Kizzie seriam um casal. Eu os vi discutindo sobre o passeio da London Eye e a maneira que combinavam, como soltavam faíscas, como exalavam paixão, mesmo que não admitissem para si mesmos. Foi a mesma coisa que tive por Carter, a mesma emoção insana que não depende do tempo e não exige explicação, apenas acontece.

Meus olhos arderam e meu lábio inferior tremeu.

— Assisti ao amor deles florescer a olhos vistos. Foi bonito e, para mim, inesquecível. Me fez lembrar da minha própria paixão e me fez querer lutar por

Uma noite sem você

eles da mesma maneira que lutei e sempre vou lutar por Carter e mim. Kizzie e Zane são muito mais do que meus amigos, são irmãos que abracei para a minha vida, que vou amar até o fim dos meus dias e torcer para que seja eterno, porque as coisas bonitas e sinceras merecem durar para sempre.

— Ah, querida... — Suspirei para ela. Zane me abraçou, percebendo minhas lágrimas. Ele beijou meu rosto e depois minha boca e me apertou em seu abraço. Encostei em seu ombro, ainda observando Erin deixar a minha noite mais feliz.

— Kiz, nesses nossos anos de amizade, eu sei que sempre pude contar com você para tudo. Muito mais que uma amiga, você é uma irmã. E sei também que, se estivesse de pé aqui, do outro lado da mesa, segurando essa taça de champanhe, você tomaria a mesma decisão que eu.

Franzi minhas sobrancelhas, sem entender.

— Conversei muito com Carter sobre isso desde que tive a ideia e esperei um ano para contá-la. Fui para todos os centros de pesquisa, fiz todas as espécies de exames, eu estou perfeitamente apta e em plena consciência para oferecer isso a vocês. Sei que nós somos uma família, então, por favor, tenha absoluta certeza de que eu *quero* fazer isso, eu *desejo* muito fazer isso, porque eu amo vocês dois demais, assim como sei que é recíproco todo esse carinho.

— Claro que te amamos, Erin — Zane disse, também curioso.

Erin apenas sorriu.

Eu não sabia sobre o que Erin estava falando. Não até ela levantar a camiseta até metade da barriga e mostrar um laço vermelho em torno da cintura, como se se oferecesse para presente.

Lágrimas desceram pelas bochechas de Erin.

— Eu sou saudável, Kiz, e, de tanto conversarmos sobre isso, sei que seu problema seria resolvido com uma barriga de aluguel. Entendo que você não escolheu essa opção antes por não conhecer uma mulher em quem confiasse o bastante para pedir, mas sou sua amiga, todos aqui amam você, e eu adoraria dar esse presente inesquecível para vocês. Carter me apoiou tanto, desde o começo, que eu só estava esperando o momento certo para dizer.

— Ah, meu Deus. — Subitamente, me senti tonta. Era de felicidade, medo e gratidão. Não sabia o que responder a Erin, nem a Carter, que parecia emocionado tanto quanto todos nós, abraçado ao pequeno Lennox. Muito menos a Yan e Shane, que estavam completamente boquiabertos. Zane me apertou suavemente, as mãos entrelaçadas nas minhas.

Em seu pedido silencioso, ele queria que eu aceitasse.

Aline Sant'Ana

— Erin, eu não posso aceitar isso... você tem um filho de dois anos e...

— Não há nenhuma contraindicação. Posso engravidar agora sem problemas. Eu quero ter mais bebês e quero poder dar esse presente a vocês.

— Erin...

Ela não me deixou falar. Me puxou para um abraço e me apertou, como se quisesse me mostrar que estávamos nisso juntas. Isso era muito mais do que qualquer amiga poderia fazer, muito mais do que uma irmã faria. Eu teria que pensar com calma, pois precisava ter certeza de que para Erin isso não seria complicado.

Além disso, a esperança... a esperança me matava por dentro.

— Vamos conversar com calma — Erin prometeu, e não apenas nós duas estávamos chorando. Todos estavam. — Eu posso e quero fazer isso. Então, aceita a minha barriga?

— Erin, você não existe...

Ouvi Carter dizendo ao fundo:

— Isso é porque ela é uma fada.

Zane

Estávamos na cama. Kizzie conseguira parar de chorar e todos tinham ido embora. Ao nosso redor, vários papéis de adoção estavam espalhados. Eu sabia que essa decisão era difícil para ela, sabia que trazia parte do seu passado à tona. Kizzie poderia ser a mulher mais forte do mundo, mas, toda vez que pensava no bebê que não pôde ter, as suas muralhas desabavam.

Tirei o cabelo dos seus olhos, observando que as pupilas estavam perdidas, sem foco. Sabia que ela queria adotar uma criança e que também gostaria de tentar uma barriga de aluguel. Aquela era uma decisão impossível de ser tomada, dessa forma, peguei suas mãos e beijei os nós dos dedos.

— Vamos fazer os dois.

Kizzie soltou uma risada fraca. Seus ombros estavam caídos e ela parecia feliz, mas perdida, a indecisão sobre o medo e a esperança dançando entre nossos corações.

— Vamos ser Brad Pitt e Angelina Jolie, Kizzie. Claro, com exceção do divórcio. Vamos ter bebês, vamos adotar bebês, vamos encher essa porra de casa de bebês! — gritei e pulei em seu corpo, esparramando os papéis. Eu queria que ela sorrisse, queria que ela risse, eu queria que essa mulher fosse feliz ao máximo.

Eu consegui ouvi-la gargalhar.

Beijei sua boca e Kizzie abriu os grandes olhos.

— Você está falando sério?

— Sobre ter uma casa com vários bebês? — Ergui a sobrancelha.

— Sobre fazer os dois — esclareceu, morrendo de medo que eu desse para trás.

Confesso que nunca, em toda a minha vida, me imaginei com uma esposa e uma casa cheia de filhos. Depois de estar com Kizzie, lá pelo segundo ano ao lado dela, comecei a fantasiar uma criança com os seus olhos intensos e sua boca de cereja. A coisa passou a se alastrar por mim como um vírus, e todos os bebês que eu via simplesmente queria sequestrá-los e levá-los para a minha casa.

Foda-se a lógica, eu queria muito um bebê.

Dois.

Três.

Quatro.

Não importava o número, desde que fosse com Kizzie.

Poderia puxar a nós dois, poderia ser de outros pais, desde que vivesse dentro da minha casa, que carregasse o meu sobrenome, que eu pudesse dar todo o amor que não sabia existir dentro de mim.

Não até encontrar Kizzie.

Então, iríamos adotar e também tentar uma barriga de aluguel?

Foda-se, sim!

— Eu quero poder acordar com um choro de criança e ver você carregando um bebê, o nosso bebê, olhando-o da mesma maneira que sei que olha o Lennox. Eu quero a baba na minha camiseta e quero fazer um show, pensando que vou voltar para casa e, além de ter a minha linda esposa me esperando, terei um pequeno ser, me aguardando com ansiedade também. Quero ensinar violão, quero mostrar como Londres é bonita, quero que aprenda a cantar com o Carter e que escute os conselhos sábios do Yan. Eu quero que ele se divirta com o Shane, eu quero que meus pais possam me ver sendo pai. Eu quero que o seu pai possa te ver sendo mãe. Quero o seu sonho realizado, porque eu tive que pegá-lo emprestado e o fiz meu também.

— Zane... — Ela voltou a chorar.

Aline Sant'Ana

Beijei suas lágrimas, todas elas.

— Eu quero trocar as roupas minúsculas e ficar maluco ao perceber como eles crescem rápido. Porra, eu quero escolher nomes que signifiquem tudo, quero vê-los crescer. Eu quero ter ciúmes da minha filha ou preocupação com o meu filho. Eu quero curtir, eu quero beijar, eu quero estar contigo e estar com eles, todos eles, porque eu já os amo, mesmo sem poder vê-los.

Kizzie me abraçou e começou a me beijar freneticamente. Ela estava me agradecendo com tudo de si, me dizendo em silêncio que me amava e me mostrando que nós conseguiríamos. Não precisávamos parar com a banda nem mudar nossas vidas — ok, talvez um pouco —, mas nós teríamos os nossos bebês, seríamos o casal Pitt numa versão D'Auvray eterna, já que eles se separaram. Enfim, seríamos tudo o que quiséssemos ser porque o nosso amor transbordava o inevitável, ele era tão grande e imenso que não podia ser reservado apenas para nós dois.

Tem que ser mais.

Muito mais.

— Eu te amo tanto. — Soluçou entre choro, risada e beijos. Eu a amava, eu a queria por incontáveis dias, eu nunca poderia dizer em voz alta algo que só podia ser descrito com o coração.

— Te amo, Keziah D'Auvray — sussurrei em sua orelha.

Comecei a beijar seu pescoço, sugando a pele e ouvindo-a gemer baixinho. Levantei a parte de baixo da sua saia e encontrei facilmente a renda da calcinha. Aticei-a um pouco, reconhecendo que não levaria muitos segundos para ficar pronta para mim.

— Tire a minha blusa — ela pediu.

— Vou tirar.

— Faz parte da surpresa que preparei para o nosso aniversário, mas foram tantas emoções hoje que não me lembrei... — Suspirou, esperando que eu viesse por mim mesmo.

Fiz o que ela pediu, puxei a sua blusa com calma, ansioso para saber o que havia ali de tão especial. Assim que meus olhos se conectaram com a surpresa, precisei engolir em seco.

Uma noite sem você

Era uma tatuagem lateral enorme que começava no final do seio, ia por toda a costela, pegando a barriga e terminando na borda do quadril. Um Z imenso, com uma guitarra e a frase: "Foi impossível resistir a você". Ela não precisou me dizer que estava completando a tradição da minha família, de uma forma totalmente diferente e criativa dessa vez.

Caralho, eu não tinha palavras para aquilo. Era a demonstração mais foda que ela poderia ter feito, e muito corajosa, por sinal. Jesus, meu coração ia parar, porque foi com certeza uma lembrança de Kizzie à festa no navio que fomos, quando fiquei maluco pelo Z falso na sua pele.

Ela abriu as pálpebras lentamente, os olhos manchados de maquiagem pelo choro, brilhantes e inesquecíveis. Só Deus sabia que, quando eu precisava de um motivo para continuar, era nesses lindos pontos dourados que eu pensava.

— Cacete, Kizzie — sussurrei.

— Eu sei. — Riu baixinho.

— É a coisa mais incrível do mundo. Não tenho palavras. Deve ter doído muito. Você fez hoje? — Toquei sobre o papel transparente que protegia a tatuagem com uma pomada.

— Sim. Ainda está dolorido.

— Tudo em uma sessão?

Ela mordeu o lábio.

— Sim, para surpreender você.

Beijei sua boca por um longo tempo, a ponto de deixá-la ofegante. Excitado com a expectativa de beijar esse Z enorme em breve, me esqueci por um segundo da pergunta que eu queria fazer para ela. Cara, tantas surpresas em um só dia: a esperança de termos um filho, a chance de formarmos uma família como temos sonhado, além dessa tatuagem foda.

— Posso te fazer uma pergunta? — questionei.

— O quê?

Aline Sant'Ana

254

— Me diz um número?

— O que disse?

— Um número de um a cinco.

— Por quê? — Ela voltou a gemer quando puxei a peça de renda entre suas coxas.

— Porque eu preciso saber.

— Bem, talvez... três?

Encarei seus olhos, já semicerrados pelo prazer, e sorri contra a sua boca.

— Então, será três.

— Três o quê? — indagou, rolando os olhos quando tirei a calça e puxei a cueca para baixo. Entre um gemido e outro, eu estava dentro de Kizzie, sentindo-me em casa.

Em seu corpo, no seu amor, no seu calor.

— Três vezes amor, Kizzie.

Ela não entendeu o que eu disse, mas não precisava. Em minha cabeça, apesar de nublada toda vez que me perdia em suas curvas, eu estava pensando no futuro, num momento em que nossa vida se triplicaria, no instante em que nós dois pudéssemos alcançar toda a felicidade que merecíamos.

Três vezes amor.

Fechei os olhos, adorando como isso soava, repetindo várias vezes até sentir que meu coração, por fim, estava completo.

... PARA SEMPRE.

And the sparks will fly
They will never fade
'Cause every day gets better and better
And I won't leave you
Always be true
One plus one, two for life
Over and over again
So don't ever think I need more
I've got the one to live for
No one else will do
I'm telling you

— **Nathan Sykes, "Over And Over Again".**

ZANE

Três vezes amor.

Quando descobrimos que essa frase realmente significou tudo o que eu gostaria que significasse, porra, eu e Kizzie não pudemos conter a felicidade. Erin fez a barriga de aluguel antes de entrarmos com o processo de adoção. Na realidade, sabíamos que demoraria e, como queríamos que tivessem idades próximas, fizemos a loucura toda junta, sem saber que ganharíamos uma surpresa em dobro.

Erin ficou grávida de gêmeos e isso fez o meu coração explodir no peito para continuar vivendo. Já tinham explicado que a chance de isso acontecer era grande, mas nós não esperávamos que realmente funcionasse. Ao descobrir, contei para Kizzie sobre a noite do nosso aniversário de casamento, o número que ela escolheu, e com o processo de adoção quase sendo concluído...

Três vezes amor.

Eu e Kizzie conseguimos o que tanto sonhávamos e agora o amor não cabia no meu peito.

Coloquei Sky no meu braço direito e observei seu sorriso e os olhos dourados como os da mãe. Gêmea de Shawn, o nosso garotinho, ela era muito atrevida para um bebê tão pequeno. Tinha um rosto de boneca, cílios grandes e o meu nariz. O cabelo escuro como o meu e de Kizzie refletia em sua pele branquinha e de

Aline Sant'Ana

fisionomia esperta.

— Princesa, você está muito arteira para uma menina que só tem um ano de idade.

— Papa. — Ela se esticou, apertando minhas bochechas e dando um beijo molhado no meu queixo com a boca aberta.

— É, eu sei que você me ama.

Ela riu, como se entendesse a piada.

Sky e Shawn eram um pedaço meu e de Kizzie. Eles trouxeram tanta alegria para nós, como se a felicidade não coubesse em um sorriso. Tínhamos completado o que faltava e, agora, para fechar nossa família, era a conclusão da adoção. Estávamos apenas esperando uma ligação e, com isso, o nosso amor seria devidamente triplicado.

Vi minha mulher com Shawn no colo, fazendo caretas para ele rir. O sorriso dele era completo e ele olhava para sua mãe como se ela fosse o seu primeiro amor. Assim como Sky, ele pegou as bochechas de Kizzie e as apertou, rindo à toa conforme ela continuava a brincar com ele.

Esses domingos eram os meus dias preferidos.

Lennox saiu correndo por nossa casa, ao lado de mais uma criança, entrando pela porta aberta. Os dois gritando feito loucos. Os cabelos ruivos agora estavam cortados no mesmo estilo que o meu, apesar de o dele ser mais liso. Ele tinha certa admiração por mim e estava apaixonado pelos bebês. Fora aquele pequeno projeto de ser humano atentado e...

— Caralho, que tanto de criança é essa?

— Eu vou — Yan disse, já se levantando do sofá.

Shane apareceu e, rindo, foi pegar os dois no colo, deixando Yan voltar para onde estava ao lado de sua companhia.

Meu irmão teve a ousadia de olhar para mim e dizer:

— Deixa que eu corro, você tá velho demais.

— Vai se foder, pirralho.

— Fiquem quietos, vocês dois — Shane ralhou com as crianças. — Vão acordar o neném no carrinho.

Os dois prontamente respeitaram Shane.

— Já volto — meu irmão avisou.

Erin entrou pela porta, com os cabelos vermelhos voando. Carter sorriu para mim e cumprimentou-me com um aceno. Yan já estava na sala, com o braço em torno da sua garota. Shane apareceu sem as crianças; provavelmente colocou aquela galera toda para brincar. Com Shane dando risada de alguma coisa que tinham dito, ao lado da mulher que amava, meu coração bateu lentamente no peito.

— Ah, olha a princesinha do Carter! — Ele tirou Sky do meu colo, que prontamente abriu um sorriso ao ver o cara. — Cada dia mais linda.

— É, pior que eu sei disso — resmunguei.

— Já começou a pensar no futuro, Zane? — Yan entrou na conversa, se levantando, sentindo-se à vontade para pegar a cerveja sobre a bancada. — Quando ela começar a namorar?

— Vai ser o apocalipse — Shane completou.

— Nem quero pensar. — Ri, e Shane, Yan e Carter riram também.

Sky abriu um bocejo e deitou no ombro do Carter. As garotas foram atrás dos preparativos e eu observei Kizzie ao longe. Carter deu algumas batidinhas suaves nas costas de Sky e a fez dormir em seus braços.

— Você fica com ela? Quero ver Kizzie e Shawn por um segundo.

Ele assentiu em silêncio, cantarolando uma canção de ninar para a minha pequena mocinha. Cara, meu coração estava cheio de amor. Nunca pensei que fosse sentir tanto dentro de mim, mas era maravilhoso. Meus filhos, a amizade que tinha com todos da banda e a minha esposa me completavam.

Cheguei devagar perto de Kizzie, enquanto assistia Erin e as garotas tirarem as coisas da geladeira para prepararmos o almoço. Shawn ainda estava rindo das bobagens da minha esposa e parecia muito admirado pela sua mãe quando me aproximei de mansinho.

Toquei a cintura de Kizzie e ela estremeceu. Dei um beijo em seu pescoço e apoiei a cabeça perto da dela, abaixando-me para ficar no campo de visão de Shawn. Ele abriu os olhos amarelados intensamente e sorriu.

— Oi, meninão — sussurrei para ele, acariciando sua barriguinha. — Oi, amor. — Beijei Kizzie mais uma vez, agora na boca, recebendo um sorriso entre nossos lábios.

— Seu filho está praticando a arte da sedução. Você viu a maneira que ele me olha?

Observei Shawn por um segundo, percebendo que ele era mesmo um galanteador.

Aline Sant'Ana

258

— Você acha que a gente vai ter muito trabalho com esse casal, Kizzie?

— Ah, eu acho que vamos ficar grisalhos antes da época. — Ela riu suavemente e Shawn colocou o dedo na boca, distraído com algo tão simples. — E acho que vai ser maravilhoso.

— Sabe, amor... — pensei alto, acariciando-a na cintura, vendo de relance o seu rosto concentrado em Shawn. — Eu não mudaria absolutamente nada na nossa história, muito menos o que passamos. Eu não teria vocês assim, em meus braços, se não fosse pelas atribulações.

Kizzie franziu os olhos em meio a um sorriso. Ela virou o rosto para me olhar e vi refletido em seu rosto o sentimento mais puro do universo.

— O amor que sinto por vocês é o que existe de mais incrível nesse mundo, Zane. Vocês são a alegria materializada na minha frente. Olho para vocês e vejo tudo o que sempre sonhei, ainda melhor. Obrigada, amor, por ter me mostrado que é possível ser feliz, que é possível amar e ser amado, que é possível ter um futuro.

— Eu não teria acreditado no amor se não fosse por vocês.

— Agora você acredita?

Aproximei-me do seu rosto, inspirando seu perfume e o cheiro doce de bebê de Shawn. Ele colocou suas mãozinhas em nós assim que toquei meu nariz no de Kizzie.

— Amor é muito pouco perto do que temos, linda. Isso deveria ter outro nome, pois dizer o quanto amo vocês já não é o suficiente.

Seus olhos ficaram marejados e beijei seus lábios calmamente. Apenas um selar de bocas, já que Shawn nos assistia. Sua mãozinha acariciou a minha bochecha e acabou pegando uma lágrima que escapou.

Escutamos o telefone tocar, mas não me afastei de Kizzie. Erin atendeu, como estava acostumada, e, depois de alguns minutos, voltou afobada, atraindo nossa atenção. Os olhos azuis dela estava emocionados e ela carregava o telefone sem fio agarrado no peito. A maneira que ela nos encarou e o sorriso que ela deu fizeram com que eu me arrepiasse.

— Ah, meu Deus! Gente... o bebê de vocês... ela... está tudo aprovado. Parabéns, vocês são papais novamente!

— Sério? — Carter e Yan gritaram ao mesmo tempo enquanto, logo em seguida, Shane soltava um palavrão.

Shawn fez um som agudo, como se entendesse o que estava acontecendo. Lágrimas agora começaram a descer freneticamente pelo meu rosto e da Kizzie.

Uma noite sem você

Não havia sorriso, lágrima ou demonstração que pudesse me fazer compreender a imensidão de amar com a alma.

Amar três vezes com a alma.

Para o que eu sentia, não possuía descrição.

Em todo o meu ser, eu sabia, não existia espaço para explicar o que reconhecia ser inacabável

.

FIM

Uma noite sem você

AGRADECIMENTOS

Que jornada, meus leitores!

Zane e Kizzie tiraram meu sono (fiquei ouvindo Hotter Than Hell no repeat sem parar), impossibilitaram-me de pensar em qualquer outro casal da série (Zane falou na minha cabeça o tempo todo; às vezes, xingando com sotaque britânico), me deixaram de cabelos em pé (Zane safadão) e, ainda por cima, me fizeram chorar no final (socorro!).

O que me deixa aliviada?

Saber que eles ainda estarão presentes nos outros livros, assim como Carter e Erin, e que vocês vão poder matar a saudade deles durante os lançamentos que ainda virão.

Sei que foi uma aventura inesquecível, desde a escolha do Enrico Ravenna como nosso Zane até o momento em que o segundo livro deles foi produzido. Mas isso tudo... não seria possível sem vocês.

Zane e Kizzie não teriam vida se vocês não acreditassem neles. Não estariam nas mãos de vocês agora e jamais poderiam alçar voo sem o apoio dos meus leitores. Esse livro é total e completamente dedicado a vocês.

Obrigada por amarem cada um desses Rockstars, obrigada por darem uma chance a um bando de meninos desbocados e apaixonados.

Esse sonho é nosso, amores!

Um beijão especial para as meninas do grupo "Romances – Aline Sant' Ana". Vocês me apoiam dia e noite e sabem toda a loucura que é escrever uma história. Obrigada por serem vocês! Tenho os melhores leitores desse mundo.

Agora, quero deixar um beijo enorme para as pessoas que fizeram isso tudo acontecer.

Editora Charme, você nunca vai cansar de me surpreender. Vocês são o alicerce que sempre sonhei, a editora que sempre quis estar. Esse livro é um sonho nosso. Obrigada por me apoiarem em cada projeto.

Veronica, nunca vou me esquecer da sua habilidade de sonhar comigo, de entrar na minha cabeça e falar aquilo que eu penso antes de eu sequer verbalizar. Esse livro foi elaborado em mais um dos nossos telefonemas, e comentamos sobre as peripécias do Zane antes de elas serem reais. Você, para mim, é um ser mágico. Transforma sonhos em algo palpável e tem um coração tão grande que só

Aline Sant'Ana

poderia vir de uma pessoa como você. Obrigada por amar esses meninos e todos os outros que vêm da minha cabeça. Eles e eu amamos você.

Ingrid, bonequinha! Meu livro nunca seria o que é sem suas ideias mirabolantes, sua revisão impecável, sua amizade e seu apoio. Quantas vezes duvidei de mim mesma e você nunca deixou que eu me abatesse? Você foi um dos grandes presentes que essa vida literária me trouxe. Amo, amo você. E peço desculpa pelo Zane. Esse menino não tem modos hahaha.

Raíssa, obrigada por me aguentar no inbox com trechos do livro que me fizeram rir e pensar: Deus, o Zane é terrível! Obrigada por sua amizade, por seu carinho e dedicação comigo. Nunca vou poder te agradecer o suficiente, mozona! Zane é o seu preferido, e fico feliz de poder ver sua reação com esse livro e tudo o que ele significou. Amoooo você.

Fabi, sei que esse ano foi corrido e mil coisas aconteceram, mas agradeço por você nunca desistir de mim e dos meus meninos. Por me apoiar nos momentos mais loucos, por ser quem você é. A razão no meio de mil corações que tenho dentro de mim. Você é uma amiga inestimável, por tudo o que significa e por sempre me fazer ver a verdade. Te amo!

Agora é um agradecimento mais do que especial para as três mulheres da minha vida.

Vocês são a força, a coragem, a determinação, o amor. Minha irmã, mamãe e vovó. Meu alicerce em meio ao caos, o amor em meio à guerra, o somatório de tudo o que sou, de tudo o que serei e de tudo o que já fui um dia. Jamais vou esquecer o que vocês três fizeram por mim nesse ano que passou. O "eu te amo" nunca será o suficiente para a imensidão do que sinto por vocês (usando a fofura do Carter).

Infinitamente, por todos os dias da minha vida.

Obrigada!

... e se você leu até aqui, um beijo imenso no seu coração.

Ah, aproveita e já começa a fazer suas malas!

O próximo acompanhante dessa viagem é o Yan Sanders. ;)

SOBRE A AUTORA

Aline Sant' Ana começou a carreira em 2015, quando a Editora Charme publicou uma série de contos, escrita pela autora, em homenagem às suas leitoras, chamada De Janeiro a Janeiro. A série foi um sucesso na Amazon e, em 2016, sua carreira tomou força ao lançar o primeiro livro da série Viajando com Rockstars, que possui um enredo diferenciado, mocinhos apaixonantes, cenários inesquecíveis e um bom rock n' roll. Desde então, Aline vem se destacando nos seus livros de romance, interagindo com as leitoras pelas redes sociais, tendo ideias inusitadas e muitos projetos para o futuro.

Conheça mais sobre a autora e a acompanhe nas redes sociais:

Facebook pessoal:
facebook.com/alinesntnb

Página profissional:
facebook.com/alinesantanaoficial

Grupo para interação com as leitoras:
facebook.com/groups/romancesalinesantana

Instagram:
@linesntn

E-mail:
linesntn@gmail.com

Aline Sant'Ana

7 Dias Com Você
Série: Viajando com Rockstars - Livro 1

Uma noite sem você

Sinopse:

Em seu aniversário de vinte e sete anos, Carter McDevitt, o vocalista da banda The M's, vai ganhar o presente mais inesperado possível.

Seus dois melhores amigos e parceiros da banda, Zane e Yan, o colocam em um cruzeiro com o objetivo de fazê-lo esquecer totalmente a ex-mulher que, além de arrasar seu coração, levou metade dos seus bens embora.

Bem, o que o vocalista não espera é que nesse local serão realizadas estranhas fantasias, além de encontrar um fantasma do seu passado.

Aline Sant'Ana

7 Dias Para Sempre
Série: Viajando com Rockstars - Livro 1.5

Uma noite sem você

Sinopse:

Carter McDevitt e Erin Price vão se casar.

Quatro anos após desembarcarem do Heart on Fire, vivendo um relacionamento incrível do começo ao fim, o felizes para sempre está a um passo, mas existe um grande empecilho que poderá colocar tudo a perder.

Sentindo-se obrigada a seguir os conselhos dos agentes da banda The M's – os quais foram bem diretos ao exigir que fosse feito o casamento do século –, Erin vai contra o desejo pessoal de realizar uma cerimônia privada e tranquila, vinda direto dos seus sonhos, em prol da imagem pública de Carter.

Além do evento gigante para administrar, no qual ela sequer sente-se confortável, Erin percebe que Carter está cada dia mais ocupado, dando prioridade a tudo relacionado a The M's e, em consequência, tornando-se negligente ao relacionamento dos dois.

É evidente que o topo da fama cobra seu preço.

Erin só não estava preparada para temer a perda do próprio noivo durante o processo.

O romance de conclusão do primeiro casal da série Viajando com Rockstars traz um toque de sensibilidade, nostalgia e nos faz mergulhar diretamente na paixão avassaladora que viveram em alto-mar. Através do destino, ambos conseguiram retomar sete anos perdidos em sete dias e agora deverão provar para si mesmos que a semana mais marcante de suas vidas, tão passional e perfeita, poderá durar para sempre.

Aline Sant'Ana

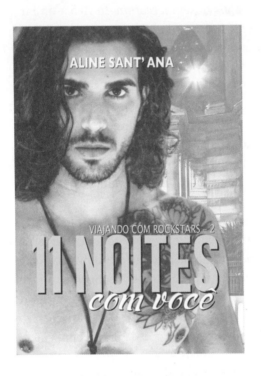

11 Noites Com Você
Série: Viajando com Rockstars - Livro 2

Uma noite sem você

Sinopse:

Zane D'Auvray é incapaz de dizer não às mulheres. O guitarrista da The M's aproveita-se da fama e nunca encontrou motivos para se estabilizar em um relacionamento. Todas as atitudes promíscuas que tomou durante a vida jamais foram questionadas.
Exceto agora.

Em uma mudança de gestão, troca-se de empresário, e o que Zane não esperava era que os bastidores seriam coordenados por uma linda mulher, prometendo consertar as pontas soltas. Kizzie Hastings, a empresária, passará por um teste de onze noites pela Europa com a The M's em turnê. Zane, fazendo pouco caso da situação, não vê grandiosidade nisso.

No entanto, quando percebe que Kizzie é a única pessoa imune aos seus encantos, acaba por abraçar um desafio pessoal, sem saber que há muito mais em jogo do que somente a sedução.

Aline Sant'Ana

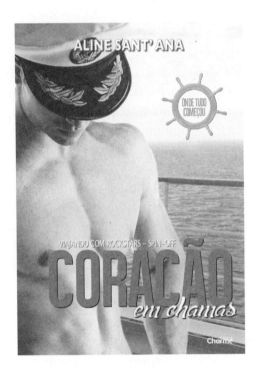

Coração em Chamas
Série: Viajando com Rockstars - Spin-Off

Uma noite sem você

Sinopse:

Já se perguntou quem é a mente luxuriosa por trás do exótico cruzeiro Heart On Fire?

Jude Wolf é capitão da marinha e tem uma vida regrada, mas sua personalidade destoa muito disso. Ousado, criativo, rico... ele possui um sonho. Jude quer ser empresário, mas de nada simples, ele quer que o mundo caia aos seus pés. Só falta aquela ideia que fará seu coração acelerar com força.

O problema é que a faísca que tanto precisa não está em seu cérebro, mas sim em um par de pernas maravilhosas com nome e sobrenome: Courtney Hill.

Uma festa. Um encontro. Uma ideia ousada.

Tudo o que eles têm.

Felizmente, forte o suficiente para mudar suas vidas.

Descubra como o cruzeiro erótico surgiu e o romance por trás dos bastidores.

Você está preparado?

Seja bem-vindo ao Heart On Fire.

O cruzeiro que deixará o seu coração em chamas.

Aline Sant'Ana

Entre em nosso site e viaje no nosso mundo literário.
Lá você vai encontrar todos os nossos
títulos, autores, lançamentos e novidades.
Acesse www.editoracharme.com.br

Além do site, você pode nos encontrar em nossas redes sociais.

https://www.facebook.com/editoracharme

https://twitter.com/editoracharme

http://instagram.com/editoracharme